南開大學中華古典文化研究所叢刊之一

主編　葉嘉瑩　副主編　孫克强

康熙年間手抄稿本　三色評點

迦陵詞

（下册）

［清］陳維崧　著

南開大學出版社

目録

迦陵检討手書烏絲詞稿

踽公仁兄家藏

陳曾壽謹署

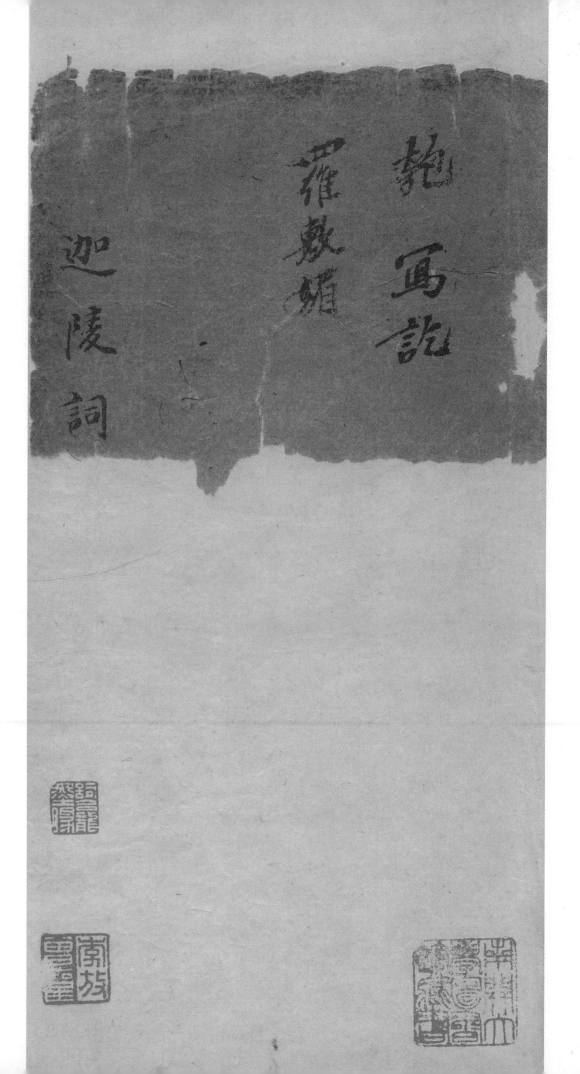
羅敷媚
迦陵詞

匏

點絳唇　酒泉子　釆桑子　賣花聲　唱火令　洞仙歌又

輥繡毬　千秋歲　雪獅兒　薄媚摘遍　滿江紅　滿庭芳

水調歌頭　徵招　塞孤　月邊嬌　天香　月華清

無悶　念奴嬌　渡江雲　珍珠簾　木蘭花慢　桂枝香

齊天樂　水龍吟　莊椿歲　探春慢　風流子　沁園春

摸魚兒又　蓮陂塘又　賀新涼節　畱家　春風嫋娜　浣溪沙

菩薩蠻又
減字木蘭花
羅敷媚
極相思
南鄉子二体

醉落魄
臨江仙
七娘子
定風波
祝英臺近

洞仙歌又
滿江紅
鳳凰臺上憶吹簫
水調歌頭
徵招
滿庭芳

卓牌兒
玉簟涼
三部樂
瑣窗寒
月華清
渡江雲

念奴嬌令 明百字
臺城路
綺羅香
秋霽
解連環
泛清波摘徧

沁園春
賀新郎
摸魚兒
笛家
穆護沙

抄

點絳唇 四十一字

和定谷若韻 对 彊善堂主人對訖

並坐燕姬琵琶膝上圓冰薄輕攏淺抹巧把羈愁豁 竟去搖

類點草霜鬢濕西風惡數聲城角冷雁瀟瀟落

造句清新

抄

酒泉子 四十三字 对

詠畫上香櫞為祖仁淵賦

彊善堂主人對訖

拌鑞匀檀捏得軟羅圓皺西風抛打赭黄毬墮高樓　翠竇紅

架貯清幽分外宜秋憑皓腕劈春纖和麝粉絡床頭

抄

采桑子

題畫蘭小冊，蘭爲橫波夫人所繪

回思晚粉調鉛日，紫茶的綃，筆露趾止因烘蘸色，壓倒南唐落墨花。杜

蘭香去後多時了，碎錦零紗，飄泊誰家，賸有眉樓小篆斜。

後堂絲管親曾醉，醉觥偏箏琶舞鬢蠻靴，有幅紅蘭出内家。左

徒弟子今誰在，只有章華，淪落天涯，恐看靈均九畹花。

彊善堂主人對訖

拿毅楷于芝蘭態，旖旎于楊柳。垂山

梅花閣之風致，令人不堪迴想。[illegible]

抄

賣花聲 六 五十四

和容若韻

彊潛堂主人對読

鳳脛昏殘燈。抹麗中庭。臨岐摘阮要人聽。不信一行金雁小，有許多聲。今夜怯涼更。茶沸笙寒。夢中夢。好怕他醒。依舊刺桐花底去，無限心情。

夢好怕他醒兩語祇失夢々

排

唱火令 六十三字

偶憶

架上紅鸚鵡，簾邊玉辟邪。壚兒娘懶上卓金車。髻鬟一簇濃綠未成鴉。

燒殘春吹笛，邀人夜鬥茶。如今庭院隔天涯。記得沿街一樹粉梨花。記得花陰微露幾扇綠窗紗。

对

獲嘉堂主人對訖

兩記得絕妙

抄

洞仙歌 八十三字

龍理侯納姬秦淮詞以贈之

銀床滑簟、碧陰陰、秋水眸、夜簪頭春銖縋、笑青溪紅板、艷粉濃蛾、娘尤小、第一南朝殊麗、江潮輕打槳、船近樅陽、恰恰喬公舊鄉里、倩笑語檀奴、斗帳櫻桃、祝釿錫、早添懷裡、也不枉人間喚乘龍、看紫貝霞綃、海天無二、

抄

輥綉毬 六十五字

紀游

淡蕩刺梅風。被[illegible]蝭成團句去。雜花眠砌。雛鶯梳院。赤欄銀井。想經時、夜一場新雨。小門外、天寒日暮。小樓上、有人知否。斷無消息。可勝惆悵。兩層門內。惟聞絃響。棖棖不住。

对

彊善堂主人對訖

抄

千秋歲 七十一字

滄州戴浴扶以人日懸弧。作詞以贈。 彊善堂主人對訖

新鷹決眥已作摩空勢。筆陣快。詞鋒銳。溫邢何足道。燕許真同輩。才八斗。綵毫人是青雲器。 鸝石之。君家事。三禮箋完未。才地盛。門風貴。新春歡七日。小令歌千歲。微醉也。斜飛玉燕東風細。

抄

洞仙歌 八十三字

題喬石林舍人桃源圖小照

漫郎單舸，闢平溪寒玉，流向秦人洞邊宿。漸前村竹外、一兩三枝，斜暮靄、流水板橋茅屋。忽然奇絕處，極望花枝，盡亞東風騂肌肉。萬樹滴臙脂，下映平坡，都不許蘼蕪成綠。也莫問花紅種田人，只雞犬桑麻，迴離塵俗。

爆爆痛詩中妙有層次畫家筆所不易

对

对

对

抄

雪獅兒 九十九字

戊午秋西域獻黃獅子至一時待詔集闕下者不下百人皆作詩歌揄揚盛事松亦填詞一首

大勾臚唱林邑船來九賓列俎異獸來庭不羨騊駼騕褭軒然爪距色灑上銅盤仙露綵仗內闌裝攣帶丹模似否却笑偏陬叢記孫郎舊日小名同汝蠢爾黃奴詎識真龍有主銅縧雜犇只道上降王嬰組堯階舞看屋瓏日午

對

彊善堂主人對訖

對

獅兒雖與箏鋒吾填譜也下轉譜抄

抄

薄媚摘徧 九十一字 对

彊善堂夫人對訖

偶感

舊家門閈院落，有箇人兒在。最伶〻、洴偏，髮髻濃〻，鈔秀鬢前無賴。輕紅架底，青粉墻邊。一樹睚香鬧，玉鵶又打來斜戴。晚風大，倚颭茜花裙帶，小做嬾〻態，疑有恨、不勝嬌細，烟早簇上眉黛。一丸涼玉，挂向簾、鈎邊髮未全撩，記得瀕〻行〻送人欄外。

山谷有倚譚成如耶杜娥問

抄

滿江紅 九十三字

壽寶坻杜相國

恒岳生申，恰泰谷、陽回時候。沙堤上、弘懸相府，光騰寶婺。萬國河山平似掌，九天花鳥紛如繡。正黃扉、輯闔衮衣閒，娛清晝。房與杜，齊台斗。李與杜，豪詩酒。笑文章勳業，公俱不朽。八餅茶分龍鳳碾，萬釘帶璧交螭鈕。看無邊、紅燭下朝來，為公壽。

借古人以封人之祝，諛而非奉，人不可以無

年，尤不可以無姓，才人何可不可

抄

滿江紅 九十三字

聞往歲帝城烟火之盛甲於天下今年元夜作客都門適逢新禁淒然獨坐詞以遣懷

夜火春宵說此地上元尤勝烟焰裡烘桃炙柳飄梅灺杏繡羽花冠筒內放緗苞翠蔓竿梢映紫葡萄十丈滿池蓮絲絲凝瑪瑙帶鞦韆競琉璃殿箏琵盛更鈿車蔚幰嬉游不定今夜鳳城偏寂寂一燈微耿人初病只角殘吹到第三聲何心聽

元夕與阮亭先生同步輦出[illegible]相約作一詞紀之見先生妙詞為閣筆矣

对

强善堂主人對読

抄

滿庭芳 九十五字

壽王敬哉先生用棠村詞韻

菊尚拖黃、梅將凝粉、安排晴日開筵、錦箏畫鼓、譜出鷓鴣天、兩
世尚書門第、朝回後、黼黻紛然、華堂上、昇平保傅、雙欒地行仙、
名園飛霞後、銀燈火樹、雪月光聯、要粧成瑤圃、映上紅箋、海
畔群真介壽、驂鸞渡、弱水三千、馳封賜、汪汪綠蟻、猶富鳳樓烟、

抄 滿庭芳 九十

壽大司農梁蒼巖先生 五字

对 強善堂主人對讀

黃閣勳名、黑頭鄉相、瑤池第一神仙、蕉林書屋、烟景勝平泉、珠島花洋萬里、乘檣送、南海歸船、還朝後、錦袍藍袖、長侍紫宸前、

華筵群獻、竽昇平法曲、象管鷗絃、有尚書紅杏、麗句親填、歲歲鳳城今夜、陽回處、暖在春先、緗梅綻、風光正好、次第到鞦韆、

抄 滿庭芳 九十五字 对

山陰沈躬範婦陳夫人好讀書年二十三夭卒之日隔以平日所誦書籍殉冢中一時皆作詩以哀之余亦爲賦此闋

彊善堂主人對読

敘事摻寫如許人鮮艷絕詞律事在應予析文至此撫此文河漢中以

偶言愁笑原多恨說來也替神傷越溪有女十五嫁王昌人

水閣簾底窺花格日傚千行繡絲林果熟濕蟬未斂便自理鉛黃

梅粧容易謝皇墳汲冢靈鬼同藏抱夜堪今誦月冷風香可

玉魚金盌遺編在還累蕭郎羅襦莫管生書帶不化此鴛鴦

可招謫女之魂

水調歌頭

題毛會侯戴笠小像

彊善堂主人對訖

水色綠如鴨，又似磨銅華紋細浪，忽起風來，數里江村茆屋，一帶蘆汀艖舍，下徧釣魚筒。雲作嫩藍纈，以晚霞絲。燃楚竹，炊香糯，五湖東。新來溪友，堪詠乃是大毛公。蠃觥尋罷，師拍手，汝有金貂玉佩，詎是綠蓑翁。笑起唱銅斗，餘響落蛟宮。

对

形容如許羞煞，殺老是鄉人。

超絕

拟

水調歌頭九十五字

汾西侯仲輅示我九日紀夢詞二闋依韻奉和

對

蘧善堂主人對訖

月落邊墻黑，幾扇雁門開。蒼然西極風雨，都向二陵來。聞說燕
脂山下，使唱橫汾舊曲，家傍古輪臺。我欲與之語，彔粉最憐才。
飲醇酒，近婦女，莫疑猜。世間餘子何限，兩手底須推。安得飛
狐峪口，偕汝吹簫擊筑，一日笑千迴。緑酒不曉事，有恨未能排。

補對

蘧善堂主人對訖

又

一笑老松下，握手亦前緣。昨宵黃花節候，偕汝小游仙。推道巫

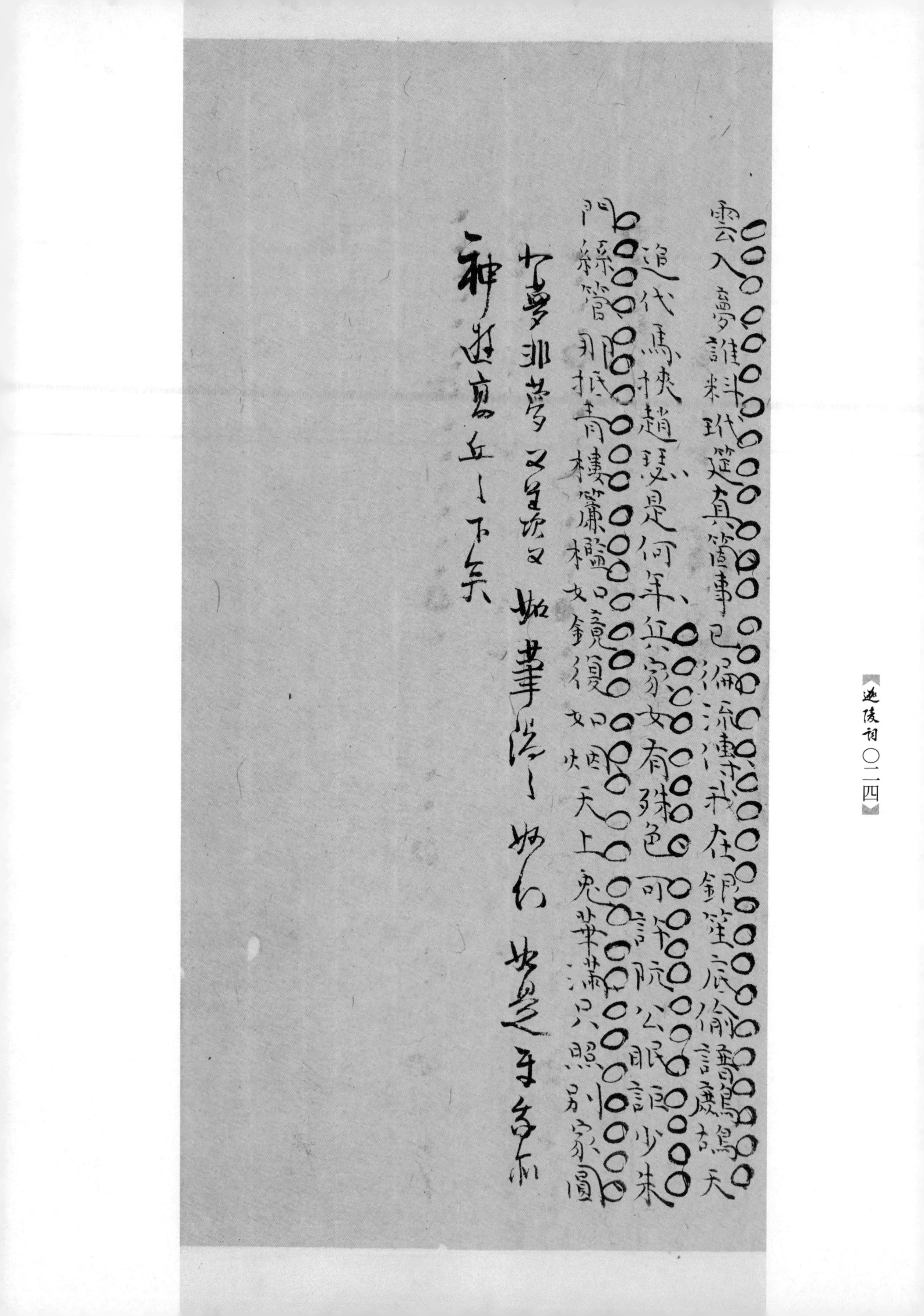

雲入夢誰料玳筵真箇事已偏流傳我在錦筵底偷語鴛鴦天

追代馬挾趙瑟是何年兵家女有殊色可許阮公眠記少朱

門綠管月抵青樓簾檻如鏡復如烟天上兔華滿只照另家圓

寸夢非夢又是坎又 如華沒了 如何 如是手來

神遊高丘之下矣

拟

水調歌頭 九十五字

毛會侯席上限咏鹿脯詩詞以代之同王惟夏方雪岷毛

大可允大諸君同賦 彊善堂主人對訖 对

那曉魯公帖有手且飛觴觴行更催歸脯此樂甚堂堂笑寄鹿

皮翁語乃有神仙上界欲以汝為糧玉饌莫深恨恨底事不潛藏

呼畢卓窮阮籍態顛唐百年所得有限不若醒而狂熱洛河

須痛飲明日北風大作結束上平岡前作餓鴟叫祖裼獵黃麞

用事凌峭

抄

水調歌頭 九十五字 对

元夕前董樗亭至都下樗亭昨歲射陂遇盜身被重創患

彊善堂主人對語

不克來今則來也詞以志喜即用樗亭見贈原韻

月黑淮南縣卸馱正闌門門前聲息洶洶勢若雨傾盆所歷霜

刀攢蝟燎丸狐燈製電駭絕洞心魂詎復有活理遑暇顧琴尊

重握手驚往事剪燈論追思骨江酒伴只我與君存三客窮

代寫告府

光景如目

擊條狀令

我庸空來一箇（謂傑公）又幾為異物軟語剪難分抹殺綢相認老眼目

甚痛且喜

故人樣樣春來否

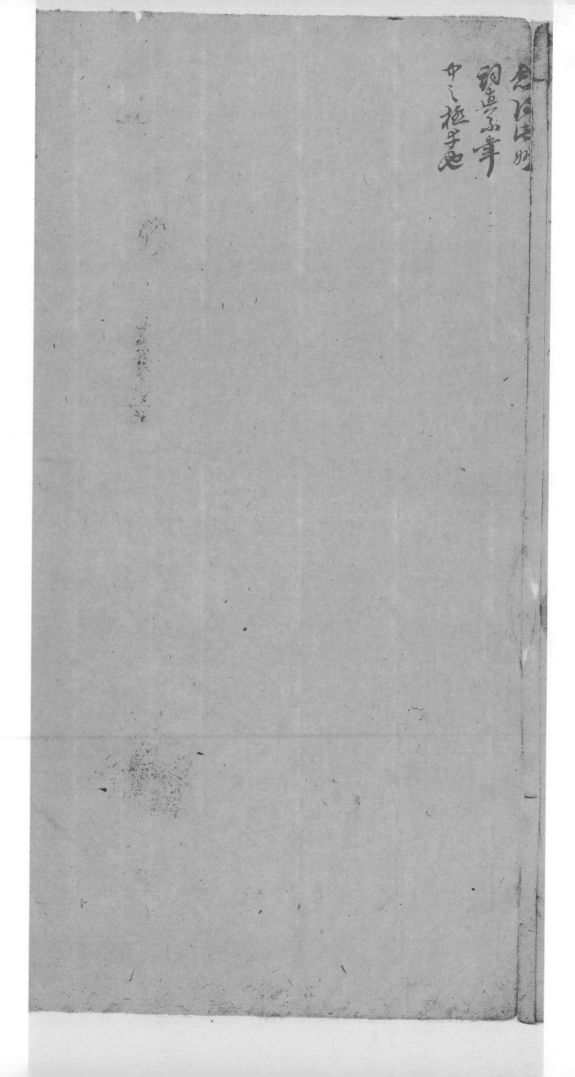

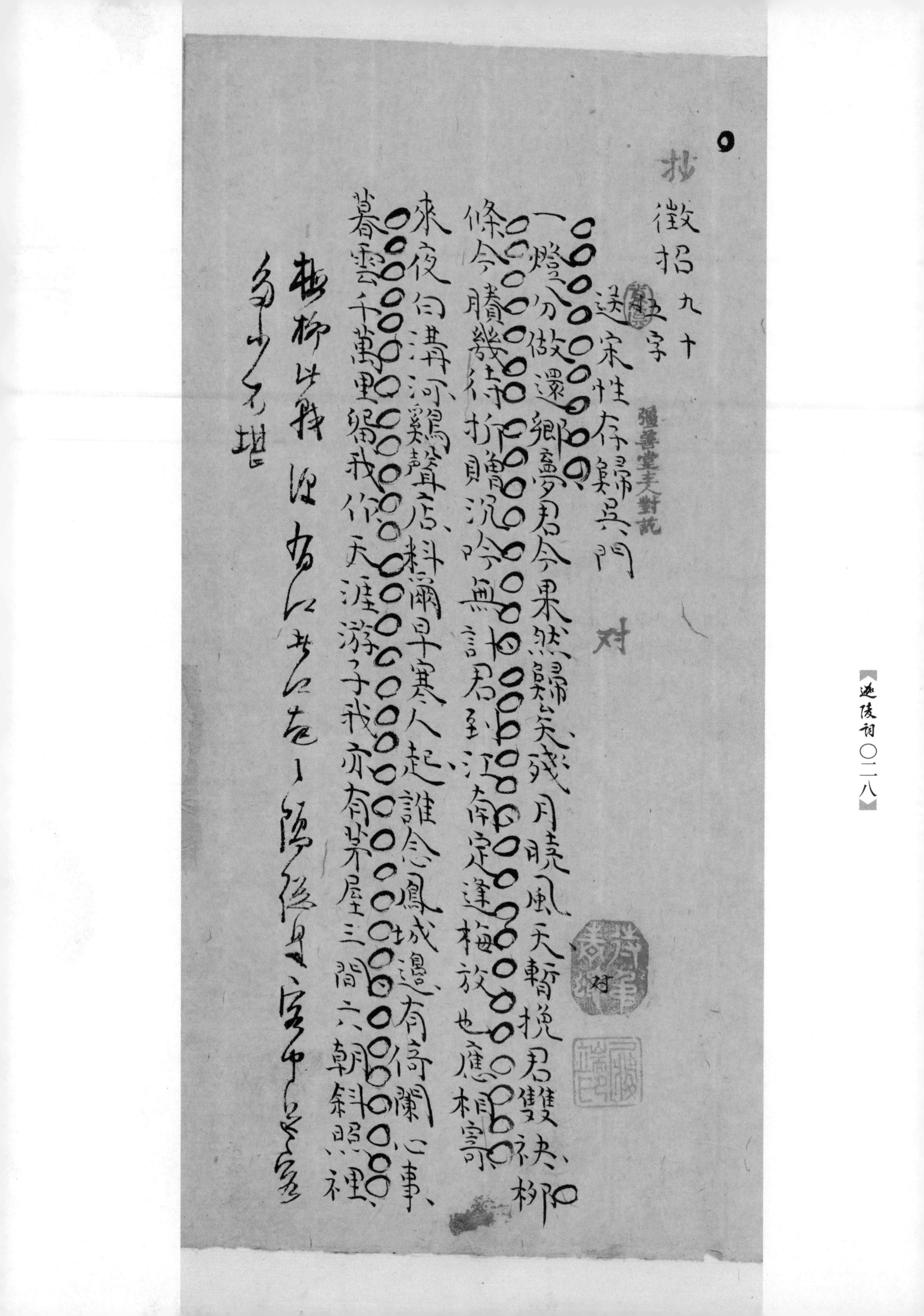

抄

徵招 九十

送宋性存歸吳門 对

一燈分做還鄉夢，君今果然歸矣。殘月曉風天，暫挽君雙袂。柳條今贈幾，待折贈、況吟無計。君到江南定逢梅，放也應相寄。

來夜句溝河，雞聲店、料爾早寒人起。誰念鳳城邊，有倚闌心事。暮雲千萬里，竭我作天涯游子。我亦有茅屋三間，六朝斜照裏。

[illegible]

塞孤 九十五字

宣武城外書所見 對

北風如箭吼。城門路、不斷香車流水。側捲綃簾拖燕尾。巫鼓唱

蠻簫賽烏孫。男紫臺人、黃鵠寡。羹溪敕。粉襟兒胖。多少紅淚

謳唱救。勞歌誦盡消魂事。繡鏃殘骸。攢骨。極顱。月崖根。潛老魅招

蜀魄呼湘鬼。鶻已叫。洛陽城。鶴未返遼西。市總春閨夢中夫婿。

如讀古戰場文

奇妙

彊善堂主人對訖

擬月邊嬌 九十七字 强善堂主人對訖

己未長安元夕

消寬勻更滕手撚玉梅前人庠什

元夜年時記水榭狂游騂橋閒趁梅梢月上樓簷燈掛娟蝶鬧鐵成陣春泥鬆軟鏤十里鳳城鞋印小郎殘火見多少澹庭來輕車粉如今獨客京華料還怪我歸期雞準金錢浪擲紫故[illegible]恨長自盼人書信晚寒偏嫩悄地向冰簷低問清輝何苦照一宵瀟驟

宋人炷詞年門有此清製否

抄

天香 九十六字

龍涎香 彊善堂主人對花蕊天香自是珊珊仙骨

萬斛鮫鱗，千堆蜃沫，沉沉碧海今夜。湘娥倚殿，貴主還宮，新擣都梁無價。金盆蘭麝，趁月裡、桂華初謝。濃染鮫人淚小，襯馮嬰冰帕。

天風彩鸞斜跨，拈蘭香、小憩閒話。幾偏龍堂游戲，蓬萊乾也多少。望陵愁處，空乘得、分香雀臺瓦背。迎人暗鬭他檀麝。

極艷異題，寫得蒼涼如許，大不可測。

陪弢似是小道，但亦未然

吳情依出古情，大似玉茗堂主人語

月華清

為蔣元膺催粧

犀盒偷春，鸞窗沸夜，曲欄花睡初醒。鴨篆微紅，不許晚寒猶賸。看門外、絳蠟雙籠，正樓上、麝巾低凭。紅定。算全然不似，舊時三徑。寄語酒徒蔣濟，總北釀清芬，休教酩酊。漸嚮城，玉漏隔花催暝。怪何處、北阮疎狂，約來朝、西山尋勝。誰應。只推言且待，雪殘冰淨。時京少約日内游西山故戲及之

抄

無悶　九十九字　彊善堂主人對読

益都馮相國夫子飲我以太和春賦此奉謝

須道坊西獨樂園中散沙堤似水攤絳帳生徒青州從事喚取鸕鷀杓到付侍立清こ小童洗潑春説餅滿船樂玉幾甌冰蟻風味倩誰擬似梅瘦春湖茶香官吾盡需甲果箇遜伊清綺麴部休嘷戶小也淳白卷渡如渴驥看渴向粉盡霜翳一色句決こ地

真放處不減蘇長公醉倒甚多

葉時

摘

念奴嬌 百字

長安元夕和家山農倡和原韻

尋常隔歲、預商量賞玩、來年元夕、燕未銜將泥、便軟糝偏蓮鉤綦跡、滿院燒紅、九衢漾碧、萬斛幽輝濕、東風幾陣、暗吹此事成背、今夜歡、灩灩深杯、玲瓏低唱、雖把愁兵敵、怕了玉梅花底約、只做鳳城羈客、歸路三千、春宵十五、誰遞他消息、舊家何處、門華人面同白、

和韻恰字字神來最為雅得恬到不拒四首處

念奴嬌 百字

贈吳門周復垣 時以丹青供奉內庭

盤龍後代擅虎頭絕藝風流淹雅一日聲名動人主不數當年曹霸架上奇鷹宮前稚蝶一一遺烘寫布衣親見鳳樓一片鴛瓦 可有褒鄂弓刀金張袍綬要上凌烟畫月給俸錢愁不飽只夢閶闔城下滿眼京華錦衣玉貌總是悠悠者青熒燈火飄零共作情話

抄

賀新涼 百十六字 中秋後一夕

彊善堂夫人選 四弟子萬之任黎城

月尚圓如許只江郎魂消欲別黯然難賦矯首玉河橋上立為

我斯須還住看歷歷霜毫白兔假使羿妃知此意數璇閨應也

愁鐵騎何苦炤征鞍去此行莫道微官誤笑人間幾多彩筆

雖紆尺組上黨舊為天下脊共說雄藩澤潞趁年少黃皮傳袴

若到三垂岡上過倚西風立馬為傳語李亞子竟何處

激昂慷慨不減李沙陀父子三垂岡顧盼光

景兄題

校

賀新涼 百十六字

題曹實庵珂雪詞 彊善堂主人翻讀

滿酌涼州醖，愛佳詞、一編珂雪，雄深蒼穩。萬馬齊瘖蒲牢吼，百斛蛟螭困蠢。筆蝶拍、鶯簧休混。多少詞場談文藻，向豪蘇膩柳尋藍本。吾大笑，比蛙黽。

爇殘樺燭剛餘寸。歎從來、虞卿坎坷，韓非孤憤。耳熱杯闌無限感，目送寒鴻歸盡。又眼底、群公袞袞。作達放顛無不可，勸臨淄、且傳當筵粉。城柝沸，夜烏際。

孤句

有阮公廣武之歎，覺眼前碌碌如石。

抄

渡江雲 百字　彊善堂主人對訖

送葉道子之任臨清守府

一鞭飛錦繖，鳳城南去，紅杏看花初。建牙男子事，千騎東方，送爾上頭居。碧油幢捲，碾輕車、小獵平蕪。風流甚、茸茸綠草，淺映綉鞍弛。

愁予。庚郎署賦，江令工文，任憑陵今古。總輸與、軍中陶侃，汲上周瑜。何時玉靶元戎隊，辟易黃獐爛醉駝酥。毛錐子，問伊直一錢無。

二字畢竟數閒

閒

抄

渡江雲　百字

送蔣京少下第游楚次儲廣期原韻

向長安市上，仰天長嘯，每殺彩為毫。月明無賴極，又焰征南萬赤霜袍。棹頭仍向瀟湘去，去〻採離騷，些大異樊，幾般往事，一半屬孫書。舟搖天低，滴黛竹瘦，凝斑任崖傾峽倒，恨訴〻一軍鐵甲，九派銀濤，潯陽夜火，黃州雪，應為我，從倚無聊，吾負矣，漫勞送上雲霄。

抄

珍珠簾 百一字

儷善堂主人對讀

題宋牧仲楓香詞次曹顧庵韻

當時紅杏尚書句，總輸却宋玉今朝風賦。螢火柳綿詞，鬭歐陽阿激楚。牧仲咏螢咏絮二詞尤為絕調。五色蠻箋螺子墨，宣染就穀微雲疎雨。淒苦滿歌坊，分粉壁舞巾紈素。一曲減字偷聲，聽小屏風後，玉簫潛度。似陣陣林鶯，一庭花露。鶗鴂又春闌，山調似萬馬，蕭蕭秋怒。相許我中年以後，冰弦怕鼓。

第三句同共之古

○

抄 木蘭花慢 百一字

彊善堂主人對訖

戊午中秋同既庭賦 昨歲中秋與既庭同在玉峯三友園

舉觴浮皓魄，何故向、客中圓。只卻月、是同登樓王粲，一樣難眠。長安、金波萬頃，盡六宮三市浸其間。天上桂輪晶餅，人間玉臂雲鬟。年前曾在馬鞍山。半醉恰憑欄，對丹崖翠瀑，狂歌曼咏，漏盡繞還。誰憐萍踪無定，又天街攜手共君看。今夜鳳城雙闕，素娥分外嬋娟也

去秋八月之望余偕其年九來立齋諸公研

飲于馬鞍山之麓明月如水天香拂拂爾時
覺興發豪上旁若無人詞云對丹崖翠
瀑狂歌曼唱滿座繚遶乃塞録此 兆庭

○桂枝香 百一字

蟹

彊盦堂主人對讀

○後經子思

蒹葭淺渚、有郭索爬沙、攪亂村村、溪斷霜紅、織滿夕陽鴉渡。漁人、拂曉起、窺與小門邊、趁籬籠、方眾樂林、誰笄子魚通郎河肥雪。已、記何歲、烟窗鳥雨、見小雨黃花、縱醉抱處、笑說整回倦。桂堂當春、千纖簾底、負親醉手、況西風雨寒、多言況吟、此事何時

還又

讀後段情語，覺老饕未免傖父。文長以風騷譽蟹，詞味亦然。

不意此調當居譜入之柳七集中其西歷差

昔人風味如許，不然讀爾雅不熟也

抄

齊天樂 字 百二

早春壽魏塘柯素培先生 彊善堂主人對訖

東風一夜漫天綠，搓勻柳湖烟水。幾樹橫斜，萬株香雪，絕稱小樓人倚。梅花天氣。正院貼宜春，釵搖燕子。纔過新年，六街已鬧夜蛾起。

一輪鄉月將滿，戟門羣獻壽，絲竹清脆。綠蟻雞乾，碧桃旋放，此曲飛瓊能記。當闌日麗。況膝下絲毫，承恩天際。簫鼓聲中，泥金齋送喜。

齊天樂 百二字

立春日東高課園時課園新納姬

御溝流水依然凍東風已窺窗眼韭摘新圓餅堆翦縷縱有咬

春誰薦況思故苑正萬點橫斜斗半窩清淺玉臂今宵料他雙勝

也慵翦長安多少羈客除非高濤如海此恨怪左兔喚馬簾階階

截橋上夜景有人拘管俊游灞滻趁微雪金門早鶯珠宮帶去

月天翠衾沁[illegible]賸[illegible]

新聲婉出使人神飛

○抄

齊天樂 字百二

彊善堂主人對說

蟬

何佃多後之擬饒能

高柯一碧無情極、催遍晚來秋信、塞琵琶、鳳城砧杵、髣髴一般音韻悠揚、不盡江村隔水、聽來數聲偏俊、盈入語絲絲、螳蜋捕處、倍凄際。

玉盤金掌雖好、餐霞還吸露、此事難準、帽揀豐貂、機鳴素縠、幾度愁他相溷、悄然低訴、可仍記當初、帝娘依稀仙蛻、寧遠料丹霄有分、

別之後之御風之技、謂入氣候向天自然入妙

起句便欲作渾脫舞勢、以下倒流三峽之水矣

白戰處俯之峭句、故是才人之筆

抄

水龍吟 百二字

白蓮

張蒼篁董人對訖

水明樓下相看涼荷一色瓏鬆地赤欄低壓綠裳罨靄月明千里小苑梨花重門柳絮算來相似傍前汀白鷺幾番飛下尋不見迷花底　無數弄珠人戲小姑娘水天閒倚明粧束素非關只愛把穠華洗為怕秋來滿湖紅粉惹人憔悴年年玉貌江潭夜悄凝去口聲如鉛淚

胖老妙極

真飄渺精靈

妙品

清麗大似淮海本色真香最不易及

有風人之遺深而能雋

詞境俱同出水芙蕖

抄

水龍吟 百一字

春游即目賦得侍兒堪感路旁人

彊華室主人對訖

花間一輛雕輪繡幰裊盡東風細龍旛歷亂翠釵劃葉流蘇百琲晴想其中宮黃蘂錦不過端麗縱玉環豐豔金堂嬌貴瑤池侶休凝睇忽見花枝從倚是誰家窣簾燕子恐當春冷拋他幔後坐他車尾彩箋飄蓬青衫淪賤古來如此料歸時淺導銀燈轉那箇屏風底

極似石帚夢窗而圓韻過之

先生之所處深矣不禁吾見猶憐之嘆

退之大頭巾上有睛光射戟之句知髯翁於此興會不淺矣

抄

莊椿歲 百字 彊善堂主人對記

賀新城王太翁七十 阮亭先生尊人

王喬家世神仙、華顛那藉丹砂駐、颿然鶴髮、翛然鳩杖、臨風揮

麈、恰值新晴、笑來秋到小十分濃處、看歷城雲物、嶠湖烟水、偏瀟

灑、真容與。 況有僧彌法護、映庭階琪花珠樹、七葉貂蟬、一門

鸞鳳、兩行鵷鷺、最感深知、絲絲縷縷、欲繡黃金堪鑄、至爐香親染紫

泥、遥捧作、斑斕舞。

抄

莊椿歲 百字 二

壽高陽李相國

千年仙李蟠根一枝種在沙堤右金波穆穆鄉雲縵縵小春時候綠髯調黑頭補袞人間台斗正宮門絡繹駝封赭帕頻飛送神仙酎 更值梅前菊後喜堯天風光鋪綿君臣一德夔龍共事太平今又銅柱烟消玉關雪霽河山明秀願[illegible]年曆上一年一度介先生壽

可語善頌似女游眷天孫法也

探春慢 百三字

新正四日東華門道上同徐電發並轡作

氷泮金塘，雪消瑤瓦，已將春霽開作。畫鼓敲時，綵旗颺處，輦道晴絲嬌惰。遼后粧樓在，記樓上、朝天標果。如今何日，玉欄杆無數，燕泥輕墮。

詞客吟情無那。御路近天家，輦影微斜，一抹斜陽。幾朝禁苑牆下，槖駝閒卧。縱到花開日，問曾否、連昌上鎖。多少新愁，恰被宮鶯啼破。

年二十　卅歲二　荔月

風流子 百十字 抄

董樗亭來始見錢莼魰之墓已有宿草矣愴懷我友清淚成詞即用莼魰來韻并求竹垞朱十亦一繼作

故人新化鶴今宵月含淚盼瑶京念別我西園朱曦翕赩送君南浦雪浪掀騰誰曾料人間瓊樹折天上玉樓成湘瑟纔彈便驚絕調粉箋剛到邊隔前生

新詞況吟偏斜行字銀鉤蠆尾縱橫獨向愁中細閱醉後閒評悵一帶新蒲碧淒杜甫千門御

葆光臨歿附以新詞深致其悲弔有生門而還化去讀此更為泣然

柳陌綠帘怨韓翃不待陳家笛起早悔浮名

原詞甚屬雅馴因另換一韻亦以壽字叶也

抄

沁園春 百十四字

咏硯爲李若士賦 若士時將入楚

誰向端溪劖紫雲肝鐫白玉臚便靑玉臺上強他銅雀徐陵序裡輸卻琉璃硬比龍精嬌踰鴝眼燕山韓文與杜詩窪而黑是媧皇煉賸嬴政鞭遺

醉磨角鼻能爲還笑倩方朔鳳咮隨但每看劍動神先跳盪時聞笛起興更淋漓此去衡陽祝融峰上要寫懸崖百丈碑顛狂甚叱青猿代捧離墨親題

彊善堂主人對訖

句〻從若士生情有十分劍戟飛書作檄此硯矣

李將軍射虎石也

沁園春 百十四字

題崇川范立廉夫松下小像 友人女仁受長公

松下誰耶、玉貌臨風、于思于思、正濤翻翠鬣、支離拗鐵、霜凋黛甲、剝裂侵苔、常偃鈹成、畢宏畫就、戰聲千霄未易摧、何故卻、嗒焉若喪、萬慮成灰、　琅山紫靄喧豗、還記得君家往事來、有四海賓朋、極天甲第、滿堂絲管、夾水樓臺、如此兒郎、居然漂泊、范叔寒今至此哉、長安道、且欷歔話舊、懷抱誰開、

抄

摸魚兒 一百十六字

蓴

毘陵朱□□選

憶家鄉此時門外四圍楓葉黄昏後湖小弄紅綃滑已過見水香

微滲論飯品雁不數鶯蘇羊酪異蜜流涎那禁律玉饞魚用

雪兆臨豉微雨小橋人飲

長安道惆悵愁潘鬢沈誰訴怵淶酒初

審粘是疑知何限絶情吳郎鼠飲渾未窖笑洛下季鷹歸也

還由恁思他自甚掃一夜西風五湖船上偎倚綠簑枕

此題無易家勝處亦在括周旁

彊善堂主人對記

每讀驥詞便欲羊酪視一切奇品異味風韻天然凡俗安可共享

曼倩游戲下詼都艷

〇抄

邁陂塘 百十六字

題徐電發楓江漁父圖

問何人、生綃滑笏、披來歷歷如許。孤篷幾兩西風底、滿畫五湖疎雨。無弱縷。盡水蓼江淡淡、信意牽他住。寄聲魴鱮、總來同欣然去。還可喜、知我看鷗鷺。 行藏事、不是如今纔悟。浮名休再相誤。人間多少金貂客、輸去綠蓑漁父。誰唱渡。早萬木酣霜、紅到消魂處。湛湛楓樹。又遙襯蘆花、待晴織暝、隔了半汀絮。

聲情淒曠、我欲橫笛倚西風歌之

彊善堂主人對訖

抄

摸魚兒 百十六字

宋牧仲謝方山曹實庵正子四先生招同人雅集次日正子和沈融谷詞見贈即依原韻奉酬

彊善堂夫人對讀

記宵來、老顛欲裂、要騎碧海獰鳳、銅荷燭淚熒熒滴、占滿衫兒嫌重、繚桂棟、記留住金鞭、不放狂奴控、公榮伯仲、任銀井堆霜、晶屏漏月、樂王半船凍、 吾生事、須付酒經茶董、不然帶眼移孔、杯闌忽憶家鄉好、萬點晴香浮動、亭楚頌、更一片茗山節庵（節園茗岕）連唐貢、晴螺翠湧、且浣卻京塵、歡將冰枕、低選客窗夢、東坡買田陽羨

欲於此間種橘構一亭名
曰楚頌唐貢吾邑山名

抄

蓮陂塘 百十六字

題龔節孫所藏圖 節孫蘭陵人卜居陽羨慕東坡之為人故為斯圖以明志

有蘭陵寧馨年少風前玉樹姚冶縛筇樹柵東溪畔正傍樊川水榭誰圖畫畫秋後霜柑百顆高低亞寒香噀射擬楚頌名亭追蹤坡老此意儘瀟灑 人間世總是鍋牛傳舍休矜文采儒雅海田幾徧栽桑後萬事虛舟飄瓦蜀山下有蘇子祠堂老木曾連把文今畫也便結得亭成他年志遂後日誰憐者

余邑蜀山下東坡書院内古木二株近數百年物今已斲伐盡偶感及之

彊善堂主人斆記

賀新涼 百十六字

岳州大捷

上以二月二日宣凱門外是日正值大雪

紫陌春如繡、正巴陵征南旅夜捷書飛至、閶闔門開排彩仗夾道笙歌嘈沸、都不用魚龍百戲、須臾鳳樓拋錦罽、笑今朝王佐姬人間世洗兵馬、豐年瑞、臨軒親覽、天顏喜、喜春城九衢花滿、千官珠綴、更向銀刀都裏、望小襯粉侯殊麗、想入蔡軍容女是讌罷不須宮翠燭、水晶毬萬盞天邊墜、長似晝、晃歸騎

以六花曉　映侶旋　搖樓臺　墨雨都人　異艷絶　以

抄 賀新涼 百十六字

贈成容若

丹鳳城南路。看紛紛、崔盧門第，鄒枚詩賦。獨炙鵝笙潛趁拍，花下酒邊閑譜。已吟到、最消魂處。不值一錢張三影，儘旁人、拍手揶揄汝。何至作，溫韋語。

總然不信填詞誤。憶平生、幾枝紅豆，江東春暮。昨夜知音纔握手，笛裏飄零曾訴。長太息、鍾期難遇。斜揷倚牛貂更好，笑前身、骨鳴從獵回中去。堂堂甚，為君舞。

不比塞漫直目持其蔭蔭穠穠

抄

健筆凌雲快刀斫陣樂事故當無異

賀新涼 百十六字

彊善堂主人擬訖

三韓李若士省親之楚若士尊公時為湖廣提督

秋到離亭暮。羡風前、珊鞭玉靶，翩然竟去。借問此行何所向，笑指巴陵山下。是烏鵲、慣南飛處。路入南荒休騁望，有陶公、戰艦空灘雨。灑熱淚，澆花舞。

嚴君坐擁貔貅旅。壓江流、一軍下瀨，目無黃祖。昨夜月明親饗士，要奏新填樂府。都不用、陳琳阮瑀。手斫紅旗翻破陣，看郎君、下筆驚鸚鵡。猨臂種，氣如虎。

詩情史料化作新聲豔如怡々人橫槊起舞何

霞着嵐哇一字

抄

賀新涼 百十

賀李丹壑京闈秋捷 閨學容齋先生令嗣

年少真英發。是當年、茶陵相國，鼎侯仙骨。噴沫驕嘶矜龍甚，所向全無空闊。潛書歷塊過都一抹，高隱詩家師好學，參軍祝解翻蒼鶻。誰似爾，最軒豁。　詎關家世高門閥。羨便便、藝林經笥，嶒嶸突兀。昨夜月娥臨桂殿，笑倚冰輪鑪窟。正仲與天香時節。來歲杏園花信好，捲東風十里珠簾揭。爭看汝，緋袍綰。

瓊姿玉樹安排風塵外物

○抄

賀新涼 百十

用辛稼軒陳同甫倡和原韻送王正子之襄陽明春歸廣陵并囑其一示何生龍若 何名鐵

立馬和君説。到襄陽、爲尋先哲，隆中諸葛。往日英雄淘打盡，怪煞怒濤山崩雪。今古恨、總多於髮。再問大堤諸女伴，銅鞮可有閑風月。誰彈向，楚天瑟。　纔逢燕市還分別。小悵生平無多知己、幾番離合。此去武昌魚不少，莫惜顏筋柳骨。要頻有、鄭虔三絕。一幅新詞凄涼把，囑來春、再示何生鐵。霜夜冷，劍花裂。

西園真豪傑，文人本色。

鐵須十分妙。

賀新郎百十

題大司農五苗圖六字 梁蒼巖先生夢人貽宋繡一幅長松千尺下茁五苗是歲先生第五郎生因名苗哥戊午秋先生招飲卻舍苗哥出揖屬爲此詞

靧面桃花雪、羨昌昌、搓酥滴粉、珠裝翠扇、昨夜分明天上冷、玉兔初肥時節、早謫向姮娥宮闕、騎上紫皇擎小鳳、笑群兒項領尋常物、粗了了、甚賢達

曾經入夢繚綾滑、是宣和寫生墨繡、亂松都活、今日荷衣能出拜、果應蘭芽其茁、寔此事通都艷說、摩頂苗哥須記取、奮扶搖條鏇行當割、家自有魏公笏、

簇簇妝新此圖驟志甚野其老空奪錦

袍矣迦陵

抄

賀新郎 百十

贈高内翰澹人

家傍紅牆裏、羨微郎、桃花綬帶、翩何清綺、白玉闌干黄金鑰、別殿秋晴似水、頻宣召、綵毫才子、塵世那知天上景、但微聞奏賦天顔喜、眉子硯、澄心紙。

鄙人瑣瑣吴蒙耳、悵生平、潛踪屠釣、埋名井里、一領綠蓑三弄笛、使倆如斯而已、只合向江南閒睡、深感雲霄憑問訊、笑人生幾度逢知己、燕市上、浩歌起。

抄

笛家 百二十一字

九月長安遣興

秋士心情，女兒節物，懨懨愁坐。綠樽雖滿，何心勸、帝京此夜，鏤棗成斑，煎酥凝獸，題糕才健，麝帕紛貽，繡旗細裊，點綴侯門讌。正新晴，日溶游賞，天氣不寒不煖。問算去年九日，有人樓上笑摘黃花，斜倚西風，任他簾捲。今日情懶，見登高伴侶，愁望秋槐宮殿。幾度逡巡，一番追悔，且倚闌干，偏怕萬一，鳳城邊，邂遇南飛沙雁。

隨筆所出，隨意隨手，一片無物不寄托，甚不條而成，格是

當時此事予在今日自擇第一，即未之為人言也。易重酒 [illegible]

彊善堂主人對訖

〇

抄

春風裊娜 百二十五字

正月十二日同陸翼王宋既庭吳志伊慶百徐大文葉九來道子李秋森游白塔栴檀諸寺

被東風入戶喚作春游新霽動峭寒收望崢泓太液龍堂鳳舸參差上苑琱甍銅溝元夜風光天家亭館舍樹已將花入少穩帽影帶晴薰御陌鞭絲和煖糝皇州

經過栴檀繡和蓮幢芝蓋行人說翠華常過金犢穩雪鐵柔一車鶯燕十里驊騮舊族崔盧花翻茜袖新粧秦虢秀髮前明睇獨憐高處有塔鈴辛語當年

讀此闋珠簾鸎徑碧苔鶴歸

彊善堂主人對訖

此地遼沼粗樓

一結人不勞則

浣溪紗 四十二字

遂下為閽牛叟賦

牛叟名陽遺，徽曰妻屢請納妾，子不應，間置孔氏一妾，三年遣之，猶處女焉。

頻笑王家九錫文、犢車麈尾事紛紛、綮兒語最傳聞、　每遣曰公歸阿素、去卻教坡老買朝雲、紅閨共置亦不輸君、

菩薩蠻 四十四字 抄

燕市贈相者 对

彊善堂夫人對訖

虎坊橋畔逢唐舉，西風酌酒為君語。鼻與魋肩，何當直一錢。

浮雲鄉眼見，富貴非吾願。酒盡撥三絃，狂歌菩薩蠻。

為閬牛叟新納姬人催粧 牛叟夫人已逝，方為作悼亡之詞 抄 对

彊善堂夫人對訖

悼亡纔寫菖蒲幅，定情又索消魂曲。淮估附書來，紅裓和笑開。

鵲橋填已久，儂是催粧手。老去漫情多，顛狂奈爾何。

雕香刻翠飛瓊像，多時供在粧樓上。揀箇女如花，纖腰同拜他。

自家蠻柳在、淺淥東風外、情緒慣眮伊、欺他尚小時、

減字木蘭花 四十四字

佐家為閻牛叟賦

牛叟以閨閣遺徽目余。世以鹽筴起家，後中落，妻惘好語相慰。

強善堂主人對訖

魚粗雁貌，健婦持門心力瘁。鬼魅錢刀，助得男兒意氣豪。家緣中落，軋軋機床拼織作。國士橋邊，賸有蕭蕭冷硯田。

抄

羅敷媚 四十四字

為汪蛟門舍人題畫册十二幀 对

鬱金堂後相思樹花月瓏璁庭院迷濛鳳脛燈膏瀲灩紅 雙

心一氣況香火嬌小烏龍斜壓薰籠笑爾葡萄寶幔空

是何年少朝天客火滿東華漏歇天街蝶夢幾歸尚戀花 麝

金獸炭團花褥休數其他一例豪奢不是田家即竇家

八盤臟手香鐔委紅粉輕調畫的輕描真得春魂為爾銷 道

書倆怪郎耽讀百幅霞綃十斛龍膏何必蓬山訪碧桃

彊善堂主人對訖

李皇周后年雙小玉樹宮牆金縷鞋封膝怯潛提出洞房　秣
陵往事千年矣如此踈狂莫管興亡便破家山也不妨　只
金籠鸚鵡新來啞柳條腰身月樣精神小小房櫳少四隣
愁繞院千竿碧石戛觸踈踈均斷續停勻幾陣玎琮似有人
浪花槅子冰紋檻綠沁肌膚涼浸眉鬚還有炎威半點無　水
明樓上人凭晨旁立鴉雛香鬢清矑愛看荷盤瀉露珠
蒼松陡作金虬舞似此雲山不像人間嵓畔相逢是綵鸞　情
緣未了並前塵在翁子團欒暗惜韶顏飯罷胡麻趁早還

鷓鴣斑暈鸕鶿杓玉潤犀香酒聖詩狂濃淡屏山黑幾行 牙
籤疊架粗於筍蕃錦珠囊宋槅唐裝也抵宦家門笏滿床
紅櫻斗帳空如水烟月羅羅人到南柯一片松濤枕畔過 雀
翅蟬鬢端然坐裙帶微挼纖指頻呵甚處巫雲入夢多
簟紋綠煖玻瓈皺極望芙蕖來往誰歟風幔烟橈滿太湖 瑣
兒不忿雙棲鴨波濺紅襦潮暈春酥阿姊身邊竟有夫
搓酥滴粉瑤臺侶要使微顰赤戲問幽情眉黛全低恚旋成 紅
絲繩拂拈來打何事干卿日語偏輕薄怒係迴媚轉生

盈盈對坐，繙經史琳琅瓊函，粉印脂鈐。夜冷春葱下幾籤。在

旁鑾燭能知狀，茗苦香甜。月小風纖纖際，嫘才高笑撒鹽。

菩薩蠻 四十四字 抄

贈梁陶侶棠村夫子小阮 對

彊邨堂主人對訖

邯鄲年少春衫綠、鳴箏競唱棠村曲、檀板鷓鴣天、歌臺月正圓、

謝公猶子在、才調空群輩、誰愛紫羅囊、書籤玳瑁裝、

新抄

極相思 四十九字

思夢 彊善堂主人對訖

对

濕雲未歛，香鞾斜倚枕屏前、分明昨夜，依稀往事、院後廊邊、下了紅簾，碧翠鑑悄、不覺笑靨微圓、漾漾脈脈、如塵似影記也雖全、

空是說夢遊事也呵、

留春令　五十字

感舊

燈前唱罷，樓頭繫馬，山腰射虎，曾放顛狂百千場，要數徧、何從數。一霎渾河風葉舞，捲舊游何處。誰滴他鄉萬般心，是隔窗兒雨。

彊善堂主人對訖

南鄉子 五十六字 钞

擣衣

悄倚綠垣、陰、驀聽誰家響暮砧、不是此聲聽不得、關心、自惜離愁萬種深、

夜夢別秋衾、起了西風返故林、滿巷砧聲都一樣、況吟、黃葉村扉那處尋、

刻

醉落魄 五十七字

咏鷹

寒山幾堵。風低削碎中原路。秋空一碧無今古。醉袒貂裘，略記尋呼處。　男兒身手和誰賭。老來猛氣還軒舉。人間多少閒狐兔。月黑沙黃，此際偏思汝。

对

臨江仙 六十字

寒柳

自別西風憔悴甚、凍雲流水平橋、并無黃葉伴飄飄、亂鴉三四
點、愁坐話無憀、 雪壓西村茅舍重、怕他榾柮同燒、好留蠻樣
到春宵、三眠明歲事、重鬬小樓腰、

七娘子 六十字

汲女

柴門之外清江曉、兩三枝映竹夭桃小、鬭茗偏忙、澆花起早、銅瓶翠綆深深抱、　汲餘閒數雙棲鳥、坐晴磯紅上梨渦悄、窣地許防、有人低笑、浣衣女娘又盈盈到、

校

定風波 六十二字

齊世家爲閣牛史賦

牛史夗閣遺徽曰妻名仙窈字少姜女兄弟五人幼者適予從兄自名其讀書處曰夗閣妻丁姓予悄呼之爲濟陽君

華閥由來數濟陽、國風從古說齊姜、輕與紅閨名更好、仙窈、盈盈林下是閨房、記得詩人佳號否、牛史、果然織女配牛郎門內雙丁太史事、姊妹劉家還有第三娘

抄

青玉案 六十七字

雁字

未乾墨晴遥天外、閒付與斜陽曬、狂掃八分臨阿買、赬紅霞尾、蔚藍天色、好幅烏絲界、 年年未了銜蘆債、入塞幾時還出塞、盤作辟窠、鬟作蠆、誰憑偷倣、十三行帖、寫上銀箋背、

祝英臺近 七十七字

維摩天女恰同參爲闍牛吏賦

牛吏父闍遺徽因妻屢勸予參訪者當窮究向上一着而以鈍根未果近慚龐媼遠負萊妻

水精簾、翡翠鎖、不許俗塵涴、繡罷鴦、摩窗畔茜絨墜、分明也厭當林香、楞伽寺靜日多了阿奴旁坐、 歸去可、好趣水、月潮音、早上雪山座、悭殺、蕭郎彈指景光錯、請伊試看人間、閑花浪、朶總一霎雷聲吹破

送陸雲山之任郟縣

雁頭箏、龍尾撥、曾記殢儂處、轉眼畫旗嫋嫋、引君去、遥知小陸風流、來春縣裏、種種紫艷紅香無數、郟縣路、淼淼、晚渡秋山、我昔作行旅、一髮中原、風起濁河怒、君經洛水平橋、陸渾小店、定和我蘇牆題句、

洞仙歌 八十三字

證前生為閻牛叟賦

牛叟以陽遺徽，同予生于閩，故生平癖嗜尤在楓亭荔枝。妻屢辦裝助予入閩啖荔，以遠道逡巡未果也。

海山奇處，綴晶丸千顆。老客炎鄉儘遊可。悅瑤京仙子，絳縠中單，西風起，一笑迴身欲墮。前因圖再訪，為釋饞涎，又西，欲上烟檣未曾果。彈指自秀屏空，瑯嬛落，離鸞仙已在蓬萊山左。拚不見今生荔支香，怕見了，添思玉人梳裹。

催粧詞爲宋念功賦 念功彭氏婿

中朝樞府鼐紅墻翠瓦年少郎君況淹雅看今宵井絡不見天彭剛一笑已向人間下嫁　銅輿聲漸近百盞籠映得天街不曾夜尚有好心情欄角沉吟故意看西山嬌冶也不是秦樓愛看山要選箇遥峰小眉邊畫

涉

滿江紅 九十三字

琴亦雙清為闍牛叟賦

牛叟久閟遺徽曰暑晏花下與諸女劇必招予予笑謝予琴不由師授以意成譜巧合自然

綠蕊摽搊憨狂煞他家兒女笑此是牧豬奴戲何心共賭懶凭緗床描蛺蝶愛指紅子争龍虎恰倆逢郎手劣于儂降旛舉奩花飲墻陰十畝半地燈花吐這琴心忽入海天寒處時世幾多嫦苗耳蛾眉也解英雄者看朋儕把漢宮秋臨風鼓

对

强善堂主人對訖

滿江紅 九十三字

壽海寧家始升六十

風景清佳，天氣是梅前菊後，弘懸處高軒列戟，阜軟簾堆，繡龍笛鵝笙喧午夜，徐行香宮錦圖晴晝，笑吾宗今日又重逢，圖南叟。

搖鐵鳳，蟠金獸，桐府畔，沙堤右，羨家門華貴，於公何有，坊曲漫勞誇帝杜，文章要使羅星宿，看佳兒新醞桂香濃，為春酎。

沙堤相府不勝平津焉虎之恍

对

彊善堂主人對訖

对

抄

鳳凰樓(臺)上憶吹簫 九十五字

題宋楚鴻倚樓詞卷

彊善堂主人對訖 对

百萬呼盧，十千買醉，世間何策驅愁。甚銅仙多事，鉛淚長流。一片唐陵漢寢，遺基在、舞罷歌休。何況是，敗荷衰柳，總不宜秋。

凝眸。金荃一卷，問宋玉家鄉，陸渭湖頭。悵頻年蹤跡，只客皇州。欲覓燕昭舊事，高臺畔、野水悠悠。無聊甚，閒吟閒寫，滿幅銀鈎。

水調歌頭九十

酬別沈鳳于即用來韻 五字

对

君住馬溪上、我住鴛湖中、平生酒顛花惱、此事那輸公、自逐冥鴻斑鷺隊、回憶練裙畫板、甚日恰重逢、也料秋江畔、開到粉芙蓉、人世事、棲同燕、絮西東、青山見人分袂、憔悴作別時容、縱使錦袍入直、詎抵綠簑聽雨、釣艇漾晴空、他日訪君處、煙水定留儂、

彊善堂主人對訖

富貴不惜拋卻如夜繡來行誰知之去

悟語通達

水調歌頭 九十五字

庚申五日　彊善堂主人對読　对

又是女兒節、何處貫香醪、艾壯瑤虎閃爍、與汝復相遭、回憶家鄉、此際不少、癡兒騃女、綵鷁綉旗、揮麾起、一川雪崩落半空濤、渚宮遠、澧水濶、恐難招、古來陳事何限、細數總今朝、楚國湘纍自苦、齊國薛君自樂、一笑等鴻毛、我自飲我酒、卿自讀卿騷

紀恨為魏里張太君賦　对　彊善堂主人對読

越國燕鸞地、春日綺羅年、張星本連天上、朱戶隱嬋娟、誰料羅

窗綉閣、吹到零風冷霧飄散、亦前緣、權當日畫眉事、追記那能全、織錦曲、緘情淚、寄誰邊、漳河獨火小、店、徹夜雨綿綿、請看古來青史、何限傷心、紅粉陽殺、隔江船、且盡一杯酒、莫撥四條絃

徵招 九十

五字 為尤梅庵悼亡

蕙叢去後徵之怨當時常恨年小別後鏡鸞分悵天涯人老小屏歸路悄怕重疊吳山清曉此夜遙憐水哉軒畔月明多少

侍史慢薰衣金門路愁聽寒花漏早剔燭鼓冰絃又犯此商調彩毫憑起草錯認畫遠山眉稿不信是白玉為堂賴玉臺人杳

彊善堂主人對訖

白玉為堂玉臺人杳用減騎省一賦

抄

徵招 九十五字 对

為王琯湖編修悼亡

柿葉翻時人病起，淒然悼亡新賦。畫簾儘伊揀，奈薰鑪先去。元和才子恨，挨細研、鳳牋零譜。不分西山，風前還鬬舊年眉嫵。

故國水雲多，曾側帽、共聽半船疎雨。粉腕斫鱸香，更翠尊凝竚。如今秋夜笛，只遞入、客窗偏苦。縋蛛絲、丁字簾西，記有人行處。

抄

滿庭芳 九十五字

送顧尼備南歸爲母夫人壽

梅子生仁、柳綿着水、翠陰泠泠遮墻、新裁綠袖、愛趁日初長、立馬都亭送客、鞭絲颺、帽影低飄、凝情處、暮雲堆碧、妬爾作輕陰、霞觴舉、奉候黛添、艾葉紅入榴房、有江鱸雛筍、足膳高堂、路次毘陵水驛、應相見、陽羨山光、憑君說、倚闌游子、脉脉日思鄉、

順甫以文甫恰[illegible]

滿庭芳 九十五字

吳門管烈婦夫亡殉節詞以紀事

鏡掩離鸞，絲催別鵠，千秋彤史留悲。機中錦字，長恨與誰論。一自磨笄人杳，成灰後、蝶化羅裙。人間事，依然花月，空宮怨無春。

夫君憐綵筆，土埋玉箸，雨打黃昏。痛梨花一樹，同散朝雲。高巘得巫箾社鼓，骨冷江畔，歲歲迎神。憑誰畫，歸斑滿竹，別樣管夫人。

情到不堪回首，結語尤能入神。

抄

卓牌兒 九十六字

聯吟為閣牛叟賦

牛叟以閣遺徽同余填詞成妾恒為解頤偶製杏花天三闋妾索書素帕出入懷袖中

誰填杏花天卻滿幅春愁無賴鳳紙正疊貍寫下字鸚鵡報道
娘來簾外新詞誦輕狂一半是狂奴故態幾偏繞柱循廊一回
暗想胡猜麼他娥黛顛倒旋解畢竟是清新堪愛烏絲小楷
要麝熏親灑今日營齋營奠記石竹羅裙早壞裙帶字斜行還

在

抄

玉簟涼九十七字

己未長安七夕

太液荷香悵良夜今秋仍卧他鄉輸他天上景又鵲填成梁一從上苑入直金魚珮誰放疎狂瓜果讌來東樓高處風露偏涼

秋光舊家節物往日心情驀驚無限量一鈎眉樣月記曾照幽窗粉雲此夜千里盼不到小院陳處銀漢悠料有人和淚凝粧

附梁棠村先生和

思

石溪漫

末麗飛香、悵孤影長宵、渾似他鄉。生離何足怨、幸猶有津梁。銀河曾否問渡、天邊事、傳說信如狂。螢火細傍、雲屏羅扇、總助悲涼。　年光安仁鬢換、子野情多、歷亂儘耐思量。絲絲蕉葉雨、又聞洒疎窗。夜深誰共私語、無人處、斜月空廊。還記取、畫閣中燭照殘粧。

宋既庭和

桂子天香、望宣武門樓、渾似仙鄉。銀河風浪少、又何待舟梁。漫說金爐烟裊、長門賦、才怨清狂。乘槎遠、問天邊織女、夜夜凄涼、風光、玉圍屏戍、針縷晴絲、誰家鎮日思量、藏鈎巫峽、雨也、高卧蕉窗、夢魂夜繞南國、奈對此月榭雲廊、黄姑渚、恰難堪薄倖梳粧、

徐電發和

遥皆飄香、望禁柳烟濃、未似江鄉、穿針當此夕、漫彈却釵梁、縱教蓮漏夜永、金門客、誰許清狂、只別院有紅牙齊拍、同唱伊涼、清光玉繩低轉、銀漢斜橫、牽起愁海難量、擁衾和月睡、且閑閑雲窓、双魚信息、都斷、誰能勾夢到、回廊、風露裡、怕

天

邁陂塘　損殘粧、

書實庵和

十載長安、記如此良宵、團扇拋殘、龍梭初罷、織赴碧落幽歡、幾多鈿盒、鏤子陳瓜果、乞巧樓頭、鸞夢醒、但絳河千尺、雲氣漫漫、　無端嫩苔繡瓦、斜月窺窗、粧做秋意闌珊、去年當此際、正同倚危欄、今宵髣髴有恨、盼鵲駕不到、人間天似水、擲淚珠、荷露爭圓、

抄三部樂九十八字

題王瑒湖新詩卷首次用彭淵韻

滿幅清新好譜上香綃恨無纖手珊瑚七尺石屏對筵前儘有憶天上幾度花開悔玉清輕別鳳儔鸞偶短拍長謡迸碎鮫盤珠走御河連宵秋雨換十畝殘荷一灣疎柳潛來擷當宮墻月明感舊墨蹟離奇似斗半倒雖半成急就餘興淋漓揮灑偏舞巾歌袖

瑣窗寒 九十九字 抄

本意閨情

彊善堂主人對訖

蠻字墻兒、冰紋槅子、謝娘三徑、烏龍怕睡、吠煞、翠梧桐影、樹鬱

天一泒雁程年年、貽悞蕭關信、又棲鴉歸過、誰家玉笛、叫西樓

瞑、愁聽窗飈勁、便黑了一燈、喚人誰應、銀鴨嬌憨、還泥薰籠

偎並、卸鬟鑄畫月闌干、峭寒陡覺秋夜兩、伴黃花且熨紅綿、冬

釭應倍冷、

瑣窗寒 九十九字

和梁棠村先生寒食悼亡之作

彊善堂主人對読

半疊蠻箋、幾行鮫顆、情辭哀麗、把翫迴環、魂斷十春羅綺、便無情絳蠟成灰、啼珠也向銅荷膩、悵眉如春水、剛纔平了、東風又起。

凝睇晴堤外、有裙幄參差、餳簫遠邇、烟光正好、只動粉憔腈悴、便化為竊藥常儀、冰輪月殿人孤倚、也須將一片清光照、綠窗人淚。

眉如遠山㞢怡云、眉如春水、新俊異常。桔語

情文变至不堪回首

月華清 九十九字

病榻閒情爲閻牛叟賦

彊善堂主人對訖

牛叟兇閻遺徽曰妻一生鮮情容雖疾疢亦、淡、粧讀史

予詞之提學来至女秀才矻矻何爲毋憩耳天閻日課

童奴茀灑余以丈夫當掃除天下爲言妻笑曰請從一

室始

盡尺吟點、當、床若榥、屏當娟、楚如昨、記得前秋、滿院西風斜剌、

綻三朵五朵、蹊花、映一層兩層簾、閣墻角、課稼奴、橑帚桐陰閑

縛、慣剪殘燈讀史、替清狂夫婿、聊荊相謔、今古干卿底事、祇須燒卻、便歷世小住為佳、奈心情年來偏西、番僅、竟騎他奔入、入月中偷樂、

抄

渡江雲 有字

欲雪

碧翁將試手，趁春未到，要放一城花。關河都凍紫，風慘雲昏，冷色走龍沙。籠窗撥火，料寒威、來早還加。簾櫳外、未曾飄灑，吟興已無涯。

山家。當年此日，枯柳晾鴉，小柴門入畫。恰又是、梅邊渡暝，雁底航斜。玉塵休擬簾纖舞，念有人、新在京華。凝盼處，須愁綠蟻難賒。

抄

念奴嬌 百字

己未長安中秋時值京都地震
是夜微雲擁月

西風帝苑、正停杯爭盼、一輪圓月、坐久京鐘猶未歇、露靄、暮雲

佩聲低彈冰綃、深藏桂殿、不放嫦娥出也、雁總見有人千里華

今夜地由翻坤輿、陸撼怕被蛟較掣、那有龍函井

金波佳雪、三市霆轟、九衢電影、馬屋瓦昆陽列、問誰無恙天

邊惟月玉闕

一結天自入妙

前後闋紛之自世之感時帰與事那得不雙妙絶

拙 百字令 百字

送周求阜之任滎陽

滎陽京索，是當年、劉項舊爭雄處、壘蛇紫鴉工纍笥、鉅系紗石石客辭幾行

秦楚、汜水重關、敖倉騰蟲、蒼莽空今古、西風夕照、老鴉歸上枯

樹、君到試問當初、鄭虔故宅、三絕猶存否、贏得兒童和笑說

文采周郎，獨步故國，情親新涼，節物送爾驅車去、休輕百里、此

間舉雛門戶、

送鈕書城之任項城

瑚石鑪錦稻、記君家權傍、無虹亭子睐影晴香臺妾白石、一旦起而為吏、綬染紅桃、符分銅虎臺足云豪耳欲、然捧檄當年毛義如是、　極望地入鮦陽、邑名南頓、樹矣纔如蔡、去約官僚、開射獵應認前朝戰壘、古驛危、隧荒村虎吁日落城墻、紫塵聲處、士此言尊伏君洗、

咏陸、雲士萬年冰扇墜

長安六月玉河橋柳下、涼冰爭賣、銅椀聲來高十丈、日只是炎、敲雖耐、忽見風前、水晶墜子、人意光涌灑颼颼、凍院似聞何處清

籟

傳道太華蓮西堯年古雪結此玲瓏塊磨却千場閒歲月

冷看人間成敗桂窟蟾精松根虎魄凛冽還堪賽更誰偷出幾

叢淥竹構黛

百字令

棠村夫子席上咏米家燈

東風作陣，颺月明籠，百戲並今攏，低亞淺奇如步屏，和笑指此是前朝

巧手畫遍，有蝶蜂皆飛，無花不笑，翻覺丹青假，何須周昉，日揸酥滴粉村

寫

聞說上國樓，甚東京士女，最重元宵夜，兩載傳聞，甘渾叔寶

寡角月明，鴛鴦丸記，意今年昔畫座上人，在春燈下，昇平遺事郎

遏鸚鵡能言

只眼飛書

便了

聞得千

第妙

不乃上言

附棠村先生和詞

六街風軟、映玻璃幾樹、寒梅枝亞、詞客爭看陪笑處、頻賞冰
綃圖畫、幽可飛來、人堪呼出、疑是天工假、鐵溪巧剪、肯推徐
趙能寫、更喜湘漢波澄、梁園賦就、同此燒燈夜、洗殘芳堂
堂文酒會、壁月影侵霜瓦、一曲旦、飲驩歌、成激楚、拼醉瑤簫下、
旗亭當日、有無今夕佳話、

百字令 百字

庚申長安閏中秋

姮娥天上，恰晚粧添罷，更臨瑤闕。四十七年纔又見，閏了中秋佳節。（中秋自甲戌閏後，今歲始再閏。）丹鳳金波，重懸晶餅，分外鋪晴雪。廣寒宮殿，依然翠鎖齊掣。　可惜耿耿孤光，蕭蕭夜景，縱好成虛設。贏得冰輪圓兩度，多炤一番華髮。萬里鄉愁，五更寒信，幽恨憑誰說。停杯為問，望山中叢桂，應發。

附和詞

梁清標

秋光無盡、把冰輪重碾、影搖珠闕、何幸嬋娟會面、不待明年逢節、桂子還飄、霓裳更舞、砌滿長天雲、蟾蜍如舊、瓊樓鈴索同斟、最愛清漏初沉、玉繩低轉、肯使樽空設、屈指平生能幾遇、添得數莖霜鬢、家國牢愁、歲華偷換、欲向南鴻說故園今夕、東籬曾否花發、

抄

臺城路（百二字）

綠水亭觀荷

分明一幅江南景、恰是鳳城深處、野翠離〻、嫩晴歷〻、撲到空香萬縷、早村人語、是柳下溝塍、籬邊兒女、稻葉菱絲、隔紗長作打窗雨、

蓮房箭鏃簇〻、西洲都蓋滿、睡鴨新乳、碧梵迴〻廊、黃泥小竈、幾斛冷泉親煮、倚闌凝佇、記巷西東頭、舊尋詩路、招箇烟檣、飄儂、溪畔去、

抄

臺城路 百二字

題松堂圖為姜西溟母夫人壽

憑誰細研吳綾滑，貞松皴來蒼窅。鬣可拏雲，濤偏沸雨，只伴疎梅衣縞。霜零雪嫋。兒輩看得書成，龍鱗暗老。十載飄蓬，枝頭飛去翠禽小。

鄉關悄然回首，小橋新月下，茅屋偏好。肱被輕分，江魚遠致，長祝歲寒相保。清愁未了。毋添筆紅堂，欄邊斜倚，擬答春暉，此心慚寸草。

抄

臺城路 一百二字

遼后粧樓

洗粧樓下傷情路、西風又吹人到、一絡山鬟、半梳皆髮、想像新興鬧掃、塔鈴聲悄、說不盡當年、花明月曉、人在天邊、軸簾遥閉、茜釵小、

如今頓成往事、回心深院裡、也長秋草、上苑雲房宮家水殿、慣是蕭娘易老、紅顏懊惱、與建業蕭家、一般殘照、甚閑愁、且歸斟翠醥

綺羅香 百四字 抄

彊邨叢書本對訖

題宋既庭小焰圖作長松竟幅

昔夢都非、舊游須換、秋夜一燈吾汝、彩筆憑陵、壁畫曹滕邾莒、
曾見說猨臂難封、又聞道蛾眉工妬、任紛紛項領兒郎、薰香剃
面畫衣袴、誰將束絹一匹、皴作銅身鐵鬣、翠交蒼互、子落濤
鳴、下有幽人箕踞、看幾簇露葉烟條、經幾場落花飄絮、鎮朝昏、
吟雨嘯風、慣為渾脫舞、

抄

秋霽 字百五

送江辰六之任益陽

綠染熊湘，正翼軫之旁，一點星小。鹿走晴巖，鴝鵒啼斑竹，細雨黃陵古廟。江山未老，又逢仙令栽花到。官閣外，郢渚昭丘，彌望總殘照。　去去定遇新月巴船，夜闌櫓聲，觸醒沙鳥。偏江鄉，白蘋紅杜，客愁應並楚天杳。此地西風知音早，君更為我，試問陶侃，當年空灘戰艦，尚餘多少。

鈔

解連環 一百六字

送孫愷似孝廉南歸愷似陪使朝鮮曾輯採風一編載彼國士女詩詞略備故後半闋專及之和李武曾韻

渭城朝雨、怕聲繁拍促、淒如結楚、誰砌滿黃葉中原、恰晴捲歸人、渡滹沱去、萬里橇程、曾透過、龍荒小部、憶下句驪國、碧菴華樓下、醉歸舊處、

采風一編淺否、記斜行小字、驚鴻跳虎、中間有一幅箋、是貴主婷婷、摩訶避暑、（采風集中有朝鮮婷婷公主詩）不信蠻姬、也一解唱謝庭花、似繫纜、書成鞭正闋、文休刪夏五、

拚

泛清波摘徧 百六字

采菱為鬭牛叟賦

牛叟以隋遺徽自序曰妻種菱湖西常携諸女偏舟采摘當夕陽下春翠袖紅粧與清流碧藻相映宛在畫圖寅秋尚期踐此約而竟不逮矣

花窺鏡、奩曼匣華紋十里西風公路浦、遶將船艤小、纖煙、漠、帶花舞低寒取涼欺鵰腳嫩壓雞頭肯似碧房蓮暈茁淺泊前汀、貰秋鱸吹火同煮 斜陽渡晚來誰迎水橋頭暝色隔村人語

記意前游、微茫竟隨客歲、催程去速速、板渚輕波漾漾、逢船呂陳、
雨、一自采菱歌、斷、謝娘何處

沁園春 百十四字

題王山長小像

己卯之秋，余甫成童，流覽簡編，見諸省賢書，楚材最妙，於中杰作，數子尤傳，舊雨石霞金昆亦世，先後同吟杖杜，偏昭丘上只思君不見，君在誰邊。 相逢各已華顛，笑燕市論交亦偶然，歎破硯枯琴，此間孤冷，豪絲脆管，別屋夭妍，三尺生綃，一泓冰雪，貌爾蕭疎老鄭虔，掀髯笑，笑人間何限，圖畫去凌煙。

咏慈仁古松送陸蓋思歸錢唐

彊善堂主人手鈔

種自何年、金邪元邪、稷乎高蒼、恰崩濤亂瀉、熊蹄兕吼、枯根直裂、虎跛龍僵、容有將歸、我來樹下、萬斛藤蘿漏夕陽、摩娑歎樹猶如此、時代蒼茫、青春正好還鄉、只唱罷陽關易斷腸、記前月揮鞭、將遊梁苑、今朝分袂、竟返錦塘、世事何堪、人生難料梧葉翻時又悼亡、歸休恨、有一湖晴淥、西子新粧、

抄

賀新郎 百十

酬贈王山長即次來韻

起得突兀

城與銀河接。正新秋、千門碧瓦，萬重晴雪。薄宦京華愁不了，聊唱新詞數闋。還卸取、玉簪偷節。曲犯梁州偏入破，辟闌河、幾陣風騷屑。英雄恨，甚時歇。　襄樊軍鼓鳴金鐵。問當年、周郎戰壘，沙沉戟折。一自幽蘭零落後，只剩湘潭愁客。笑乞來、頻勞書帖。稍待酒香雞剌放，盡生平、細共先生說。恐又惹，唾壺缺。

楚舞楚歌，英雄文士一同淒咽，讀之如怯。

靜〻[illegible]人

抄

賀新郎 百十

送彭直上下第還鄧州兼柬賢兄中郎 六字

且作平生語。儘當筵、拍張脫帽，吹簫舞槊。聞是隴西猿臂種，家世由來善射。遺幾度、藍田尉罵。遲汝三年封侯事，笑誰令、健筆兼騷雅。彼李蔡，人中下。

臨歧老淚如鉛瀉。起杯闌、幡然竟去，輕弓快馬。到日賢兄憑寄語，撩亂柳綿飛也。有別緒、與之成把。博望野花紅染血，訪行藏、風裡休悲咤。恐又震，昆陽瓦。

傲睨如許〻人擊破唾壺

鈔

賀新郎 百十六字

送廣陵下第南歸海寧兼以誌慰

槐影人搖清晝送君行紅亭淥酒輕衫細馬家世沙堤兼秀才誰（汀堤兼綺皐詎）不稱知名者況彩筆淮陵騷雅月殿桂華新擬取佳金臺買駿重論價又遲爾三年也　真珠莫惜離筵瀉儘人間群兒自貴底須悲詫昨見無楊詞幾闋訴盡兩昏烟嫁空歎息娉婷入畫自古柳為天上宿蹤長條定遣籠鴛瓦會相見龍墀下

廣陵有楊柳枝詞感遇絕佳

濯〻王恭依〻張緒觀此新詞益

增悯帖

賀新涼 百十

送西溟南歸和容若韻 時西溟丁內艱

三載係園住，記纏綿春衫雪後，幾曾離阻。又作昭王臺畔客，日日旗亭畫卧，最難得他鄉歡聚。眼底獨憐君落拓，又何堪鵑鳥啼紅去。都不信，竟如許。　千絲漫理無頭緒。問愁悰，原非只為渭城朝雨。如此人還如此別，小說甚凌雲遭遇。笑多少、癡兒騃女。本擬三冬長翦燭，悵今番、舊約成辜負。和殘菊，隔籬語。

附容若原倡

誰復留君住、恨人生、一回相見、又成間阻、曾向亂紅深處、坐春夜燈前聯句、應不道暫時相聚、無限長江多少淚、聽遙天一雁哀鳴去、黃葉下、秋如許、

丈夫困甚傷離緒、憶年來、栖遲梵寺、冷烟寒雨、更是傷心君落魄、兩鬢蕭蕭未遇、只悽惻故鄉兒女、一事無成身已老、歎古來才命真相負、千萬恨、共誰語、

抄

賀新郎 卩百十

雙魚閣爲閻牛叟賦

牛叟以閻階遺徽曰甲申寧客金陵妻獨攜子女避地吳越常手書促寧歸爲輕薄子所撼竊視歔欷感勉得性情之正

軍馬臺城裡、記當年、君獨建業、妻孥吳市、江左英雄今誰在、太息周郎已矣、空還賸斜陽燕壘、一泒大江流日夜、捲銀濤舞上青山髻、燈火爲我遞雙鯉、寄書殷浩輕擲子、却翻言旁無知者、臣開臣閑，筆枱翡花桃來處覷，不是一緘紅淚，也不賦竹竿魚尾。
昧旦雞鳴相壯甚，笑白頭吟與盤中字，兒女態裙釵氣。

送吳璘符歸武林

君去還來否，倚西風頻搔短鬢，且攀覓柳詞句，沉雄兼感激，似
爾驚才希有，論筆勢蒼然最陡，可惜男兒分袂易，偏是安尋然，
無紅袖，誰為我勸君酒。　悲離憶昨三過走，正嚴寒連營毳帳，
幾重刁斗，從古陰山花最少，只有土花鋪繡，更只有六花狂吼。
今日秋容偏瀲灩，小湖頭西子粧繞，就歸去也，恰重九。

為馮郎暨催粧郎暨盛都夫子三世兄是日夫子方有
催粧 御書之賜白馬珊瑚書中句也

河畔秋還未、奏人間、昔鵲橋先駕、紅絲雙繫、隔巷新人車乍到、四角銀鈴鳳子、已漸近、槐廳門第、相府沙堤行更穩、簇晶毬、滿路玲瓏綴、烟月下、香塵沸　火城纔散朝回騎、恰元僚、赭袍捧出、宸章新賜、麝墨淋漓題尚濕、千古君臣魚水、越顯得、門闌有喜、白馬珊瑚佳兆看、他年接武鵷鸞隊、　天語在、應須記

又同日為代菊崖嚴催粧 菊崖嚴滿洲人乙卯孝廉

乳燕飛晴晝、鳳城邊、靈符剛換、女兒節後、報道侯門方合巹、預

醾、菖蒲花酒待醉也。玉釵纔溜、更喜石榴開幾簇、小欄前要與猩裙鬬、一般樣、燕脂透。 檀奴才在溫邢右、望僊粧、昨宵燭下填詞立就、耳畔依稀聞郎字、似說東鄰比秀、惹一笑、玉人回首。且俟秋來黃菊院、捲簾人同倚西風日、問果是誰清瘦。

彊善堂主人對詮

寄贈吳興沈鳳于五十 時正五十

笑謂東陽子、論男兒、泥塗休恨、雲霄勿喜。自昔奇才多淪落、溷跡屠羊牧豕。 笑奴價竟何如婢。細數平生歡少、白、掉頭傲盡吾知己。問五十、行年是、碧菰城下、烟波柔、且徜徉、一帆曷言

西風十里、地是烏程、饒名酒、莫管人間萬事、姑引滿、頹然而醉

難得中秋逢兩度、瑤闕圓長、浸空明裡、湖面月、又東起

諸城李渭清贈我以龍鬚數莖、同署舍人寶應陸編修義山、沈大令融谷賦余寓座中舊有虎鬚故篇中及之

猛性何曾改、記當年玄黃血戰、怒濤澎湃、一自海風吹陣破、神物居然頹倦、冷笑殺、紛紛鼠豕、失勢人豪多類此、有項王刎死因橫敗也、一樣歸葅醢　虎鬚摧慣粧腰、世帶是銅峰獵徒脫贈、為防百怪、長恨此生誰配爾、瑜亮相遭寧再、要留意使淮陰伍噲、

今日兩雄都入手、便山魈水鰔逢何害、況自有吾髯在、

摸魚兒 百十六字

咏窩絲糖 唐糖出大内遺製今西山一老中監尚能為之後恐遂失傳矣

息春燈赤瑛盤內絲縷縷難理平生說餅題餻興慣興君饒

手卷銅駝市盡賣餳小擔簫聲依何曾見此紛輸瑚遲前

輕絲織軟雪不勝遶李沙能長彷彿華記依稀內遺

製衣當分者帕低籠處分賜龍絲鳳子今何似宋嫂魚羹又似

楊妃勅天家往事也不信宮娥曉寒阿手搓得似般絲

附 棠村先生和詞

憶長安、昇平節物、坊肆繁華、重理大官珍味、流傳久、餅餌當年曾嗜、春宵市、空想像、萬華昔日殘編底、今猶存此、看雪片氷絲、攢成螺髻、典盤將遺。大庖饌、宮監、廚娘能記、玉盤爭欺佳製、詩中載得題酥處、舊說眉山蘇子、誰當似、虞耕侯鯖不數、楓亭荔筵閒瑣事、入樂府新題、詞人綉口偏覺繪來細。

鮫門主事和詞

問東華、當年膳部、於今食品誰理、餦餭粔籹、金盤供、羊棗依

稀同睹、新豐市、空零落一匙社飯春風底物猶如此、歲頭白
廚人窩兒舊式、味與沙糖齒、輕拈出、萬縷冰絲誰記省教
方法偷製、試看顆顆團成處、想像烏雲鬟子、誰相似、寒具
油酥纏臂黃金莢、閒情佚事、須曝日將翻、夢春餅爐、一一話
來細、

抄

笛家　百二十一字

己未九日鮫門招同諸子游黑龍潭次賓貞庵韻

滿目新晴、無邊野興、休論萬事、且須載酒題糕、去靈湫鏡黑、一片磴泥青、有人言是老龍蟠處、一樣重陽、兩年羈宦、往事零如雨、被游人問、昨歲破帽、猶然存否、　重晤竹西詞客、剛來京國、亟拉吾徒、洗盞持螯、翩然豪舉、回憶深院、小黃花朵、空顫釵梁、鬓縷獨夜悲悲、他鄉惻惻、飲罷迷歸路、風急也、白楊邊颯颯定和誰語、

抄

穆護沙 百六十九字

題茗中沈鳳于孝廉被園偕隱圖

吮黛調鉛、素偃霜毫渲染、如許是東陽才子、蘋洲詞客、壓倒秦觀賀鑄、攜孃、吹簫樓上侶、小葺個短籬踈圃、藥砌畔紫葳莚放、花架外玉鬟鬖髿、吐嫩紫嬌黃長紅小白、烟條露葉倩誰梳、恰曉粧緩、嚴手香輕摘、人在綠窗語、　惆悵襟懷誰訴、鎮相看卓家眉嫵、正春衫對挽、蠻箋低墮、情知粉郎新句、怕笛伎箏人歌易誤、須紅豆今番親譜、小立有簾前桂子、授意把碧簫潛取、搦

擋偷聲、商量減字、月波浸徽画屏處、向前溪更滌水甌、宵闌煎顧渚、

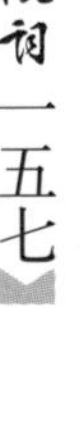

迦陵先生手書詞稾

乙丑四月

歸安朱孝臧

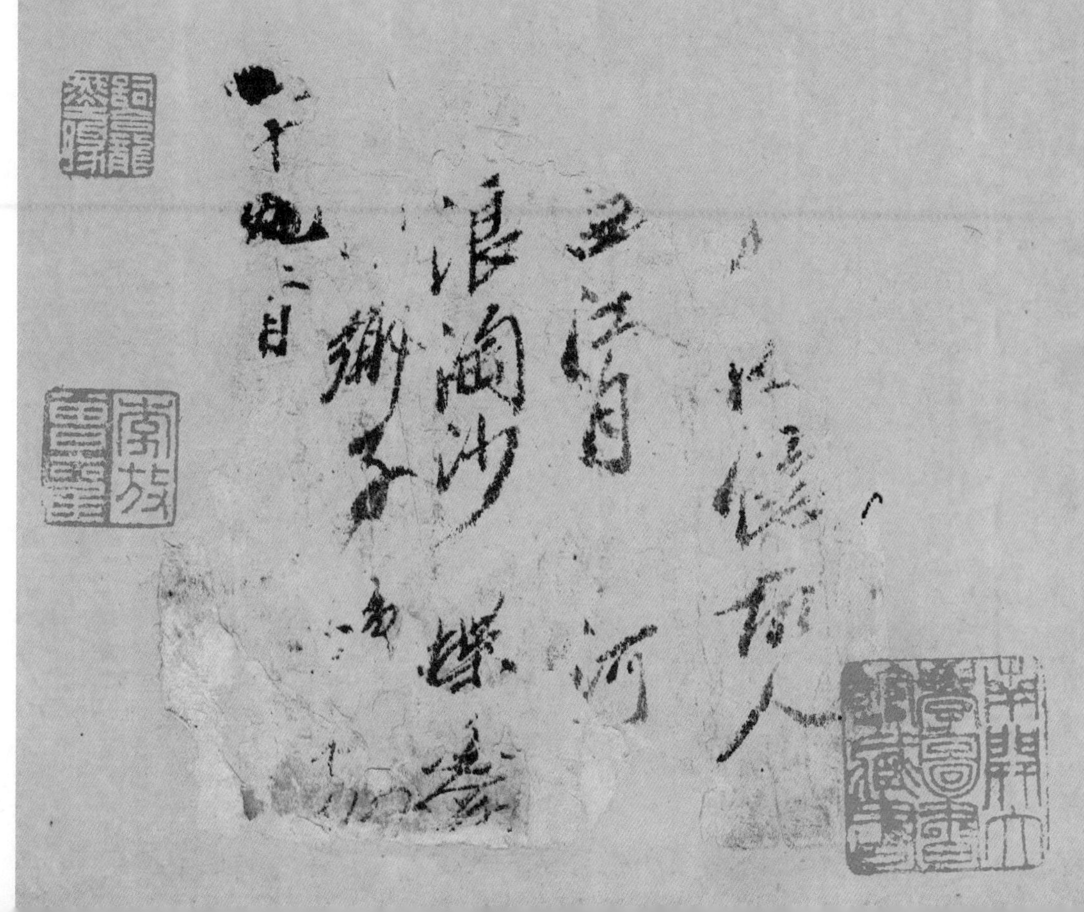

十一

瑞鶴仙 沁園春　一寸金　浣溪沙 月上海棠　春夏兩相期　青玉案　皂羅特髻

太常引　浪淘沙　朝玉階　沁園春　滿江紅　洞仙歌

眼兒媚　驀山溪　念奴嬌　新雁過粧樓　琵琶仙　減字木蘭花

三株媚　醉鄉春　柳腰輕　永遇樂　滿江紅　賀新郎

念奴嬌　水調歌頭　永遇樂　沁園春又　杏花天　雙頭蓮

清平樂　醉花陰　高山流水　五綵結同心　瑶臺第一層　江神子

唐多令
臨江仙
漁父家風
沁園春又
賀新郎
行香子

菩薩蠻
泛清波摘徧
賀新郎
隔浦蓮近拍
過澗歇
西施

碧牡丹
月下笛
暗香
百媚娘
丁香結
綺羅香

鎖窗寒
滿江紅
最高樓
愁春未醒
玲瓏四犯
鵲踏花翻

紅窗睡
華胥引
憶江南
瑞龍吟
醉蓬萊又
天仙子

玉燭新
紅林檎近
迎春樂
喜遷鶯
翠樓吟
飛雪滿羣山

賀新郎　踈影　水調歌頭　海棠春　臨江仙　孤鸞

應天長　宴清都　春雲怨　好事近　大聖樂　喜遷鶯 又

曲游春　驀山溪　金縷曲　水龍吟　滿江紅　念奴嬌

沁園春 又　賀新郎 又　西江月 又　南柯子 又　四代好　鵲橋仙

惜餘春慢　漁家傲　綺羅香　滿庭芳　虞美人　踏莎行

醉太平　紗窗恨　好事近　青杏兒　魚游春水　一寸金

蘇幕遮　蝶戀花又　沁園春　清平樂　南鄉子　釵頭鳳

念奴嬌又　江城子　浪淘沙又　鳳凰臺上憶吹簫　定風波　青玉案

惜分釵　采桑子　賀新郎又　踏莎行　釵頭鳳又　八聲甘州

鎖窗寒　玉簟涼　思帝鄉　彩雲歸　憶王孫　滿路花

石州慢　望海潮　洞仙歌又　一萼紅　沁園春　水調歌頭

輪臺子　泛清波摘遍　鵲橋仙　宣清　天香　簇水

江城子
寶鼎現
漢宮春
風流子 又
八歸
祝英臺近

玉山枕
滿江紅
南浦
西河
畫屏秋色
促拍滿路花

踏莎行
望湘人
城頭月
怨三三
勸金船
拂霓裳

殢人嬌
歸田樂引
木蘭花慢
金浮圖
玉團兒
夜游宮

桃源憶故人
賀新涼
解連環
傾盃樂
水龍吟
秋雨夜

芭蕉雨
念奴嬌
河瀆神
過澗歇
清平樂
沁園春

滿江紅
南柯子

滿庭芳
喜遷鶯

浣溪紗
賀新京

憶少年
沁園春

江城子

行香子

抄 瑞鶴仙　　一百三字

詠百舌鳥同雲臣賦

綠楊庭院悄正綺窗篩春[illegible]網弄曉紅趁枕斜抱鶯枝頭睍睆信風吹到如簧慢奏遍枕畔那人知道把十年愁向五更頭說箇綿蠻不了　臭臭咽時逾響溜處偏圓百般輕巧詎知[illegible][illegible]貪散誕學莊老入春來猶被花枝招恨又被禽聲逗待來朝索性連他和花都拗

抄 沁園春　彊善堂主人對鈔

題西溪釣者小像作　一百十四字

彼君子兮自序生平西溪釣徒有柴門臨水一群鵝鴨松関負郭四壁圖書註易逍遥彈琴廓落屈指知非十載餘時釣者年六十有九焚香坐俯衣禪傑閣飽瞰晴湖　多時興在桑梓且一葦蒼茫縱所如看筆床茶竈沿流容與漁莊蟹舍夾浦縈紆作[illegible]閒舩或延新月秋水長天碧似蘆掀髯笑笑人方夢鹿我正觀魚

鋪纔雄雞一粒米撒作丹砂大是殺猪

抄

一寸金

一百八字

夜泊金沙城外有懷潘子甫村兼示于吉人虞我武潘子遊諸子

彊[illegible]本誤

舒 呈出細

櫻筍江鄉，小艇濛濛枕烟郭。正楝花風際，遠村寂寂，桃花浪泱，斜塘漠漠。客目何曾着，樓聲歇、閒愁填作。空潭上、水窗風燈，添取城頭戍樓角。　暗省當年，溪南詩老，曾經對床酌。更幃齋一夕，紅亭絃管，楚川十里，綠楊池閣。風景何常換，與滿目、消盡非昨。如今只、雨打船窗，徹夜長索索。

觸目傷懷

推今懷舊

接景生情便覺

滿腔愁緒，黯然不安

浣溪紗

投金瀨懷古　抄　四十二字

格々沙禽狎野塘　離々苦竹上空墻　投金瀨涯淥斜陽　繫絮

人纔犢伍員謂逢浣紗溪　又逢虞兒英雄生死繫紅粧

奇想碓於

閒人識見

抄　月上海棠

游顧龍山　七十字

山在金沙城外相傳明太祖曾駐蹕此山

一拳小結青蓮瓣　有離々金刹鋪烟阪　聞說當年翠輦巡朱旗方

想路宮闕

晴卷殘碑在檻落空把苔蘚　京江北固千秋縣　傍南朝易惹

傷春眼何似埋名卻依然丹崖蒼巘春花落鶯囀空山齋舘

借顧號山憑吊京江北固而詔古悵目前繫情天外

抄、春夏兩相期

初夏同[illegible]東郊外訪吳繩園園居

有羅〻水烟千頃。夜來初浣籬經。紫艷紅芬。室角幽篁相映。草

香。小卷入都迷竹逕。翻簷高起。詠〻淡〻風簾。安他草路居然舫

艫。幽棲不似塵境。口闢闌。騎馬錢。小院松櫻。翠雜奇石。到此萬

緣真冷。弁箋題箇才適書香。校篇柚菴。福廬覓情長。魯分半榻鶯

聲。一杯花影。繩圃岸舟屋境趣描寫入神乃知

抄、水龍吟　主人之筆勝於丹青也

[illegible]

咏繡毬花 [illegible]百二字 [illegible]賦心[illegible]

洞天雲海沉沉，瓊扉小闢銀毬墜。霓抛下界，細粘枝上，輕颺斜斗。
綴刀剪無蹤，裁縫痕跡，粉搓雪膩。笑靨館郎，窣成團下，鬼學嬌
柔終佳似。誰把一規圓月，破工夫、玲瓏畫碎。玉欄杆外，映來
一色，亭亭常在。絕代嬌姿，明粧自好，胭脂都褪。被佳人折下，紅
尖戲蹴，向鞦韆邊[illegible]。

賦物精妙，結處尤覺風致飄搖。

抄 青玉案 翔潤生人意未可謂詞壇五丁 六十七字

移寓積翠閣用蓺香詞韻 字字險字字穩真古今第一手也

梯空架就羊腸路，須俊鶻、穿烟去。虎窟正當山破處。天風澒洞，吹完今古，只剩龍窩住。松毛絕碧鷹猩月，狸鬧下山欺寒潭，潭便蛟舞。老樹得風都作語，半床泉氣，一簾山霧，晴晝家家雨。

抄 皂羅特髻 八字 尋常景說得生動

憩慶雲庵方丈後小軒下 點 對

山風幾斛，吹萬篠晴螺，寺前堆積。陰陰竹院，與塵寰都隔，斜川

外幾姓漁蠻攜綠篛醉自愛湖柵雨添濕翠怕晚來偏處小

啜僧寮茗粥助玉川茶癖禪榻杉三間茅屋恰對九龍峰峪

推窗驚叫怪龍鱗都裂

漁崖不磴危平步

拟太常引　四十九字

坐積翠閣同園次賦　對

蒼葉聊句 集絕

古砦瀾壑亂泉鳴鳴咽說生平耳畔恍捱箏是潘霰聲耳雨聲

通廊潑翠茶鐺翻雪趺坐證三生碧透小銅缾斜插朵黃梅

清絕

更清

浪淘沙　五十四字

抄　趙問波處士坐臥一小樓十年不入城市邑字高其誼以

脫粟餽之詞以紀事同園次賦

酒盡恰天寒。鹿柴音皆恒關。漫勞麴米想雲安。盡日瘦饑惟黛色。

多謝青山。

花縣忽分餐。猿狖齊歡。溪南村老杖藜觀。怪汝炊

烟飄一縷，瑞雪同看。

六十字

黛色療饑不必學餐玉法矣

抄　朝玉階

冬日過惠山下一梅亭

绘景幽秀令人神往

曲徑斜橋，澗影迤空，山亭子好趁閒過。小軒颭水，似棧倚石欄，經雨溢遍青莎。短墻叢竹受風多。一磬香濕烟簹，黃梅着色鬬新鸞。折來甚作供佛頭螺。

拙 沁園春 **前清冷後豪暢，兩兩相形，斯為善謝**

壽昇家珍如石季倫家珊瑚樹佳者如 更艷

彊䇡堂主人點記

秦對巖太史餉酒饌至詞以謝之 一百十四字

雨挾泉飛，風助松吟，調調刁刁。正梅剛破臘，樽勻臉臍，山爭釀雪，粉剪翎毛。冰坼龍鱗，樹窪蛇腹，蒼莽空山揍怒濤。吾何與也，恰閑思說餅，挂欲餔糟。故人相念何勞，遣銀鹿持箋訊老饕。更廚娘斫鱠縷絲薑齏，相思良久，又還青蒲霽，蒲桃鳥，一隻雙搊，腹腴偏勸。淨拍中山也，自豪家吾醉也，何床頭舞劍，席上歌騷。

抄滿江紅　九十三字

澹心、園次、子儆、梁汾、對巖諸公共飲集生家，適余在山中，未與此雅游也。園次作詞見示，余亦次韻。

醉帽欹斜，詳何處、玳筵留客。去誇我、鱸魚桑落，帶門置食。滿眼紅牆愁裡過，千場錦瑟聞中憶。只君家、數過酒杯寬，真難得。也不羨，鵾絃絲子。又何用，鸞箋摘。但茶香雙好，居然雅集。笑我凍

彊善堂主人對記

栖梅一樹輸他醉把韲千佳人問酒淇之婦尚能斜期來夕

批：乃傲岸之氣

沁園春 詞中寓史惟吾其年擅長

一百十四

為高汝敬尊公壽遂題像并贈汝敬季遠思愚公季子

彼君子兮，朗若玉山，爛若朝霞。歎三閭香草，忠臣郁邑；七賢脩竹，處士無家。畫癖書淫，酒鐺茶竈，滿院桐陰一帽斜。真瀟灑，負薪而歌者，優孟誰耶。賢郎品更稱佳，只落日祠堂守暮鴉。向山頭荷鍤，追隨猿鶴；泉邊鍵戶，箋釋蟲蝦。北郭騷貧，東方朔餓，一片空庭偏莫花。軒渠也，任常平父子，兩代宣麻。

洞仙歌

澹心園次梁汾聞波靈本偶集寄暢園聽小奚度曲坐有話水榭姬人近事者因并及

嫩晴天氣坐水明樓畔三疊飛聲訴幽怨霎然間山半冷翠飛來君莫去且棹銀船消遣　玉鱗微動處紅愛雙雙絲絲隱隱歌絲逗簾幔半闌小秦王入破方纔一絲珠千顆撒來成串又諧當年杜秋娘覺雁柱添愁聲聲都與者尾聲淒動恐濕司馬青衫　八十三字

老韻諧暢中別是長
色斑斕

眼兒媚　四十八字

冬夜聽梧軒舉填詞第二集　伯成先生署中同集　為潛心園次倚聲山夫梁汾

雲鋼

靈本

風剪蘭煤夜漸深泉鄉容合清音宜齋此夜鱸思偏月玉梅想含金

茂苑酒醒閒幾日浮柏又如今十年絕足五湖黃帽蕭畫行吟

穩秀　新麗勝人

驀山溪　抄　八十二字　彊善堂主人對

惠山泉亭看月　泉月相睽宜其詞清如水

亂崖峭嶂肯放籃輿倦嗚咽夜泉吟石欄邊冷雲鋪滿攜將一

羨陸羽鬪茶經煎雪家碾龍團帽松風岸　碧天油一任街鼓

三更斷矯首盼冰輪心已共轆轤爭轉今宵桂影休隨織綃宮

人更悄夜無聲恐惹魚龍怨

景予何切

抄

念奴嬌　雪易賦孔雪難賦此詞不讓右丞善繪

冬夜讀吾千頃樓題王右丞初冬欲雪圖填詞社第三題　乙百字

炎天看此便陰陰也覺滿林飛雪何況今宵風正冽絕塞膠弓

都折冰裂龍堂蛟浦貝闕萬里關河結作空黯澹乾坤景色真

別安得盡敲瓊樓早催滕六一夜看親切玉戲定知應不遠

料也無過來月水墨纔紗波同雲黯黯人意先清絕只愁僵卧怕

他迤逗時節

程手觸紙俱成如萬胸中星無

挑新雁過粧樓

九十九字

彊善堂主人對訖

虎丘感舊

重遊綠地舊題難覓有情人總不懷往

紺殿雕軒千人石夜深曾記同遊一天皓月和烟卷住長洲誰

奏定風波一曲玉驄聲斷月賞奏歸雁霜毫題名偏向青粉牆頭

重來每皆蝕遍更風吹雨打往事都休廻廊折盡數行難覓

銀鉤池邊重霓絕登只若樹斜眠壓酒樓廻船子趁笛聲未際

青山如舊詞人偏老閱此殊濕青衫

古情佳勇只橋燕不能忠從

鶗鴂沾𪁺

琵琶仙 閶門夜泊用白石詞韻 一百字

瞑色官橋消盡了帶雨綠帆千葉驛口夜火微紅簫正淒絕記醉惹銅街嘶馬更閒憑畫樓鸚鵡無數前情許多往事檣燕能說

只細數花草吳宮除夢裏依稀舊時節管欲買韶光暫駐待來春翠袖縱尚有鴟夷一舸怕難禁伍潮堆雪悔殺[illegible]帕鴛鴦衾那年輕別

此是真情之懷

減字木蘭花　抄　四十四字

過惠山九華庵，係某氏廢園　秋千紅板直似浮神遺秘

石蹲奇獸，几尋玲瓏真險秀。硐閣東春，羅幻窈窕空明足淡淹。　間

庭誰到，祇許碧空懸冷瀑。此事消魂，剩有鞦韆斷板存。

抄

三姝媚　九十九字

寄遠用梅溪詞韻　可度折筵唯好夢憐情像君笑

柳綿吹，碧瓦記、幾回別酒，淚同鉛灑。似柏蕭娘等，只楓紅了舟

來簾下。詎料而今，折柳煞游梁司馬。尊負伊家，轡上負笑爵湮

对

綃袂。渾是隔河旅夕，偕數長短更聲。甚時月角斜壓紅窗，曾化為蝴蝶比，歡無價，恰又平明。好夢與、釘花者謝，擬倩鷄笑論恨。二韻叶
懨懨難寫。

關河離阻冷如嗚咽

按

醉鄉春　四十九字

秦對巖雋具寫暢園舉眞詞第三集

對　瑞書堂主人對說

銀甲閑時偏惜綠水，暗勢曉雙鬟枕。有嬌女子，景世間都少。
人對燭花微笑，袖倒顛風輕紛玉。山倒臉波橫，酒痕一點紅。
寫小。紅窩小嫣傳萬人。

抄 柳腰輕 八十二字

贈妓和柳屯田韻

对 風流 抄

自家蠻樣衫兒，軟織不盡鸞鳳燕雙雪輕鉛，填詞押韻況遇曲

中宮選泥金襟雜雨逾魚墨花霧無風猶側，御扣田箏，謂而餘家遍

小立在春窗夜校文鴦對青娥焦鶴言況今都變偏今夜

不肯留儂憑門前暮鶴啼戀

末數語調幾不是句於妓家幼 蘭次兒也

永遇樂 抄 一百四字

題惠山松石 一鴨壽松怪石圖 跋

齇方班
敓如拔
古县桑
圓字作

虎踞龍蟠獅尊象偃人云佛像鐵錚錚盤髻銅根屈強欲排天
古老皆秋練怒濤夜吼捲盡蒼茫今古直變雕千疊古翠衫容
冷雲堆疊 誰眠其下鷹石丈黃疑公根蟠處鳥雀呼風兒
童鼓高火碧灘千鐘乳同它頂角石鱗甲會等何甚言頭看月
下頹然二老幻成翁媼 寫真入妙不可思議

搦滿江紅 九十三字 对

將發梁溪酒後與蘭次 詞意豪氣讀之起舞

匣醒而狂問何處再尋歡但相見金樽休放玉簫須醉看事.

彊善堂主人對訖 对

漫誇冠蓋里新愁合付與明月去年名園一月共聽綠木歌聲接才
老鳳叫何處雛鳳語吟都懷奈爾爾欲唱渭城三疊臭歸去道
場山下路也應瘦了丹楓葉鄭重一尊酒盡夜偏多休輕攏
賀新郎 他只道故益戟文生陳髯故是情懷
惠山遇冒爰及穀梁酒間感事并示楊枝 乙有十七字、
細雨青山楚野塘邊故人忽卸布帆一幅失喜惟逢還笑處離
得他鄉骨肉問那處酒旗方斜矗我有新年離鴻恨鐵郎航且與
澆醽醁知來日何方宿 樽前況有人如玉一舟休提千場錦瑟

萬堆紅燭淚溶舊人誰記尚存何甚情說舟倚黃蘆箇

落照重逢詢律侶也未將言應先感長洲水年年綠

念奴嬌 溯經錫然布況毋多与兩詞意新款 乙百、

留別錢礎日即用其見贈原韻

彊善堂主人對訖

昔年作客記美人劍士逢場都有燭淚堆盤簾舞雪微帳輕紅

垂斗霧孟家邊莫愁村外恰對銅街口為歡日日底須寒食重

九今日騎省飄零蘭成憔悴負箏琶手拍遍闌干人事換

贏得一場搔首歸去雙溪重尋三徑麋鹿真吾友愁來易醉慎

毋多與之酒

抄

水調歌頭　韻事深情与君常留不同　九十五字

留別溶心即用來韻

彊善堂主人對読

離別亦常事，惆悵慎毋然。歸舟一路弄笛，吹裂水中天。猶記吳趨坊後，再到惠山松畔，兩地酒如泉。不久驟花下，小別向風前。向銅雀，雞鬥子，想夫憐。岐王空宅，舊日法曲散如煙。君有龍文百軸，近作小詞一卷，千載定流傳。早覓賀懷智，亟付李延年。

永遇樂　抄　一百四字

送園次歸吳興和澹心韻

古渡西風記亂山落照明朝將雨手內金樽橋頭畫艇漸到消魂處踏青狂歌棹頭長嘯萬事總隨花似絮歎英雄古今無主從來酒邊曾話

路出橫塘船經夾浦莫問師師舉舉且識柔情還憑老手只種金城樹學士山邊醉翁亭在多少名賢來去去到日一湖碧浪全家團聚

沁園春　乙百十四

揑敘取勤字乙娘切

性真語真

留別伯成先生和澹心韻

擇讀如言下華翁

憶數年間,為汗漫遊,輕去其鄉。正城樓入夜,無邊草色,溪河放溜,極目沙黃。廣武山雄,碻磝路隘,何必愁人始斷腸。風吹盡是三河俠少,六郡名王。

牛衣仍臥王章,笑病馬依然戀戰場。恰何來同調,金荃一卷,重逢高會,紅燭千行。風拍琵琶,霜粘觱篥,又惹歸帆帶雨長。頻回首,是雞窗官閣,酒綠茶香。

驅染一妙

極才人之致

聽梧軒夜集仍疊前韻

也壯似少陵秋興

烏鵲驚飛,繞樹無枝,誰為故鄉。歎十年失路,愁雲冷日,三秋伏枕,病葉刪黃。欲哭不能,欲歌不可,冷盡吳鉤一寸腸。繁華夢,華清全調，[illegible]譜諸[illegible]。從頭細與平章，紅燭今宵第幾場。正檀槽[illegible]偏嬌，鶯語碧空穿破，歸雁分行，此夜堤邊，[illegible]河上。擊[illegible]唾壺兼作拍，[illegible]杆好待來春重到，[illegible]紛紛添香。

[illegible] [illegible]

[illegible]

杏花天

題劉震修杏花小照　五十四字

虎頭食肉通侯相，君本是、詞場飛將。紛紛餘子真儕輩，春自若、五湖之長。　慈恩寺、春從蝶釀。紅綾[illegible]餅、如月樣。杏園指日鞭絲漾，鬧熱賣花深巷。

[illegible]

抄、雙頭蓮　乙百字

留別某生

孺子長貧，記少日江東，隨余游射。重來客舍，但細數此地，舊游

都謝。總被捲地西風，把燭花吹地。成獨夜，只有君家榻，懸為余

仍下。憶昨食酒而悲，學王郎斫地，倚風悲唳。歌哥舞榭，衹添

名士風了。一夕雨窗閑話，多少剩水殘山，付丹青畫。西轆笑，容至泥拔金

流不免，銀釵粉黛輕車罷

穹人交

論

彥之敖云無限感慨

抄

清平樂　其年不能善作勸酒詞　四十六

長至前五日適吳門諸子有填詞社約集之舉同集澹心秋雪齋是夜風雨

墨香堂主人對訖

關山如許。不醉卿何苦。酒潑鵝黃嬌似乳。領受高齋夜雨。　莫愁濕透花鞋。道旁醉倒誰埋。不見長洲苑裡，年〻落盡宮槐。

對

醉花陰　抄　五十二字

墨香堂主人對訖

至吳門喜晤澹心園次展成既庭石葉諸君感舊有作一　五十

對

昔年相見皋橋下。總是清狂者。惜別泰娘家，淚點胭脂，月冷了鮫蘋萼縐帕。如今漁火楓橋夜照，沈腰甚把黃葉，似情人也受飄零。
直至不背歸來也。
甚能
憂

消魂語不堪多讀　悽婉欲絕

抄 高山流水　彊簃書畫[illegible]百十七字

即席別吳門諸子，偕園次返梁溪，井呈伯成先生

西風落拓闔閭城，有嫣儂伺恰工箏，細雨落簷花，呈宮夕宴。饌屏當好，嫩橘鮮橙顫如雪與朱絣（玉乳花雪浪）霽，似三兩狂夫趁箏琶。愁歌促拍調俱成。閒評相逢作達耳，人世事、落落浮萍。楓橋下幾船夜火，一派寒更。奈酒醒人又趲離程，早潮平報道山泉。

待我京〻夢兒縈遶殘米漁竇茶寮酒寄浮生 傾聲瀉玉寶色 照耀

抄 五綵結同心 乙百十乙

張伯寶五八對記

過惠山蔣氏酒樓感舊 余昨年與雲郎曾宿此樓

惠山〻下誰氏高樓記曾昔我酣眠夜半宜山雨龍氣飛挂

有幅簾兒當時尚有玲瓏在憑闌閒落葉幾聲蟬可嘆是聲

思憶來大半難全只今重經樓下只水聲幽咽鬢鬚鬍彈

指匆〻舊時燕子與做萬里歸鴻當盧莫負樓前客應惜憐我淚

亂絲〻惆悵煞〻一天明月滿汀漁火高船

凄〻惻〻楚〻音〻而謂一聲兩滿四聲秋雨

絃急調促陡然神情緒悽斷如此詞真宜從來作手

瑤臺第一層　秦園月夜聽泉聲用韻香詞韻　乙百七字

月影水痕，恍如游不夜城。何來飛澗，走然刀夾戟，未佳平

陰森鱗鬣，一龍請怒吼，凌角山負幽絕，添幾聲鐵笛一點茅亭

憑陵狂歌一曲後，深夜得此空青。姮娥未識，馮夷欲舞宮殿

俱清風吾欲去，這神仙何必東瀛。洗銀角笑醉看瀑布認伊

霜藤

江神子　七十字

読安風 生涯道草 至弄九了 抄 雪栏

○

抄 題鄒九攝象 彊善堂主人對読

昔年同學半吳中飲千鍾筆如風釵館毬門脫帽夜過從看到江南紅豆熟分散了各西東年來汝客晉陽宮草粘空没孤鴻落照壺關匹馬弔英雄一笑畫師真亂寫偏畫汝做衰翁

唐多令

抄 夜飲紀事 彊善堂主人對読 六十字 対

無夢覓封侯隨緣做浪游儘顛狂錦瑟紅篝奪得關山剛入破 祥氣

重惹起半生愁心事付沙鷗問句伴杜秋問乾坤何地埋憂

月到五更還未落人倚在水明樓

臨江仙 抄 五十八 对

賦得曉起宛然成獨笑數聲漁笛在滄浪為圖次題帳額

画幅

西塞山前無六月半間草閣臨流晚來都聚打魚舟笛聲四起

小艇一江秋 正值南柯初罷君槐陰戰鬬休兼天波浪打

閒聽寒聲三老今夜轉船頭

無限烟波現着應接不暇 雪村

一寸地幻生泉許事

撥漁父家風 四十五

贈梁溪趙叟　彊善堂主人對說

十年小閣自埋名，不愛賣丹青，隨身并少林逋鶴，人七惠泉清。

花一樹，酒三升，了浮生，朝來微醉，拍手憑闌，闌新月，雨後新晴。

右詞右記，揮灑信手天成，絕無草痕墨跡。雪材

擬沁園春 善用成語奇韻趣趣趣地位甚高、

乙百十四

余卧病滄江，不能應試，主者頗難之，竹逆為經營良苦，乃始得請歸，而作此自嘲，并以伸謝。

以無人過此境地，何以為懷者，性情摯，固至宜也

彊善堂主人對讀

羅隱江東老罷，着秀才不幸，似之怪自負上流，偏搜兜冊，曾稱男子，卻國牛醫，壯不如人，老之將至耶，更空齋病馬，嗔鳴歸去，耳儘嚇人腐鼠，笑我鷦鷯窠。紛紛路鬼相疑，小敵當場胡怯，為謝主臣不敏，怯誠有是，明公垂諒，病亦非欺，顏子屢空，御牛有曉，合受先生譴責詞，真窮矣，幸江城恰遇鮑叔於斯。

零落天涯，而如不偶，無一慇及，不會清淚漉漉下矣 雪如

山谷嫡派

一字不猶人 琰題

離思縈結觸緒懸覓古人千里共明月

詞雜綠池

拟、賀新郎

中秋伏枕承蘧庵先生有月餅果物之惠以病起賦謝

○御餅果有訴自已離愁哀先情切不愧詞壇宰手

今夜清暉綠想月定菱花出匣一輪分上萬戶千門連碧海處

似汎汎柏巽[illegible]

二鈎簾高幌只少我一人凝望多謝東鄰遺粔籹恰分明擲取

團圓樣鮮籠看神星日紛然佳果還相貺擷之病眼朦朧奴蕭颼

京梨碧漲忽憶添丁千里外阻隔丹崖翠嶂此物無緣分食

昔使姮娥知我意也璇閨擒郤盛銷帳應為我色惆悵

滿江紅

妙

行香子 六十六字

同雲臣上人、魯望弟過徐鍾朗園亭

疊石支泉。架壑搭烟。小橋外、茅屋斜川。潔何[illegible]靜，谷[illegible]成眠[illegible]。半欄花數[illegible]竹，一湖蓮。[illegible]曾山，蕭瑟似[illegible]廬，又似漁[illegible]。船無冬無夏，非陌非阡。儘書畫[illegible]廬門[illegible]劍[illegible]鳥[illegible]。似仙似俠寫[illegible]。係生動如許

此園佳景真可譜入畫圖 雪村

彊善堂主人對訖

好

對

菩薩蠻 四十四字 妙

遙題廣陵吳元式棣友堂

驅車昨過田真里。千年想像荊花紫。余昨歲中州曾過田氏三紫荊故里 今日廣

彊善堂主人對訖

對

陵城惟君縱令名　休歌一斗粟汝東西屋准擬到華堂來

眠大被旁　有関同化之言使人起神于田茲姜被間

抄

泛清波摘遍　一百六字

萬大士表兄招賞白蓮賦此

千口闌庭盡小青湖一朵白荷簾外舉杭風颭水記在普陀巖

車女炊艇冬月湖

下路莽闊冥落蘆寒空添枝館堂畫人間千斛暑翠莫代

日暮靄鷗武汁消

氷井斜毛霽爾喬雲口相訴隊粉曲塘有恨同着花宮無語

余ケ汁故文女木言陸扌汁

高巖影得表所聞亭亭嫂紗鮮還凝汀柳外又仄釘鐺蝶階猶剔平聲

想彥

天外

宿雨催愁惹弄珠，人到中年，夜寒聲取　幽幻寂歷，一片悟境，結為異光

抄

賀新郎　一百十七字

暮秋臥病澄江客舍，承劉震修、沛元、秦其天、賀天士、椒峰弟諸君枉顧，因感亡友鄒程村、董文友，漫賦一首，并示梅園主人韓蘧庵

彊齋堂主人讀記

病驥秋暮。黯燈殘、五更青鬢，馬上絲樞。煎藥真長高誼在，結駟連鑣相顧。僕僕矣、諸君無恙。縱總憶也猶知，試扶吾、一上秋城去。沙雁落，紛如雨。韓園舊月簫歌舞。有多少、縷金屐子。

感時傷往，絕似魏文與吳質書

回風激楚之聲，令我不能多讀也

酒和、墨汙那數三千珠履客高會春申極浦當日事可人記取

黔、董文友面黑鄒程村斤鄒長身今不見只十年梅似青銅古花縱好人非故

風流雲散誰結慎曾興言及此便覺酸風苦雨一齊俱集

沁園春　擊唾壺吐缺次韻

多少光陰都于酒和墨汙中銷磨過去了了人

余既沉疴瀕死而遠公亦一之病累月乃其之病中獨持齋甚堅詞以訊之

乙百十四

說到瀕死三秋爐卧十旬已而已而而歎參苓曇命貫常住支離窮樂雞豚肆

肥寄之賤妃可呼豨黄雀搜綿蠶堆珣更乃先生之病後倒屬饜且伍

我流涎

遠公病人。咲其癖。我羣其肥。相憐同病莫疑。只松下君偏折露葵。

起能念歎爾行須吃馬命，乜魚名石首。誓不沾匙。我輩豈容脚全憑會脯月

染指待學生天是幾時。言非戲，請相隨。果腹莫漫攢眉。

連戲語寫得如此真切

予素性磋拙不能工詞及詩

其年社长論詞覓任情潑墨如取宗

琢如寫來曲極絢爛又極真率文

章業事形為美備予將批筆效

韡矣，但未從夢窗蘿山中肯綮處之否。

巧不累雅，雋不入纖，未覺吾人風流未盡。兄庭

其年先生詞直轢秦轢蘇，三百年來一人而已。長洲吳震升識

抄〇陽浦蓮近拍　七十三字

暮秋江上偶步萬佛林即黃介子先生舊宅

烘風吹響古木，亂葉埋僧屋，路行鋪蒼鮮，樸峯樹嬰，宋木山月江郭。

圜楓槲登山，樓遙望銀濤，首鞍心目。王珣池館，廿鷗浦鴨爭

浴。一聲磬響，佛雨淋鈴曲，踏遍蔬垣，露笑鉢茶，熟老僧帶睡

歸獨。

吾生一返之游，如讀少陵五言古。

滿目蒼涼不勝今昔之感 雪於

抄〇過澗歇　見廷　七十八字

暨陽秋城晚眺

明善堂主人對藏　对

蒼涼悲壯，時至江聲入耳。雪持

壞堞頹關，暮煙積。晴平無人。祇聞江聲。千尺混茫。極怳見水仙海妾。操月金鼇。滄吾長鯨。泉底恐龍。織綃客。春申遺壘在。古戍。吹笳。鷺洲。伐秋。碎。把闌干拍。遍沙草無情。不管興亡。朝朝暮暮。西風只送巴船笛。

王荊公金陵一詞，殆為伯仲，以其神古而氣壯也。[illegible]

抄

沁園春

百十四

遠公臥疾長齋，余既與雲臣作詞寬譬，乃接來章，有承歡有歎頤養空文自罰十年藜藿之語，因復作此廣之，并邀雲臣共作

三復君詞九轉之腸淒如峽猿痛百年叔水半虛淪髓九原松檟難逮鷄豚莫打慈鴉惟鋤孝笋繡佛長齋忌墓門真長嗚咽念小人有母綿定奇溫

羨君獨行偏敦只慰藉吾徒尚有言記於陵廉士生鵞可食曾參孝子膾炙常飧禮謹其踰親愛其娛慽性寧酬罔極恩還相勸願終辭藿食堅進熊膰

一社毗編

牝牡驪黄外另具隻眼結語珍惜殷勤婆心逼露

拟○西施

廣陵某宅歌姬有旦色演西施者色藝雙絶比再過其主人已逝此姬亦適人矣慨惋久之為賦此闋

对 七十一

彊善堂主人對記

偶然小駐卓金車聽曲傍簾紗司空筵上十隊拍紅牙就裡雙鬟不肯施鉛粉一縷鬢堆鴉 三年重到蕪城路空流落可憐花銀墻綠柳愁煞那人家他日江船倘遇隔帷容休輕撥琵琶

筆參化工自然絢爛非胷中天理爛熟何能有此

拟 碧牡丹

本意 牡丹鮮碧者向在鄢陵曾見之追賦是詞

七十五字

对 彊善堂主人對記

隔葉難看勝玉樹欺紅藥縹色衣裳睡熟沉香亭角一朵雲鬟被雨梳風掠趁花容[illegible][illegible]　柳陰薄色向苔錢落波痕皺眉痕弱鸚鵡籠中也整綠衣偷學一別名花悵碧雲天各倩青鸞到湘閣

抄月下笛　寫得淒清酸楚使我青衫盡濕

本意　九十九

今夕何年滿天皓魄一輪圓碧露橋水驛誰何風前橫笛趁闌山河漢夜涼故將鳳竹悽倦容正寒潭峭岸離鄉年少凭江船

側

當初曾記，詷趁寒食梨花醉，倚平陽宅。念又嬌琯醉把畫梁塵

歸到如今，漂流路歧，西風落葉無相識。月生燈生，怕鐵龍歸海

何處覓

杪

暗香

九十七

彊善堂主人對讀

東竹逸訊雁綠，軒前梅花消息

曉寒正側，悵今春天氣連朝如墨。郭外小橋，幾樹紅杏，受寒勒

況是風前水畔，有多少明粧傾國。也伴看細雨輕煙，困零亂翠簾

隙。悽寂正小，極似十五玉娥舞困無力。僧樓伎席，記得常年

暗香積誰料悞他花信偏則惹粉腮輕濕問甚日含笑靚粧英雄狼籍

明粧傾國等語方是英雄惜才本色非兒女喁喁徒作可憐狀也

百媚娘

春日憶洛下舊游　七十四字

草把裙兒腰比，花與臉兒潮似。恰聽枝頭鶯語滑，眉邊一絲新喜。聞說酒旗歌板地，多少嬉游子。　憶在洛橋晴市，又向洧川。烟漾一斛柳綿飄不定，撲着車如流水。無數鞦韆墻角裡，天半紅繩起。

艷紅柔綠，觸發華年，情如杜牧之惆悵揚州夢。

丁香結　九十九

詠竹菇　竹菇，竹間蕈也。小如錢，色如臙脂。雨後叢生，離離可愛。惟陽羨山中有之，他處所無。

碎錦成斑，餘霞弄點，小團臙脂隱隱。正叢篁含分，粉桃花靨偷把，烟梢扶襯。竹郎門第好，姑年小、卯酒添暈。瀟湘二女去遠，積下啼紅盈寸。淹潤被雨後，鶯啼與出，滿林芳嫩。櫻筍年光，餳簫鄧侯，做他輕俊。小巷筠籃提入，帶笑爭相認。似開元錢樣，一縷嬌痕巧印。

儒雅寫難寫之狀，性詞稱艷景物。

妍美古人亦未逮

綺羅香 抄 九十三字

春日詠蘭 彈琴堂主人對花

離墨山前，善權洞口，一逕紅蘭堪藉。露眼啼妝，掩冉溪莊水榭

抄 漁家傲 六十二

抄 三月十八雨中同杜茶村韓[illegible]鉉黃稚曾過飲錢楚日十峯草堂同用范希文原韻 强善堂主人對訖

說鬼談天矜博異，自脩短髮無生意。醉舞仙仙鸜鵒起，深徑裡，怕窺狂態門須閉。　何用侯[illegible][illegible]百里，吾生自有驅愁計。十部笑天公須惱地，渾如寐，朝朝只酒花間淚。 兩結語秀穎絕倫

抄 賀新郎

春夜聽鼓師撾鼓 强善堂主人對訖

月黑燈搖霧看鼓吏今年單絞當筵算其瑞若个京絲爭欲鬧靜
聽八音之主讓老革憑陵今古統地一聲千籟響擊紅旗陣
將軍怒荷珠迸碎如雨　有聲語比無聲苦又翻手畫槌小歇
凝情無語似殺不禁停又漁陽之春雷慢吐十三段花攢錦簇
十番鼓共有十三段打到五更心已碎正疑愁似夢無尋處方起拍猶然
住
以強祢正平漁陽之撾合座爲之起舞

形容烟凝得暮山如此花名紫袍金印滕王閣序烟光凝而暮山紫

沁園春

乙百十四

尋常景色點染入妙筆底[illegible]靈思

甲寅立夏日同萬紅友吳天石過雲臣齋頭賞牡丹有作

每到春餘，便過君家，來衝綺筵。正楝花風裏，金鈴細響，湖山石畔，繡幔似寒。綠葉扶紅，瓊酥襯紫，三種傾城各自妍。[illegible]狂容更，詩催奕理，酒引僧顛。時蘇仲補、放庵上人在座 沉香不記何年，算天寶風流事邈然。記錦袍學士，新聲倚曲，淡容窺國，薄醉朝天。事去休提，愁來須謝，眼底明粧盡可憐。春歸矣，俟花間蜂蝶，邀取春還。

惜餘春慢　一百十三字

立夏前一日竹逸招同雲臣倚承紅友天石枚吉惠文補
仲雲濤放庵二上人賞紫牡丹用宋魯逸仲原韻

飛絮年光，脫綿時節，綠偏裙腰芳草。雒陽貴籍，紫府真妃，臉暈
露華春曉。記得年前種時，一朵嬌柔，問年猶小。自畫堂春就，芳
姿漸長，閒愁不少。　驀聽得、杜宇催歸，濃春將謝，先自替花煩
惱。排當欄檻，料理金尊，花徑夜來頻掃。追想開元舊遊，玉笛亭
王琵琶賀老。只日斜客散，滿欄空紫，剩游蜂遶。

如雲如綉

抄 南柯子　三十二字　付

蝶庵花下送蘇生仲補游京師　生善奕　彊善堂主人題

帶醉翻楸局，佯憨惱綺筵。笑他柯爛不知年。輸爾覽占紅子便通仙。

挾瑟龍池上，鳴鞭鳳闕前。廿年之絕藝有人憐。可憶江南分手落花天。

鮮妍如春花相吐倩風弄笑

抄 四代好　乙百

泛艇春溪作　彊善堂主人對稿　重上

碧透雙溪尾。蒲桃浪、慣被溪風吹碎琉璃。正滑簟紋小展一川空翠。春蓬艙慢話。十載事從頭都記。算飄零曾渡，汶水漳水。沁水淇水。汶水長繞孤城，漳水又抱銅臺廢址。可憐沁水，還灌太原殘壘。三關怒濤夜起。過淇水、重崖餘耳。總不如、春水江南，柔藍千里。

如鍾鼎篆籀，參差古異。

抄

鵲橋仙　五十六

咏竹逸齋頭紫牡丹　对

歐家碧好，鞓紅好，總讓伊行清綺。畫闌纔放數枝花，映千丈、銀墻都紫。

相公袍帶，頭廳印綬，風艷那堪相比。試將花色細

况孟公驚衆

此僧真是不俗

急雨銅街說喜聲遇一僧不俗有愁都銷半世不曾持梵唄只
唱曉風殘月讓家家群兒成佛音節柔和兼女子分明是花簇簇
翻林樾遺恨事無毫髮鼕鼕通鼓春雷發似臨顛十三娘舞
劍心亮奔突竄歇得人間稱爭僊笑語是靈山衣鉢長嘯也堪誰脫
萬事誰真誰假怕紅牙那便聞生活持此意問迦葉

妙

彊春堂主人對稿

对 五十字

西江月

庭栢約予飯茶村同詣且言燒豬以待臨行復以一語贈
之曰來朝風雨如何茶村笑應曰除是天降紅雪吾肇

色空俱幻

便不赴阿師此會也翌日果大風雨茶村作詞戲柬因依韻答之

莫道從無絳雪腮前花雨通紅柱勞燒肉梵王宮食指朝來不動 云把芒鞋滑滑擬聽腰鼓鼕鼕如何也嬾趁齋鐘君笑曰吾從衆 是日茶村亦未赴

茶村原詞

疾風迅雷甚雨獨無滕六飛紅硜硜前約在禪宮三寶證盟須動 只恐燒豬窮窮泥滑滑打鼓鼕鼕杖藜吾不惜龍鐘何

雅淨

乳光映翠甌都白便趁春陰亟修水遞清遺天女墨故山茗事正應迓德時節　常笑龍鳳高名旗槍傖父不稱去聲瓊液只借隨頭千百本隱〻歸臭橫笛點染天香芟除俗艷小〻真珠色花情水味融成一片無迹

看得情味渾融超〻並箸勝

山谷味濃香永高多矣

沁園春　詠菜花

乙百十四

彊畬堂主人對訖

極目離〻遍地濛〻官橋野塘正杏腮低亞添他旖旎柳絲淡拂益爾輕過秀蕊簇挑羅裙可擇小摘情親也不妨風流甚映

點染生姿，五色璀璨。

粉紅畫底，一片鵝黃。曾經舞榭歌場，却付與空園，鎖夕陽。縱非花非草也，來蝶歸和烟和雨，慣引鋒忙。每到年時此花嬌處，觀裡夭桃已斷腸。況吟久，怕落紅如海，流入春江。

郝元公先生ゝ日同杜于皇、蘇崑生、黃稚曾家集生署中觀劇詞以紀事

兩地人師，十載問奇，相依講堂。正郝隆長者，居官名落，陳琳下士，閱世清狂。聆到梁溪，重披絳帳，恰遇生申燕喜觴。華筵上，看雕輪徐動，玉珮成行。　圜橋觀者如堵，有末座酬矣，一寸腸歆

幽思曲想在三影三變之間

抄

賀新郎　乙百十六

烏衣誰認王家舊巷，青衫雖換陸氏荒莊，畫鼓頻撾，銀箏細撥。簾外梨花一夜霜，東風曉，被此情如酒，膩住歸航。

伯成先生席上贈韓修齡韓關中人聖秋舍人小阮流浪東吳善說平話

月上梨花午，恰重逢、江潭舊識，隅爾汝。絳燭兩行渾不夜，添上三通畫鼓，說不盡、殘唐西楚。話到英雄兒女恨，綿弄屏驚醒。紅鸚鵡，雕籠內，泪如雨。　一般懷抱君尤苦，家本在、扶風盩厔，五陵佳處。漢闕唐陵回首望，渭水無情東去，剩短簫、聲聲訴與。

如讀連昌宮詞，情詞交惻

此詞絶妙，惜短簫與絳燭犯重

繡嶺宮前花似血正秦川公子迷歸路重酌酒盡君語

贈蘇崑生　蘇固始人南曲為當今第一曾與說書叟柳敬亭同客左寧南幕下梅村先生為賦楚兩生行

吳苑春如繡笑野老花顛酒惱百無不有淪落半生知已少除卻吹簫屠狗算此外誰歟吾友忽聽一聲河滿子也非關雨濕青衫透是鵑血凝羅袖　武昌萬疊戈船吼記當日征帆一片亂遮樊口隱隱柁樓歌吹響月下六軍搔首正烏鵲南飛時候今日華清風景換剩淒涼鶴髮開元叟我亦是中年後

婉麗流暢中有悲壯蒼涼之致讀一過令人擊碎唾壺

茶村寺寓逢庭栢上人有贈上人善吳歈為蘇叟高弟兼工撾鼓

抄水龍吟

城上看桃花　乙百乙

花光撲上春城，曈曨直把人衣染。家家百舌，年年三月，桃花滿店。誰釀穠雲，更攪柳浪，添伊艷。算那家映水開偏，好臙脂一隱，門長掩。

城下綠蕪如毯，不禁風、酒旗輕颭。也應明日，再來尋處，落紅萬點。隨付花鈴，恐今一片，隨春減。恰牆頭幾朵，含情送客，晴顏嬌臉。

抄滿江紅

対

花翻蝶夢

滿目嬌豔依依可人絲千柳鎖鶯魂

斷送殺人○山共水煩惱自家煩惱你天仙子中隽句也讀其年此調慎恨過之

郝元公先生署中食餅忽有茂陵之憶賦詞誌感

落拓無家歎三一迺曾栖汝顏記那日綠窗閒與姬人說餅餅溲粉宛同春嫁溥映空絕似杭羅爭笑鸚哥偏愛吻香浣兒性繞半載歸鄉井併兩地悲涼樓算不得烽火幾番成渡手閒說家衣歸年尚幼韵羹解何廚娘竟只今宵入手恰輸他團圓影

妙、念奴嬌

乙百

和于皇梅花片茶詞即次原韻

梅精近日竅茶星（于皇自署茶村又曰茶星）合併相呼也得拾取粉英煎雪

抄金縷曲　乙百十六字　入賀新郎調

和竹逸江村遇伎之作　齊合而一段他人道不出

寒食江村約正水上紛紛士女采蘭調謔中有一人曾相識記
在那家簾瀟灑會面愁他非確細取玉容花下認果天涯斷雨
翻重握花謝人猶昨日　風前小進休仍卻從古是蛾眉燕頷
此身實說我有絲絲無窮淚彈與多情灼灼悔則悔當初輕諾
此句四字
老大嫁作商人婦同一也歲
十載雲英還未嫁許傷心撥盡琵琶索且少駐對春酌

大聖樂　乙百十

甲寅清明二日

重出

重出不錄

糝雪梅嬌，弄烟杏煖，嫩楊柳絲。正賣餳聲近簾櫳，店舍恰逢一百

五風颭斜旗，綠波通橋，晴鎖牕墻裏，誰家笑語微知他定是

鞦韆下慵換春衣。芳郊也擬讌賞，奈舊日心情半已非。只

一團蝴蝶滿地燕子飛，窗撲晴暉，墓左麒麟枝頭杜宇，不飲芳樽

更侍誰黎從，夜照明粧淡粉，上冢人歸

王孫草上照楊垂，少女風前爛熳花妙香言

外風情

拟 曲游春 乙百乙字

上巳脩承招同諸子脩禊

昨夜風吹雨，恰晴光早繡，正好脩禊。弄碧垂楊，倚斜橋招手，邀人水戲。洛浦風光麗，況滿座安期千里。一樽故國心情，三月麗人天氣。

小苑露桃開未正，紅萼猶含，枝上輕綴。度花前趁閒身正健，衫袖況醉，莫管金鞭墜下，酩酊也、斜陽歸騎，尚遇無數羅裙盈盈、桃蹊　風色妍好，著人如醉

彊善堂主人對讀

拟 驀山溪 第二

禊日感舊悼遠公也

澹善堂主人對對

去年上巳。正值春陰候。千古艷蘭亭。況歲是重逢癸丑。濛濛。煙艇小。泊畫溪東。林花溜。溪花皺。雨濕春衫袖。

今年上巳。滿眼花如繡。又到去年春。只少箇人兒攜手。雖然無雨。雖道是晴天。淋漓。又非關酒。依舊春衫透。

只一語年即然淚

抄 大聖樂　一百十字

甲寅清明　彊齋寒食對說

糝雪梅嬌弄烟杏煖嫩楊初絲正賣餳聲近簾櫳乍合恰逢一百

五風颸斜旗綠波畫橋門鎖裡誰家笑語微知他定是

鞦韆竟下慵換春衣　芳郊也擬賞奈舊日心情半已非只

一園蝴蝶滿地燕子翡翠暮暮左其舞枝頭杜宇不飲芳樽

更待誰料花底照明月落芳粉粉上墳人歸

前半神情怡蕩後半俯仰懷悰一唱三歎四野好識

抄 喜遷鶯

清明前一日陪史耳翁飲雪持齋頭

晴簾低浣被燕蹴紅英遍香窗眼漸漸溪橋過楊柳一半黃

輕綠淺風弄鞦韆不定暖蘼蕪何限春醪熟隔東陽愁緒

時分遣　早晚陌上綃憑雕輪依約何時斷千載漁燈五侯

蠟燭贏得三春夢短從古禁煙時候博得歸帆怨無聊賴把

粉箋細寫傍人休管

是景歛場鬼妄高徵令人覺情辟易西纏

渾

語風亟半晌廿六　遙青媚峙添幽獨意思中人恰到門竹個足小

院松濤又將熟笑向空王十載塵襟一時盡沐斜日歸矣之浣溪紗

成陣依舊隋松蘭能　有情有景有起有訖一篇記遊

桂林湘文子

好事近　四十五

同楚友人過野寺

春水碧於天還與晴山餘翠歷歷幾家簷店綴山邊水之鶯

聲喚我過溪橋瞥見酒簾風卉杏花低處露前村小寺

小小幅書景

惑悅寺橋閣雨，山館弄陰，重游向時陂墨熙決，汗歌依舊，名僧與詞

淋漓客花，妨帽泥印，徒便濕了春衫，笑背東風，扶蝶起，舊情相

可嘗識，對景且昧狂，莫負系年濃艷，負春碧，不見舊枝無恙，只鳥

一篇作寒食，便家墓王氏宅（具茨就宅為墓故云），粉一片落英，堆積秋年載

第亭人，酒坊奈又是陳蹟

記

抄 宴清都（護善堂主人對此 乙酉二字）

趣之寫生遊光景中分酬達一結

方儔非感

詠楊妃山茶花在古香庵樓下

幾朵僧房，陳風裡，脂戔戔，今劍空，玉齋院，艷陽天氣，香

信物言情，筆之新穎

盈樽肆圭曼鬪盈畫王茗明注寫素怨翩伊鋸足春和鴿鬧
枏阝攵⺀鬪車亻王茗日来糸糸車亻自足春酉腸潮

分牀喬霎憑陳小字輕爭花口絳唇語鏡功希邑學
冖夕攵攵⺀阝小字車卩丬亻攵角⺾日⺀糸瓦亻禾言亻寧

王王湘花叉閣鼓台佛堂西畔長舊日花容何處又復來綃
王王⺀丬亻攵⺀⺀亻⺾景⺾⺀日丬亻亻⺀亻糸

雨霖鈴令詩黯然無語
雨霖木金⺀黑灬無言

不接不霧如注如許豈意添

按春雲怨

乙百三字

抑之作乃帶出情風如生

泛舟過顯德寺[illegible]友人亦至同坐僧寮茶話

彊善堂主人對訖

通之穩貼

春山六幅和山前春水翻來綠點前村古寺鬧水經幡烟
帀禾山前春水卓⺀糸扌黑前村古寺阝水糸巾火

際直龕竟胃青廷斜穿行客破奚煩一痕綠隱鐘聲遞僧
手釒余穴亻⺀扌石木⺀糸阝⺀金声⺀亻

叶重

臨江仙 五十

春日過訪■友人村居值其往郡題詞壁間而去 為余比鄰城居

早起隔墻花弄影，忽然空館相思。隣家已換燕空飛。許多惆悵事，訴與落紅知。

百里烟帆遙訪，誰知此門鎖向春磯。沉吟歸詠壁間詩。徑隔山以麓，村在水之湄。

二語■門前自署

情事歷歷抒筆寫

秀

孤鸞 九十八 彊善堂主人對說

賦得石亭梅花落如雪

昨來時節，記花倚晴闌，陳亭衣話別，怡重逢未必有花堪折如

今小樓仍上。果隔林畫青風簾卷一天青[illegible]

正春陰香把碧空點綴，似愁思粉蛾歸去，淒咽誰唱陽關曲仗數

聲聲啼鳥。月斜游踪欲散，青春催老，香雪盈盈，鼻有情

花人說

効乎莫相思別後清遠之致令人低徊

可也淡遠之中神韻姍然

按應天長　九十二字

紅友約余輩重游石亭，以陰雨辭之。不久復偕雲臣竹逸

放庵上人飲高士吳其欣墓下，落梅盈把，游情甚適，詞以

紀之

依稀聽得賣花響三竿日紅完珠綴半晌注橫波無數變雲綵
粧成誰見靈蛇樣分付與白花開賞一座麗春樓畫把軒屏

敲

畫長嫌煞爲三足誰耐唱摩訶池曲好夢遠日天落嫁平於亭
彤墀火迸紅榴肉翳不穩一枝寒玉怯暑那成眠走覓銀塘

右曉注日來

學藝堂主人對說

竹

右个睡目

一謔鋪異僅話

夜堂月上無人影小鸚鵡困酣雞醒正好試金盆一斛紅泉冷浴餘借得蟾為鏡誰愛取冠兒重整低鬢卸偏荷茉莉團成餅

右晚浴

絲絲燭淚多如雨搗盡了月中孀杵鏡聽擬求朝私卜簾前語坐深裙子紆都去早又是三通誰鼓譯觲小郎權枝釵為

右夜坐

尋常閨閣中那得如

詞雅致

疎影

詠瓶中蠟梅　一百十字

簾紅瓷翠襯寒犀花作朵色疑淺綠几入道梅妃新換黃絁賽他本

下風致分得夕陽粧顏斜窗上漸移破小鬟兒偏愛坐成金屋故園

長憶風零弟以如　側正崩相都子畫瑩蓋罩貫畫截上首生柳

冷香易瀉待兒顏波同青比　中春時醉醉　莫猜不透蠟丸

車紈隔疊又守口　如日配雜莫把許鸞成曼路

女并詩許鸞縷成

水調歌頭

精切至此

蠟梅物色位置描出

語頗難在好字腴

美非八斗才不能

撤欖　对　斑紋古色可爲寶玩

强善堂夫對記

造物有本性此味最高嚴青紛郁帶酸澀品格壓黃甘多少橘

官輿美無數奴又甘滑俱目看彩參康議爾之識寶毛脆我何堪

析煩熱開結壽滌塵凡質脾人語輸與庭窗十分甘長撮水

晶人退不諳內黃侯謝徑自逍遙大宇獨醒質相應擔落在江潭

蝦名水晶人

蟹名內黃侯

海棠春　四十八　对

閨詞戲用和阮亭韻

拗 飛雪滿羣山

本意次宋張榘韻　乙百五字　一闋[illegible]可敵查[illegible]全賦

纔謌悠颺。俄驚飄檐。[illegible]還。銀[illegible]疊[illegible]。[illegible]失[illegible]。

天半[illegible]王參差成々看[illegible]做[illegible]暮寒無聊，又聽誰家畫角。

吹入小屏山。猶記[illegible]關前歲發。一行騎阻。萬里[illegible]憐雲羅。

楚棧。[illegible]上疊。[illegible]在[illegible]間又。故鄉雪滿，[illegible]。

來朝定霽。[illegible]上春。

拗 賀新郎　乙百十六

○

冬夜不寐寫懷用家竿軒同父倡和韻

起鬱已矣何須說笑樂安彥昇兒子寒天不暮結千絲穿已破磨

軒弦

盡炎風臘雪看種種是余之髮半世琵琶都少桂教人斜抱

胸前月暈再撫王琵琶

黃皮袴褶軍裝別山蕭關邊夜起

黃雲四合直何李陵臺畔望多少女霜戰單罔隔鄉人絕

此意儘豪那易遂學龍吟屈殺牀頭鐵風正亂燭花裂

傷之綺秀情不終賞

瑤重春光多佳如許

聽偲催春暮

秋、喜遷鶯　乙百乙字

雪後立春用梅溪詞體　彊薛堂主人對訖

絮飄綿糅，正六花飛舞，晴光初鄉，練解蛾觸，雨收鴛燭，被笑

聲共燒盡。紅情綠意，倩人釵上，綵幡輕逗，春信淺說，繞青燕尾欲

黃鶯胆。偷箭空惑，舊睛脊年，時有箇人清秀，帽裹相褪籠

松子淺淺，粘雞屏後，別來情事改慨慨也，渾如帶酒，女多淚，亲人景與

野塘早梅爭便（小寺）

集句獨造在古人之好

抄

翠樓吟　　乙百乙字

惠山雲起樓作　　彊善堂主人對記

萬斛空青，一天冷翠，和晴飛上簾押。老松三百本，山雨響、偏張鱗甲。崖傾峰沓。有客詮茶經，僧編梵夾。泉鳴邑，恰逢深澗，樵吟相答。

晚值簷影初昇，似姮娥粧鏡，夜深離匣。碧雲千萬頃，被一點、玉纖偷掐。月明三匝。謝崔守攜言村醪，摘除荷鍤。為盟歃，他年傍此，竹弓射鴨。

韻險而詞穩，真為絕唱

抄 ○迎春樂　五十二　对

本意　彊善堂主人對訖

車兒似水裙兒復斜綰着黃金犢趁嫩晴來醉誰拘束穿徧了

閒坊曲○髻彈秀鬋簪有福早晴裡品紅裁綠方勝颭銀幡春

已在釵頭簇

又　彊善堂主人對訖

訶梨領子繡齊頭都倚在斜橋望搭春幡寸尺隨風綠早一封

春人上隊隊勾芒籠絲仗狂煞了六街車輛盡道打春歸吴銀

風景如舊

鸞啟家家曲

彊壽堂主人對訖

又

非黄漫就牢丸巧工細酥滑銀匙攪正內家恰鬥櫻桃小爭覓取金盤啖從此春城春未了有無數春花春鳥撲蝶迎聽鶯且次第將春討

立春日啖春餅謂之啖春立春後出游為討春牢丸餅名

又

彊壽堂主人對訖

春在園定春來路花似海香成霧囑今年春至春休去拚才一世和他住囑罷東皇必晴許何鬢々景盈々低語求歲杜鵑聲誰

抄 玉燭新

詠燭和京少　　乙百

西更寒作陣，正繡幕重重，一枝斜隱。當時在春宵，足笑人春風雲況雨重。謝倦眼看承，逾俊。珊枕畔，翠袖輕遮，何他隔篆簾風際。　如今長伴空床，風也弄孤燈，閃成青暈。蘭心剪瘦，誰憶得掉卸玉釵聲韻。金荷漸盡，書偏工無準。照今夜和愁燒殘幾寸。

花園錦陣不堪回憶

彊善堂主人對訖

抄 紅林檎近

七十九

村

抄人日雪中作 暨善室夫人對話

千斛玉塵晴萬家冰館開海障窗槅絕霜凍粧甚臺扶將銀人

上勝染取伺燕搖釵獻歲七日剛纔偏砌就瑤街阻絕挑菜

侶愁極踏青鞋何時出郭春晴好散春懊待傳柑過了賣餳節

近湔裙準傍溪水涯

小峯村風土記

抄、醉蓬萊 九十七

積雪爲橋和雲臣作 驪善堂主人對読

借連宵積雪戲作銀橋橫眠街路即也玲瓏現雕闌綉柱駕此何爲從來官道有瞿塘灔澦笑倒小春城往來車馬紛紛士女追想當年秦皇事策鞭石爲梁覔仙方西去萬里雲羅羈鸞繫鶴須佳駐馬老子神通偶然遊戲與真可鳥羽今夜橋成看余矯首共安期語

荏苒煙霧話根君身是仙骨

抄天仙子 六十八

彊善堂主人對訖

贈寒松和尚同雲臣賦 和尚曾駐錫善權今棲閑北郭

玉洞銀樓垂碧乳，夜夜老猿吟冷樹。山僧興到愛溪山，飛錫住、浮杯渡，結箇節庵山下路。塵界茫茫無定據，雪裏飛鴻風裏絮。山僧興盡別溪山，一笑去，誰回顧，明月滿山無覓處。

渡峰弟嵵蒼羿生稿

商丘憶，馬客似巡涼。棗子集頭調大路，木蘭廟角鬭雞場。自許儘輕狂。

七

又

商丘憶，梳裹勝江淮。青漆車兒金繡幔，乾紅鞾子隱弓鞋。相遇宋城隈。

又

商丘憶，春景浩無涯。坐上一尊桑落酒，門前千畝牡丹花。踞坐撥箏琶。

新艷典雅，商丘風俗誌

乙酉除三大壽老年恨月長圓悵然生之詞

賦此詞

擬瑞龍吟

春夜見壁間三弦子是雲郎舊物愴然而填詞

春燈灺。拚取歌板珠縈，舞衫塵灑。屏間依舊，與秋風扇一般斜挂。簾兒罅，幾度漫將青理，冰絃都啞。可憐萬斛春愁，十年舊事，懨懨傳寫。記得蛇皮弦子，當時親付，許多聲價。曲項微傾，流蘇同心結打。也曾萬里伴我，關山夜。有客問遼關以後，昆陽城下。一曲琵琶，春月黑楓青，輕攏細撚，此景堪圖畫。今日愴人琴淚如鉛瀉，一聲聲是雨窗閒話。

寒吹　輕薄楊花心性，段知何處，酒旗戲鼓輕狂，雖對薰籠銀

鴨卻懶懶長在

請君輕薦場中性態

抄　華胥引　八十五

詠走馬燈

種善堂主人

對

烟中鐙仗，影裡弓刀，往來似織。一片空明，夾紗水墨描螢翼。笑

問何代兵帝，更何朝方國，家徧街樓，有人喧笑簾隙。此子光

陰，恰一般星馳飈激。寸人豆馬，依然幡幢風擊。料想一次飛燭盡火

戰場方息，頃刻收燈，紅毬閃靠壚壁。

雅細

對

憶江南抄　　廿七字　对

商丘雜憶　　彊善堂主人對読

商丘憶，憶煞冶游人。劃葉叢叢彈兔鶻，鬧花錦簇貯鵪鶉。飛鞚逐香塵。

又

商丘憶，綺席笑顏酡。脆滑排芽黃勝髓，鬆圓粒米白於羅。扶路酒人多。

又

一

○

抄

玲瓏四犯　乙百乙字

八日前一日雪中用梅溪詞韻

勝裡春人和天上瓊苞今夜雙剪參差粉飄絮舞迴風颺仍捲依

處緣滿銀塘旋又上鳳樓佳偏明曉來還積多少定沒小窗雙

扇　柳花尚早梨花未訝濛濛任時相見冷淡東王生行

盡天涯遠祇怕火樹漸燈市上翠愁珠怨料六花情重留此

元夜仰巧殘淺

抄　鵲踏花翻　九十

眼前所景色每著出妍媆深且識

而已調

对

彊善堂主人對訖

彊善堂主人對訖

抄 春夜聽客彈琵琶作隋唐平話（波濤如沸金鐵皆鳴 見我酣飲何時）

雨滴梅梢，雪消蕙葉，入春難得今宵。暇倩他銀甲，凄凄鐵撥縱橫。聲聲迸碎鴛鴦瓦，依稀長樂夜烏啼。分明湓浦隣船話。腕下多少孤城戰馬，一時都作哀鴻。今日黑闥營空，尉遲杯冷，落葉浮浮清灞。舊年青史，不勝愁，兩行銀燭空如畫。

抄 紅窗睡 冬夜　五十三字

花影枝枝墻上界，晴月把小紅樓麗。三更巷口西風大，惹猧兒

抄。最高樓　八十乙字

登原白齋中露臺

闌干外。淼淼暮雲平疊疊亂峰生。六街燈火烟中沒萬家簾幙雪中晴好樓居吟不就畫難成。弄一會桓伊天際笛蠟一會嵇康林下屐故國笑浮名興酣便擬驂鸞去酒狂乍可御風行。俯塵寰。青一點。月三更。

抄。愁春未醒　八十九字

春曉

鶯窺燕壘蝶上犀釘綃帳縈香雪夜珠和淚尚熒熒梳洗誰忺
懶扶殘夢倚圍屏依稀記得宵來微雨角撼金鈴綠水全合
紅閨半掩春困難醒風弄處釭花半朵小似晨星理夢窗前生
憎鸚鵡隔簾聽畫樓深巷賣花聲至繞響還停

一種幽艷之色引人身入境中化工手也

抄

鎖窗寒 抄

初春和雲臣韻

彊善堂主人對疏

霽灑紅窗，雨敲鴛瓦，曉寒偏峭。紫鸞黃生澀，不似舊時淹潤。記前春城南水邊，內家車子，絹成陣。新年節候，連宵做暝，悮也花信。點盡安仁鬢，拚滿幅春詞，奏入同畫，縱然墨炙，還有常紅。甚認況曰，女兒花小，箋誓成烏鯽猶隱。最難忘梅月朦朧，不總風絲雨，颯颯驚人，如醉離門之琴

按譜此字宜平

附施

抄 正 淡黃柳

抄 滿江紅

對

同雲臣和天王元夜泊舟溪口感舊之作

蘧善堂主人對說

峭冷尖寒，也算做、一番元夕。還記憶、清歌妙舞，梅魂雪魄。向日微聞年少事，狂夫曾到岐王宅。把玉簫、吹起落梅風，成今昔。

水驛底，孤眠客。月榭日，寒波積。正況今何限，釵痕綦跡。早信今宵鮫帕濕，悔教那夜屏風隔。載一船、離恨壓西溪，溪流碧。

豪情艷緒，如李公垂為元微之賦鶯鶯之歌

趁雨擣螺黛青分帶烟采蝶裙碧化妬歸樵滿檐清芬日斜織

手剛盈把 紫瑩數漫剪還取春泥壘粉紅牆錞午困粧餘

慣是何人沾惹被玉軫彈上銀蟬同壓奩相此此冰麝待間裡焙

入龍團小窗供夜話

清芬撲人迥不著人間煙火

百三

綺羅香

薔薇　和次京韻

樓外金墉，卷顥銀井，隱約非花非霧。一片燕脂，祇許鶯梭穿度。怯攀折、綠刺潛防，賞窈窕、紅情暗與。隔綃窗、背看鞦韆朦朧最。倂吹精細

是[illegible]香路。小指螺子鈿盒，將露華傳體，殢他鴛侶。一架薔

重取殘春，填補春裊裊，風裡腰肢，月是盈盈，夜來情緒誰悄把綵

譜親插[illegible]薔花，漫妬

摹情曲至　諧謔詼俱成妙諦

雲臣曰：色態俱妍，詞義並美，應獨坐五花簟。

彊[illegible]大人對讀

九十五字
平□九字

对 彊善堂主人對訖

滿庭芳

玉簪花

築粉偏濕，鏤腊卻煥，一枝顏雜佳京，滑簟常帶，晚粧樓幾

度枕邊，輕隊聽不出，鈒響悠悠，尋覓取，依然未璺扶奮切，凡器破而未離者

日璺重上玉人頭。開時剛，月後笑折，人意先秋，正三星餘夢

認遠翠幌空幽，每被絲絲籠住，香風動蜂蝶，先令玲瓏甚極，姑誤

甚卻取節奏謳

空空色色是假是空，幾爭看花欲笑

抄 虞美人 五十六字

無聊 謄寫室夫人對詠 選 对

無聊笑撚花枝説，處處鵑啼血。好花須映好樓臺，休傍秦關蜀棧戰場開。

倚樓極目添愁緒，更對東風語。好風休簸戰旗紅，早送鰣魚如雪過江東。

此首好語人不能道

抄 西江月 三十字 对

雨 謄寫室夫人對詠

故國金戈鐵馬，百年退筆殘書。心情渾似欲棲烏，偏惹連天絲

雨風掣紅旗縱獵，雨昏銀燭呼盧。比聲記得不曾無，那便淒涼如許。　秾心雄看永夜凄咽

踏莎行　抄　五十八字　対

雨村鄰叟餉予梅子、豆筴、玫瑰、薔薇滿盤，賦此謝之

北郭浣花，南山種豆。筠籃入市紛如繡。半肩愛惹蝶蜂爭，一生怕聽蛟龍鬥。　問訊鄰翁，寄聲溪友。向時風景依稀否。前村渡已綠多時，野橋梅定黃如舊。

風景如畫

○

揔喜遷鶯　一百三字

排悶和雲臣韻

彊善堂主人對讀

嘗高憑高指顧曠野水增波故陵無樹萬疊金笳千尋鐵鎖依舊大

長嘯江東去休管周郎安在便覓桓溫何處長嘯龍怕永嘉草亡不

目共成奔渡遲暮縱有日採藥蓬萊恐被神仙誤姚女雞歸翠妻

一世不邁歲亂紅迷路問把唾壺擊愁壁寶刀低訴空城下聽

亂石穿空驚濤拍岸方欺淑來

寒潮徹夜魚龍語聲怒

揔醉蓬萊　九十七字

○○○○○○感遇 彊善堂叢稿

比原調多四字

慷慨向斜陽紅處長歌砍地忽然悲嘯玉女投壺曲今皐傅又塵生漫爛樵柯

也歇瑶島一片江山千村盡荒秉幾人屠狗鈒提抱冰弦後深彈向黃

君擊陵右之廟且約酒徒聞過使官擷巾狎日綠狂呼之床大半坐上何人

碎胡識喜客之道歷歷神州悲悲瀟宇諳誰為劉喜感慨登臨月明

琴氣鳥鵲昔南枝絕少

槊

登山臨水蒼茫落照稿

沙

隔院聽琵琶　彊盦堂主人對記

拍徧小闌干，何限塞鴻明滅。老去怕逢管候，正落紅時節。塌剛卒掐檀槽，隔着隣垣說。似許少年陳事，有玉樓金埒。

音帶悽惋，似白頭宮人說開元間事。

抄 沁園春 七百十四

擁幼

爲雪持題負象即次原韻像作大雪中數撚髯一笑像雄駿

樊姬箏琶夾侍

艾芳屈指生平六翁知寒食梅花發青酒人氷綵數尺圖成行樂梨園一

款梁曲譜出郎甘單富貴何常男兒自有除郎去昇天仙欣羨撫髯處怪

州自

是矣六花一夜白盡江山長空舞絮漫漫縱莫說是宮高夢裡春魚

人柔燕支小帚霓裳夜讌迴波小弱郎毛毛莫春寒深院紅肌一簾香雪

止如恭放英雄此內間吾狂甚鄉畫中笑乞最後僅又鬢

抄 醉太平 三十八

可歎。 江口醉後作

王分 鍾山後湖長干夜烏齊臺宋苑莫愁湖連天綠蕪 佑船運租

甫金 江樓醉乎西風流落丹徒想繁華寄奴 [illegible]郎不平

陵懷 古

抄 紗窗恨 四十二字

[illegible] 蝴蝶和毛文錫韻 是

謝湖 鬧紅隔翠何時了漾春心一生[illegible] 花架底

蝶詠 [illegible]極乃桐之神

簫上 潛防紈扇迴梁前巧鬬紅禁簾上鴛鴦[illegible]慣泥金

云 好事近 抄 四十四

抄○青杏兒　　六十二

本意　瓊善堂主人對訖　对

六尺小窗簾漪交網外杏子纍纍流光暗換無人覺纔看綠綻俄
驚萬透忽訴黃鶯　回首憶芳菲記二月花正開時勻圓擬把
鈎籃摘怪他墻上誰家風過紅盡半兒　　俱棄

抄　魚游春水　瓊善堂主人　七十九　对

萬紅友書來云適金沙周東會監叙數上人在舍可過郭
外同看水色余以他事未赴作此柬之

君家春磯嘴，一點炊烟蘆荻裏，渚花飛霧綠到，河邊樓子細雨

賣魚聲，掠村斜日，熇茗人歸閙市，嗒爾撫琴几然隱几。報道今

朝聞未好，何晴川丼芳芷，況來高士羊裘，名僧麈尾，那知有約

長與臯負，自分無緣供驅使。從此秋路溪水。

悲壯如老杜

抄、

一寸金

乙百八　迭

距宅村不數里有古刹，因敬先庵之側，有一高丘，或穴其旁

下，乃得古冢，隧洞幽涼，明器怪詭，似是古侯王墓。詞以紀

事

古寺高丘雨漏松毛土花涎有破空一石飄開然后寶懸崖鐵繩
窈然而黑壞棧盤雲一片鳥窺處龍湫深極誰人作校尉摸金千
載盡衣化烟色隱隱便房道液壑風亂阿魚燈逼問珠襦玉
匣幾年耕破金釵銀椀誰人拾得牧子頻吹笛惹漢武秦皇沾
臆歎歎多時藥大城荒徐福歸何日

古色陸離青節船

楚長吉古錢集中

集句也

抄 蘇幕遮 六十二 对

詠梔子花 擬人

最苦小屯一陣易毀匣覓香乍色

玉羅鬆檀暈霧朵〻同心開在簾〻芸處紫剩螺攔簷未乳早綻

攢苞背與人消暑不禁風吹怯雨浴罷鬟偏摘向欄邊去翠

帳隆〻宵未午月黑花眠凝屑蕁

一襟氷花性結俱活

蝶戀花 抄 六十七字 对

彊善堂主人對訖

夏日臥起即事 抄 人絕句

壺子尋汜壑梅苦踊明多益

幾日戎葵堦下長烟膩晝天催得心情懶熏風側衫茶烟斜翠幅拈熱

往剗爭把香泥築　窓小綠雲偏簾漾蕩鏡覺循霄香也間來往誰

打樓前銅砧響熟　梅自落魄上

寫景幽艷自是工麗

換

沁園春　一百十四字

題竹逸小像　像在萬竿翠竹中

寫人如竹寫竹如人陪竿擲千

有氣象

誰伴先生茗椀鑪熏書籤醉杯記慈恩繹昌禰名宜三段巽定昆耒

傳檄諭諸羌萬里詔窗官一身入畫抽門箋嬌[illegible]

[illegible]

竹郎間興評量論梁棟何負[illegible]

截為桂起[illegible]

詎許斑斑痕上若望聞言喜得風而笑滿院笙簧

六葉重發皮一身入畫八角字儼之交之

多愧餘兮未免逃情之恥

抄 清平樂　四十六字

友人以哭女詩見示作此以代寫哀　对

紅珠小掌，嫇果團風颺。昳[illegible][illegible]花樓上響，人與舞鸞同往。昨宵粉鏡金閨，今宵孤冢棠梨。思子臺前月落，女墳湖畔鵑啼。

小桃花遊蘇濤墳西畔也極

南鄉子

螢

抄　五十六字　对

露井坐三更，無數幽輝印水精。心地流將深竹去，身輕，卻把深閨秀幔縈。惆悵記前生，繡瓦[illegible]經弄月明。閒語江都隋煬帝含情兩彈輕羅撲不成。

抄。釵頭鳳 彊善堂未六對字

艷情

薔薇露。鞦韆架。中門闌鎖聲籠銀墻銅扉直記來約行

來疑惑黑黑黑。幽窗下。紅燈射夜闌綠水如畫花紋欄珍

瓏極。剪刀尚響冠兒未摘。哧哧哧。

拗 念奴嬌 乙百

葵花

彊善堂夫人對抗

東君羅綺剪猩絨一束亂拋牆角迸出戎葵真女〻畫遍偏閒庭

綽約蝶凝檀心蜂粘蕊簇蹙欄〻朱霞翠纛女口水襯他燭火燃

炯別有小〻錢般離〻錦樣曾向川〻江〻濯謂蜀錦雖諺道旁樁葵也

春去久依舊紅萼似昨昔被雲濃遮他也紅日愁殺負陽藿金烏

早醒海天雞正咿喔

綺練紛繞種〻生色繞誰引領

朝陽寫生小草兒情

拗 江城子 七十字

石榴 彊善堂主人對訖

紅帽比花安未映，合榴房与麝犀。並美左足之如

茜裙提出錦箱中。向花叢。鬭嬌容。裙影花光，都到十分濃。記得夜涼依壓鬢，偏愛把、綠雲籠。如今朱實遍層層。東風亂，點綴晴空。極望纍纍高下，綻房櫳。欲摘又憐多子甚，相將笑擘紅

五十四

浪淘沙

夏雨寫懷 彊善堂主人對訖

纔送惡啼鵑。又奏林蟬。青蚨誰爲買流年。舊日榆錢都使盡，且換荷錢。陰雨太綿綿。淚一般般。霞紅驚射粉雀邊。誰道晚霞

古人未見之句也

偏釀雨明日依然

苦況惡景字字真切使我不能

言崖

九十五

○ 減 鳳凰臺上憶吹簫

秣陵懷古 觸目蒼涼慨當以慷君言愁我亦欲愁 对

紅板橋南錦衣倉北金陵從古皇州記離宮墻外年少潛遊忍聽九重仙樂東風細響度龍樓依稀認寧王玉笛賀老箜篌悠悠南朝風景看幾遍桃紅了人頭算劉郎易老嬴女難留三十六宮何在斜陽外隱隱離愁傷心極後湖菱蔓一片漁舟

雲雲傷心

減本意 对 風流瀟洒字秣仙雲雲宋陵調竟似秦少游古曲 奇曠絕倫矣

貴主亭臺真妃環珮月中鳳吹悠悠占人間天上兩處風流一

自彩鸞齊奏，雙攜手，玉宇瓊樓。咸陽樹，宮娥長望，山又佳緺。

回眸人民，都漁謂渭水秦川，頭悲聞愁，歎重關有三，發苑成秋。

千載鮑魚，孫子沙丘路，大樂奚求，道然蕭，青天碧海，夜夜清謳。

如飛去，仙子俯視下界

念奴嬌 百字

戲題鍾馗 一名終葵

誰將醉墨，潑長箋，寫作十分奇詭。鼻聳魋肩彤狀，寢風引鬢毛。

攢眉空學帝，須髯蕭蕭，目欲瞢天地三間，何辭荒唐情態。

是休只破宅，蹣跚荒江，狼狁幽宵，尋魍魎，試春朝市上。

縵盦室主人對識

何限榔榆之子卧着為尸坐而成冢擇肉須來比笑渠笨仰翻
愁鬼以公戲

喜横

忽想起靈均天問繪水繪聲矣無語正合
翰林判一劉捉々趣戲成文別有妙趣

抄

定風波　六十二字

紫薇花

一樹曈曨照畫梁蓮衣相映鬬紅粧纔試麻姑纖鳥爪裊裊無風嬌影自輕颺（紫薇樹以指爪搔之則無風亦颺）誰凭玉闌干細語爾汝檀郎原自紫薇郎聞道花紅無百日難得笑他團扇怕秋涼（紫薇一名百日）

紅

不但詠物甚致極研深極饒搖曳生姿

抄

青玉案　六十七

夏日懷燕之市葡萄

風窗冰碗誰消暑，記碩果堆盤處，擱罷盈盈嬌欲語，輕明晶透。
芳鮮圓綻，小摘兩山雨。長安萬事與塵土，惟有高情誰念汝。
睛想風姿奚似，許與疑燕寬郭[illegible][illegible]，以酒渦顏華清之字。

陵年沁人小研

蝶戀花 抄 六十字

閨情 和韻 彊善堂主人對訖 对

記在秀君親見汝深院潛行驀又花間遇綴朵粘紅無定處緣

〃撲偏東園路 艷粉退來還幾度天芯多青休遣春光着栩

了鞦韆飛去卻繞成團〃〃過牆頭去 情里儇鄉撲墨似昊

如麗滕王蛺蝶圖〃

抄 惜分釵 五十八字 对

偶作 彊善堂主人對訖

擊劍飛追風射當時眼旁皆無人肯過黃墻

本坊喚名倡庸飲狂歌說

霸論王堂〻　花枝謝人兒家文無端夢醒西樓下袖郎當〻淚淋

浪一種心情〻滿院斜陽〻偎〻

似仙似佳欲咲欲啼總兄女人

路居不四罷身

抄　采桑子　四十四　对

題潘曉庵斗酒百篇小像

數彭出金石俱氣拂〻漢十指間出

彊善堂主人對讀

畫師貌出高人態梧竹澄鮮庭戶蕭然道是詩顛併酒顛　王

山百首詩顛唐甚笑吳儂蹩躠妙眉徽偏擊唾壺歌寶劍

抄　賀新郎　百十六

自嘲用贈蘇崑生韻同杜于皇賦有小序

彊善堂主人對讀

于皇曰朋輩中惟僕與其年最拙他不具論一日旅舍
風雨中與其年杯酒閒談余因及首席決不可坐要點
戲是一苦事余常坐壽筵首席見新戲有壽春圖名甚
吉利亟點之不知其斬殺到底終坐不安其年云亦常
坐壽筵首席見新戲有壽榮華以爲吉利亟點之不知
其哭泣到底滿堂不樂相與拊几大笑何兩拙兩地兩
筵而劇不謀而同也故知此詞余因是亦有此作
高館燈燈如霧屈指擋攤衣登座放顛時有慣罵孟嘗門下客無

想見牧之在座淳于髡纖閔茀澤時

過鳴雞盜狗吾寧與灌夫為友曾被兩行官使酒玳筵前一片喧聲透香醪潑汙紅袖　歡場有戲魚龍卻何來敗人意興開人笑口自顧無聊惟直視奪得鸞篦搔首叱若輩何堪袋候事後極知余謬悞恰流傳更有黃圖吏隸狂態誰甘後

附于皇詞

漫倚藜腸綉論入世全凝豈果騎元沒有至拙惟吾其次汝慣罵董龍雞狗任路鬼揶揄羅友偏是哥哥行不得問誰人不消機關透郎當舞無衫袖　文場撲地空獅吼記平生轉

喉觸講那須開口。兩部傳奇第番笑紅粉一時回首。少甚麼

奉申恭候君。本當年驚座。容我依然月燈目燈。床叟猶話柄千

秋後。

周成祖翁戲譜笙詞中三昧

水調歌頭　五十八字

夏夜感舊

月挂樓梢，風吹沼面，水天閒話人微倦。些些只許枕頭知，矣星星、生怕流螢見。　街鼓三更，淚痕一串。如今舊事思量遍。他生須讀淨名經，小樓已署同心院。

自是休文多情多感，不干風月。吟此殊不勝情。

釵頭鳳　六十

和邁庵先生詞意原韻

琢月手，談天日，胸中雲夢吞須九。霄游戲，非文字，問他作者幾

人曾會○未未未○

情絲鏤○啼珠溜○斷腸怕學屯田柳○[illegible]溱洧○翻

清徵○笛吹江闊○帆騎峽水○似似似○

李氣墨硏

妙

賀新郎

嬉笑甚于怒罵，縱筆無非譏諷也，以為也可不朽矣

彊善堂主人對訖

余與于皇作自嘲詞竟，于皇因論點戲，復謂余曰：忽憶一事大有噱。昔甲申闖賊之變，迎降者大司馬某亦與焉。其人後官兩浙，開讌西湖，召梨園侑酒，即命演闖賊破都城故事數齣。後闖賊入城，一人執手板蒲伏道旁自陳：臣兵部尚書某，迎接聖駕。蓋某即坐上某也。其人悵然不懌良久。同嘻亦太甚矣，某何至是！遂罷酒去。余與于皇撫掌之次，同賦是詞，仍用余贈蘇崑生詞韻原韻

嶺封離宮秀出翠華來漁陽遺恨乾坤有已得黃巾初入洛朝

士馬都如狗還自許千雨臣賓友誰把持中貂綢帛錦河山恐被

軍聲透入風舞郎當由　梨園伶髮鬢淒悲咽誰信道千秋南董

繫諸伶口馬上鸞弘箏欲射客有道旁泥首捧箏表夕陽亭候

今日堂堂紅燭裏正當年肉袒當十更頭燭屏風後

八聲甘州　彊善堂主人鑒　百乙字　九十七

抄　寄宛陵沈方鄴兼寄梅耦長

記西風握手宛陵隈昔語動君歸只尺宛城下小姑山口風景

全非○方鄠人客何事年〻作客窂落寸心遍○且與王章歸寸之
西江東粵人 文鄠之
牛衣○謝爾吾言竟用○果○蕭然○歸○草雲○閑○更梅郎健在西州
帖然鼻草雲火
和李雁杯○冷○行○西○溪○野老泥○今年烽火大雁○飛○青○甚○敬亭
和冷行溪野火雁吳飛烏
粟縛石臼魚肥○ 以叙予為詞照顧恨悵少陵所行

鎖窗寒 秋 八九 安生調快

夏夕驟涼快作 涼風吹我襟袖似宋玉登臺作風賦

彊善堂主人對讀

葉底蕭〻樹梢颯〻○打窗高戶歷疊○吾家涼日○雨長連○
木末 时 木末 日 女 小
朝金烏昊空海天萬里成佳然○金恰○風○覃○鄰○箬○來○折○樂○然○無
小火 火 窗 名 木 才 然

暑。軍鼓宣邏處，更陣馬風濤奔聲乎起。以林谷皆為驚又
鼓門，八林食聲一石衣似麻女皆儕人才
起快挾與剛介且被襟細展龍團瀉甘菊花乙
美忭抃與剛冷目被衤糸石青氵氵匾字

拙、玉簟涼

九十七字

夏景色無世間迴豪

杉、驛馬閃灼鄉郎。正屏掩楚峰簟滑與江得風篁欲笑就食鳥相忘鱸
魚美。似北圓四十九入手先香脫殘罷覓間僧語暑老樹涼
吳裝，向蓮看粉工隅笑花野鳥蜀絡風燈零亂凝輕漠
色微茫波上已逗素月間買酒甚處陽昌五醉矣擬夜游瓊島

雲𦀰

思帝鄉 三十四

夏夜

花底螢高低穿繡闥偏慣照人間閒事一星星待促車輕紈小撲怯

還停又向牆邊竹樹冥冥

詠物工妍情思縹緲

彩雲歸 二百字

簸錢

買花歸騎過簾前問侍兒剩否金錢邀闌但女伴背書還趁

[illegible]

取階石幽鮮輕輕簸青蚨不定怕撩人鬢蟬鏡匣中[illegible]

雉喧慎　琅皎[illegible]與柳絲一[illegible]從他隣女嬌小[illegible]處慣[illegible]與重來頻呼不應走牆畔鞦韆無聊甚[illegible]擲五銖暗卜歸船

閨中嬌憨情事，筆、入畫左太沖

抄 怨王孫 嬌女篇猶遜一籌矣

詠觀音柳 一名花柳爭春蕊穗蠶絲花作淺絳色

对五十三 [illegible]畫堂主人對訖

小井清簾窗拂水柳宿垣中河陽裡春[illegible]枉自夭邪不成花烟姿露葉依然裊腰逾小添得花枝好莫抛隋苑好向水月金鉼聽潮音

香豔藻耀置之溫韋集中不可復辨

極北龍歸江東馬渡君臣建業偏安天上無愁宮中有慶聲聲
玉樹金蓮點綴太平年更尚書艷曲丞相蠻箋片月夕花朝朝尊耳矣
王濬下樓船 華清月照闌干悵多時分本流落人間可惜當
初丹青妙手曰何不画麦烟風景極淒然寫一行何郎郎杉幾處宮人人
蟬屏卷況吟翁鴉暮皆古故宮前

冷擷淺挑刺骨生寒是誅少正卯手段不効
禰生三撾也

抄 滿路花 八十三

抄 荷珠

落想天外傳情箇中未許癡人道隻字

紅綃水面粧碧玉波間柄似迷扶翠盖西風動玉人搖櫓隔浦蓮歌競花面交相映戲取春纖掬他潭水芬冷　灑來錯落盡向錢錢迸鮫珠圓又碎難持贈似鬢凝相總似檀郎性蕩漾何時定情長迴船碧天早挂明鏡

抄 石州慢 百二字

夏閨

竹院臨池蕉軒翳日蕭然閒幌送春留病賒秋作惱懶罷彈棋懨懨永晝誰令幽夢驚迴偏兼多事茶爐響侍女東齋紈扇步幮低湯來往一湖水氣滿院蘭風撲帶裙上悄覺涼釵枕簟紋鋪浪起來慵綉將泉戲鴻團扑何憐他僕嫩繞吝掌珠渦不成圓卻添人閒想

送春留病賒秋作惱八字可作一篇銷夏賦

蘧庵先生曰香艷離奇淮海得意筆也

望海潮 百七字

題馬中貞陽畫冊

抄 洞仙歌 八十三字

西瓜 對

嫩瓤涼瓠正紅冰凝結紺唾霞膏鬭芳潔傍銀床牽動百尺寒泉縹色映恍助玉壺寒徹 夜深乎碧玉同倚闌干月色荷香兩清絕笑問破瓜似無此夜曾將涼蟬寸心長熱見手攬金刀細沉吟情不覺紅潮早堆肌雪

瑰詞傲詭直令予可避席 入情處則奇思天開無跡

一萼紅 抄 百八字

納涼梅廬 梅廬謂先公齋名 可尋矣

從初尋見亂杉深巷門境已空幽恰一派風廊幾層鈎檻微茫

人在滄洲軒子外蒼皮怒裂更紅魚碧鳥黃銅其室小口女慊齋

虛似舟以方萬籟颼颾風 到便撫琴啜茗向水邊企腳林下科頭鄉

論殊佳吾輩甚世間一笑字盡日談空說鬼只是花間上

雲臣日風搖玉砌月轉金鋪

月如鈎再賞數聲風笛催動新秋

殊不似塵中物色

後闋議論風生胸襟海闊想見景略當年

不啻視群豪如蟬蝨也

抄

沁園春

題徐二王小像

放筆縱橫脫盡羈絆有兎起鶻落之勢　彊善堂主人評識

貌君者誰，尺幅經營，天機漫縱，偶然位置，偏能高脫，無多筆墨，[illegible]取幽閒。鬢絲[illegible]帶[illegible]橋，微吟上峙，目送飛鴻自往還。[illegible]人情物態，了不相關。

多君[illegible]山[illegible]攀[illegible]，日向衡門賦考槃。況霜紅露白，秋冬之際，林黃柳赤，山水之間，竹杖逍遙，芒鞋散誕，古[illegible]從君去[illegible]

洞仙歌

對

雲臣曰柳州以文為戲其寧以詞為戲觀此詞詼諧無礙覺柳州古本猶強

抄 乞巧詞 藕遯庵先生賦 对

碧雲卧、譏見銀河代鴻人在十妻暴衣、曬昔天絲臣本屬釣工

東陳拙甚顧以朱絲予昔 天絲含笑答見事很遲大怨明

暘才縣以鉢絲衍 鄉

襄龍聖試時有古今來劉顧絲書空獨做殘編問答曰賜汝狂騃

言龍門詰時工弓依多絲問言貝汝狂騃

信常年好熾醉高歌哥花天月夜 脫胎子厚問愚腐遷僻

抄 水調歌頭 对 劃世情處讀之不禁掀髯

早秋記興 彊善堂主人對訖

秋色一天雪林木叢中央斜陽交日三尺綠小山一里滌千峰時正敞杉木晴日綠日白女三尺綠

窗竹院要使金風玉露灑濯我軒郎颯來上眉宇皎潔到夜儻
小樓上望極浦太微茫船夜衛江上併作十分涼安得中原
豁處飽看出欃槍狗大獵一千場淅罷刀頭來射殺虎邊麈

君自好為大言耳恐力不能縛一雞也然
雄峭排宕目無稼軒矣

抄 輪臺子 彊圃宣夫人對記 采菱

此景清芬寫出水光花氣圖畫難竝

百十四

別浦蓮歌歌又棹入菱潭深窅西風亂水瀰瀰斜日遠帆了了

小娃蘭槳齊開鬭雲英一色裙波鬟綠似珠腕又香蔓柔莖

將人繞何愁角刺藤抱千頃水暗[illegible]分較孤米荷

房一般幽情語折芙蕖隔舟來須早白月明日寒塘剩句填詞

櫓聲幽驚飛渚鳥笑盈盈併摘花歸可許來稱其臺照

抄 泛清波摘遍

百六

芡

彊[illegible]堂主人[illegible]說

江妃水戲，龍女夜游，遺下鮫盤波面。貯勻圓鬆軟，顆顆枝頭綻。新雨誰家女，粉裙一色，銀浦三更，船泝空明，烟外語，為愛鮮妍，爭向微茫邊岸聚取。寒宵箬苞作蝟毛，睛碌實，愛雞頭乳。剖罷萬斛晶丸，零亂川滸，添香霧，那數雲子彫菰，偏宜玉纖幽俎。祇怕如珠，秋露宋時休誤。

物色最難描摹，要離繪入神，令我如在茱萸之浦。

抄 鵲橋仙

七夕飲於有齋中同蕩翁植齋賦　重出

天邊枕簟，人間瓜果，比比此夜嫩涼分取。次次公原是醒而狂，往言而寸乙

七襄織縷，穿針樓下，依肩角何限。隅隅公語只因烏鵲昔事

荒唐誤盡了許多兒女

高譜誑妄抑諮至今乃生大

西河趙洗齋

前題　植齋步調

黃姑帝女牽牛牧豎，此夕臨河解珮。天家一日，便為卉已賽，却人間夜夜。針兒慵綉，梭兒懶

豪快

擲潦倒閨情無賴玉皇公主賦催粧那偏問相思宿債

前題植齋并步韻

明河清淺銀燈微暈一任騷人領取柳州求乞恁多般曾乞得幾針紅縷　牛郎新娶天孫下嫁稗史裝成俚語無端蛛絡巧安排偏喜殺綺攏癡女

雄快絕倫古人所云恥作老婢聲者耶

抄 宣清 九十七 对 强善堂主人對訖

溪卯 戌以鵝炙啖我飽而填詞 直是游戲于詞學者耶

戲又 亦食糠覈卄日 屠門大嚼 差强人意 笑當年哇說於陵 問何人

羞一 腸同劉毅 東郭長饞 左車瀟脫 仰天直視 秋社日 合分將紅掌

調卯 鵝羣爭美 擬案縋搔臨餐 跳躍餔歠真佳士 以海容剝龍壯

庭册 夫所謂飄飄凌雲之氣 放箸盤空 借君家籠中間戲

抄 天香 九十六

中元感舊 强善堂主人對訖

夾路幡竿盈城梵唄分明元夜燈市露濕巫簫秋生賽鼓陌上

月輪初霽金波瀲灩還瀉做萬家紅淚天與玉容爭淡烟飄粉

裙偏麗

許多流鶯聲田以帝袁楚夾奈戾只有小墳新塚誰

修薄祭空伴唐陵寢都一樣淒涼野田裏黃土鴉鳴白楊風

疑淡淡艷不須更臨洛水作甄乙誤

起

抄

簇水 八十五

对

見古寺放生馬而歎之

回憶當年霜蹄削盡幽并夜昔頭一點猶氣削驚凡馬空羸病

誰歎牧養歸釣，從覓假摩增饔炊餐壽霪，則示下土錄，血淚灑歎日暮群羊

鳥啄肉伏棧櫪成悲咤，西風夜響重又起，坐聽哀鳴，塲畜兒首沉吟今恪

印暮聽霜鐘，下餘生也，託豢於其堂下

紅顏化為白髮郎，健兒化為雞皮老翁，吹生可為三歎

抄 江城子

抄 秋懷

彊善堂夫對記 七十

商飆過處響高天，春雁玄散空園，燭濤樾搖林木，一夜遍吳關，恰值

景色蒼秀

角聲西極到，側耳聽，側視見色蒼然，野夫江閣換書爨，聞其聲，圖奇闌

干那管，草間狐兔，劃開溟且攏撥，貿鉛一隻，清涓常理，釣竿秋魚

百五十五

竟作一篇金石錄讀古光寶燄令人神魄動搖惜不令趙明誠見耳

妙、寶鼎現

、題定武蘭亭初搨本

~~為[illegible]賦~~

筆精墨、妙風雅相尚當年瀟、論文綵筆誇典午人擅非花兼蠆尾誰第一是右軍逸少、庾翼家雞莫比

庾翼書云兒輩賤家雞愛野雉皆學逸少書須吾下當比之

有妙帖[illegible][illegible][illegible]神[illegible][illegible][illegible][illegible]、一自賺入梧宮閑[illegible]寶[illegible]長殉幽[illegible]還幸得[illegible]來定武石本離、騰古翠視淳化與光和兒輩色、鬬鷄[illegible][illegible][illegible]世歷代君臣清賞流傳深宮禁

鄉人世滄桑閱幾度劫灰焉笑歟龍盤虎踞波浪魚龍家
揩老眼向殘蕪裏滴透銅仙淚痛多少玉盌珠襦鬼賣長陵夜
市

秋

又漢宮春　九十六

对　疆善堂主人對訖

送郝元公先生之任宛陵　先生梁溪廣文視篆吾邑今陞寧國府授
秋色佳哉剪綠帆半幅與雁同飛船頭斜陽似雪津樹霏微後
堂絲竹記頻年屢解談圖真意邁尊經修劉向背言心事終違
此去雲山萬疊近天門牛渚采石磯今朝臨風釃酒往事

都非江聲千尺推篷望吟遍斜暉偏相親敬亭山色朝朝得上君衣

秀麗奇崛脫盡詞家蹊徑非廣文三絕不足以當此渭城也

風流子 抄 百十字

錫山慶雲庵感舊時永姬人新逝 嫺尋亡未幾也

衆山排峭壁，西風吼、亂葉打禪庵。記竹外時逢，拈花迦葉，水邊曾值，洗鉢瞿曇。依稀是、鳥啼幽澗北，僧送石橋南。萬壑松濤，王濛名理，半床蘿月，支許清談。

重經春來地，人誰在，祇見霜信初酣。染就千層楓桕，一路烟嵐。歎電光石火，佛猶如此，山丘華屋，人則何堪。[illegible]之前林暝翠，諳[illegible]青日日來精藍。

懷舊傷逝，性在憔悴損之，蓮座猶為惆默。

抄 八歸 百十五字

秋夜婦病吳門遂不成行賦此寫懷

藥烟籠爐火，書畫盡，城上戍火，半熾殘年，記入西風，突兀也瘦。

人如菊，秋餘勝幾，月籠牆暮，而今負較建，奈婦病吟聲，酸切悲感，一派

繞砌幽愁，似恨嘆人說，淮擬楓林，將離露窮，去弄烟波。

寥沉秋當濃處，月將圓夜，籬櫳沉沉，搆疊等不，日夜春裡，雨雨風

風，過時節，偏逢看五湖，霽景萬斛，清光洞庭，秋晴雪。

風流子 抄

○○○月夜感憶

冰蟾飛皓彩今宵月勝似昨宵圓有一片角聲淒清枕畔三秋
桂子零亂樽前人生事千齡渾似夢百計且求仙鳳舞鸞歌別
來幾日瓊樓玉宇歸去何年 流霞須傾盡金荷裏鯨飲併吸
嬋娟遙憶庾樓今夜多少英賢想月明千里戰袍不夜西風萬
馬殺氣臨邊我控雲中黃鵠一笑茫然

閱水調歌頭人推坡老道出歸去閱此詞覺
其若在綠雲碧落間

祝英臺近 抄 七十七

舟夜聞簫

水烟昏塘月午，欸乃亂更鼓。風水空檣浪急，打楓樹，恰逢羈客停船，誰家樓上，忽飄隱簫聲一縷。淚如雨，對此萬里清光，舊家在何處。人世何聲，更似此凄苦。依稀記宿江州，蘆汀蓼渚，有十萬夜猿啼語。

一春情緒

抄 玉山枕 百十三字

秋夜較讎近友史遠公青堂詞卷竟，凄然綴此

山館烟含記汗漫同杯斝飛騰峭壁攀援絕澗亂水奔渾暮雲狼藉夜深健句怒盤空看筆底崖崩濤鳴更興酣蟻視群兒擲琵琶踞酒壚而罵　如今往事隨飄瓦經幾陣寒潮打燈前拍促更闌絃急月魄難圓蓮衣易謝淚和鉛水泛鵑紅都點上殘縑剩帕落梧聲似伴吟魂隔西窗依秋宵閒話

歌此詞竟[illegible]遙只在焉

滿江紅

秋日幾士兄姬人生子詞以志喜

人種追來喜阮曲又生遙集兄生子姬人係得之姑母家是月裡風飄桂子

夜來親拾旦日驚看佳氣滿經年怪底吟聲澀兄素勤詞翰年來竟不作詩果息機絲得針胎成珠光濕　嫂已慶螽斯緝孫漸角勝衣擧笑阿兄此事得毋非急小弟今冬方五十飄零一綫河之北待來春挈取小獅兒還鄉邑

字之真叔子傳

沙、南浦　百二

〇〇〇、秋景

彊善堂主人對読

戍樓孤眺莽秋雲一片畫難佳成烟因畢馬蕭蕭易響鐙錯認恐是風聲卻去被沉寥之甸氣刮一天疎葉舞空城歎釣臺水榭千年剩址莽蔓

繞湖生。極望溪山瀟爽，向楓汀茶崦眼偏明。聞道樓船下瀨，十萬水犀橫亭語，魚龍休夜嘯，海門月上定潮平。對碧檣紅蓼，暮烟殘照不勝情。

閱河滄茫，性賴詞與風傳。

點綴景物。

又題

拋西河

中秋前二日紅友有愛女之戚詞以慰之

西風一縷聲聲冷佳名京雲疊疊暈輕羅佳青佳畫大左家嬌女

女詞〻車羅〻〻溪

本盈〻紅珠掌上無價記學母將眉畫金釵蘭士支其亞簪花畫

尾字偏工黛痕瀟灑有時鶯上綠窗簾風蘭烟柳倫寫月娥

小別閒花夜最難忘水宮寶樹秋〻彩鸞思奏趣秋宵粉鏡將

圓海外桂子香飄人歸也

輪高桂葉

寫情繪景栩栩生動讀之

使我鉛淚如水

拋通屏秋色

百廿三字

西城秋眺懷綿雲弟久滯都門未歸用夢窗詞韻

放眼孤城側，落照前一派傷心秋色。疊浪宣遞，怒濤澎湃，西水闌窻聽。黃葉林中[illegible]揚砧響，旋覓[illegible]柳[illegible]晚烟，此碧更鄭近[illegible]。莫天連烽火，不許離人，此夜不成思憶。前夕蓮銅暗滴，夢重逢帝里，艷[illegible][illegible]銀[illegible]。[illegible]州兄昌蜀江戍，向[illegible]醒[illegible]秋書。盼斷無[illegible]，今久客誰舊識，囑付暮雲知，今宵滿書也，得人在暮雲以地。

抄　促拍滿路花　八十六

一片秋聲，筆端搖曳，鴒原之感，安得不愁深如海。

秋日同曹渭公路衣白魯望弟偶憇城南放生池

峥泓寂歷甚杳靄有無間城南多古寺秋水閒風廊石瀨竹篠
更檀欒游鱗翻碧浪雪鬣銀鬐此中大可投竿 仗西風寄語
南山窈窕好鬟如何偏不厭老僧看南山覆我君自喜豐鬟
倘肯經過容秀黛三升日應給與君餐

一 如此問答山靈決然起舞一洗諸髡惡
氣從来曾有幾僧解看煙鬟耶

抄 踏莎行

渭公宅中花徑成

雜卉葳蕤 群葩蔥蒨 山紅英紫紛相照 藤蘿深巷碧苔文 曰天然圖畫徵

依架平於帽巾 韻事甚奇 癡情可笑 闘鶉牽蝶都知道 今年僅

為花已瘦 春容定 提壺鬧

強竟亭文叶記

險語能安 閒情偏峭 文心奇崛 令人不敢迫視

抄 望湘人

百七字

秋日過淮堤庵訪石公上人時上人初自都門歸攜有歸

雲郎家訊

強竟亭文叶記

見一石尊碧駁樹老於孫誰家廢圃荒官舍改作僧寮恰臨野渡花竹翛然平遠萬里風煙塵經年烽火家書常斷正兵間透一個歸來作上林秋雁把向晴簷細展怪一椷侵蝕八行纏鮮書到汝為人笑鬢啼霜參半歎世上只有西風嬾不送征人同轉更憐是故國茱萸眼底仍然開滿

作上林秋雁語轉法華書到汝為人情深棠棣誰謂倚聲一道僅罷柳驕花已耶顧讀此詞者另著一隻眼

抄

勸金船 中調八 十獲堂主人对

茶花 秋水為神玉為骨通體鮮潔

綠紗窗底幽姿暗白花盈寸玉鈸小剪明羅綠遍顏諸佳信

櫝心諳戲情何騰氤安頓最喜莊樓小燃偏解春困 茶娘家

與春山近雨過香成陣不知名處花尤俊好儂人蟬鬢懊惱滇

茶長把紅芳相混誰似伊行素雅並沒脂粉

抄

拂霓裳 中調八 十二字

冬夜觀劇

对

釀寒天，六街皓月溫成烟。腰鼓閙嬌，雨點打來圓似錢。燈[illegible]
露鐵機迸秋影，映嬋娟。想後堂笑語，總群仙。教坊絕藝，一家[illegible]
懷[illegible]年，君不醉，風光辜負。十分妍，醉餘偏惹愁恨，歸去不成眠。
忽凄然，悵桐花一樹，翠簾前。

詞如一曲楚明光，非復人間音調

抄

城頭月

秋月感懷

西風吹得冰輪滾，桂影平於簟。深巷東砧，嚴城夜柝，做出秋聲。慘月中一片朱旗卽粉堞，青霜染萬里溪河，百年身世人幌，聽更點。

对 此語中秋景最甚工人豔是也

字字遊雲樓笛聲入破時也

抄

怨三三 五十

对

秋懷

結想爲瀰

離離秋水正拖藍。滑又如簇捉背，山烟帆南，山南浮笠，笠深把橫

夏時曾種風柳與鄰叟追涼笑語今日尋霜樹猶如此人則何堪

前段戴顒聽鸝之畫後段桓溫泣柳之情合而為詞遂成絕調

校 帶人嬌 中調六十八字

虎頭如草不通何形似再生則佳 形逼真刻畫至也恐傷天巧

早過越生齋頭書所見 对

庭院清清漾起捲簾風大簾底露粉郎閒坐消停半晌又邏遍

橫卧無甚事只得小池泮破 曲本慵翻歌場懶作綠莎上戲

將錢鏇慣尋人事却嗔人真箇嗔不應走弄菊花殘朵

○○

校 歸田樂 中調七十字

題春郊禊飲圖

 对

點染工緻只恐畫家不能到

粉墨真蕭灑綠楊天樓臺金碧陣陣江洲裙社杯也茗椀也竹也

絲也。掩映花叢柳綿下，風簾月際桂樹里，鶯啼秋遷。
童子穿過春山，鐘詠者之、飲者弈者謳者，一幅龍眠西園畫。

木蘭花慢 長調 百字

汴梁城內有李師師巷，經過感賦
是東京舊日，愁漠漠、雨絲絲。悵趙宋繁華，樊樓語笑，總被風吹。
淒其剩句欄在，照綠窗、簷桂月如規。今日頹垣廢井，當年舞榭
歌基。師師，雲貌玉肌。玩月夜，賞花時。替君王夜半，香燈日暮，
膩箏潛攜。誰知小屏風後，有周郎、低唱斷腸詞。一代春嬌寂寞，

半城夜火吴差

红颜易谢翠华不葬只留词曲风流犹传千古

抄 金浮圖 長調九十五字 対說得酸楚鄭監門繪不能及

夜宿翁村時方刈稻苦雨不絕詞紀田家語

為君訴今年東作滿目雨疇盡成北渚雨翻盆勢欲浮村去香稻波飄都做沉湘角黍鳴淚頻呼兒女羅頭剩粒為客殷勤煮話雞住茅簷點滴豆筴棠青熒牀上無乾處雨聲只續蛙聲斷又被蛙聲鬧了半村雨搖手亟謝田翁一曲淋鈴不抵鄉言苦

抄 玉團兒 小令五十二字

初冬寫懷

西風吹老清〻秋節迸寒空〻蕭〻老鐵幾片柬占文〻下落雁一城

日石婁〻淡

楓葉　斜陽雨後〻明還蔵映千年殘碑斷碣太息何為有杯休

放逢花須折　淡〻數言令我明其一切

夜遊宮 五十七字

秋懷 彊善堂主人對讀

耿耿秋情欲動，早噴入、霜橋笛孔。快倚西風作三弄。短狐悲，瘦猿愁，啼破冢。

碧落銀盤凍，照不了、秦關楚隴。無數蛩吟古甎縫。料今宵，靠屏風，無好夢。

筑聲急如聞易水悲風

又 彊善堂主人對讀

秋氣橫排萬馬，盡屯在、長城墻下。每到三更素商瀉。濕龍樓，暈鴛機，迷爵瓦。

誰復憐卿者，酒醒後、槌床悲詫。使氣筵前舞甘

蕪我思兮古之人桓子野。悲憤無聊哭龍泉

作知己

又

箭與飢鴟競快。側秋腦、角鷹愁態，駿馬妖姬秣燕代，笑吳兒、團

雕蟲矜細欬。齷齪誰能耐。總一笑、浮雲睚眦，獨去爲儒學無

賴。圯橋邊、有猿公、期我在。

雅覺無賴

又

一泓明雲薦爽秋，不住碧空中響。如此江山徒莽蒼，伯符耶、寄

奴耶，嗟已往。十載壘斷餐臺負熊長頭大顙，思與騎奴游上

儻趁秋晴躡蓮花西嶽掌　擡首捫天怒石破天驚

桃源憶故人　四闋　對

秋日矖翁見故人王湛斯畫柳賦此志感

天涯偶遇宣城叟御苑聽鶯時候曾寫幾行東柳勸我青門酒

別來往事消沉久只有齋紈在手露葉風條依舊解與愁眉鬭

張善堂主人對訖

一片真氣筆墨上無痕

詩草出寫目共妍美

抄、賀新涼、 寸物情景形容殆盡敘爲紀述傑作

彊蕃堂主人對讀

秋日竹逸約同雲臣紅友惠文人皇亭看桂

萬斛涼雲鳴罥精鈴閑潭空谷曾青少蕭灑黃葉林中行不遠隱

前山精舍人已被香日熒熒黃綠見嵒巖梅樹看粉染西風葉桂

旋開也流光映似奔馬　恰舟緩服尋蘭芷霜醬金粟

參差低壓竹色泉光幽映央極雋嚼鬱甚也比樂何日葉女

日林村行林坡時問此樂何人射

忽見高營延野燒似赤龍戲躍山都赤矣都高育春暮飛驚完言

何後之子錄以送我

崔耕

抄、解連環、

彊蕃堂主人對讀

百五字

感遇和雲臣

槌床抵几，看九州、蕉鹿千秋，槐蟻總皆揮奚手。熏天昊不殺索。劉伶然寒士臣醒而狂笑，不值一錢程李。問舊年朱戶幾偏重。經都剩見壘。何如沾沾自喜，只竹弓射鴨，甘僂驅馬，了王顏石。騎雞偏拼老去，王瑯琊終為情死。柏手狂歌正天畔暮山秋。紫近重陽蟹肥其熟，爾為佳耳。

陸之

慷慨淋漓，勘破英雄得失王霸，仲擊碎唾壺，真偉文耳。

百六

抄 傾杯樂 [illegible]

善權寺火 甲寅九月十九日事

玉寶瑣扉琳宮紺宇層崖深嵌[illegible]三生堂後仙棋臺左李唐遺殿黑崔嵬柏自蒼皮偃雨淋浪鮮崩剝壞梁雷篆暇春野寺記着青鞋踏徧

陸渾火燒殘赤縣焚玉石餘灰延爇歎一夜猶聞猿悲虎號千年龍鬼糜爛化斷井頹垣一片剝落長松誰伴想月夜古洞裡仙靈浩歎

崢泓怪譎又復籠罩包涵神工鬼斧絕非人間伎倆

抄 水龍吟

秋城看西溪戰艦水閱

豁然老眼新晴，戍樓下俯秋江遠。嚴關金鼓，西風彩幟，盈川鵝鸛。狎水黃頭，凌風畫鷁，銀濤怒捲。笑宣閧錯，恐龍舟蓮舸，惹士女，傾城看。

蕭瑟微波鏡面，有周侯廟略溪山片紙，亂離重遇英雄去何在，登城長歎。昔日波平，今朝浪湧，魚龍變漸。斜日餘人靜盈江，猶[illegible]

漢曲鐃歌，淮西碑版，片語隻字，足當陳琳之檄。

秋夜雨　五十一

本意

小樓細[illegible]愁絲絲，綠和烟扶上庭竹。飛來簷亂響，都瀉似奔渾秋瀑。
雨肥越顯孤燈瘦，展夜衾、欲睡難熟。別院絃柱促，正滾入淋鈴哀曲。

芭蕉雨　六十五

咏秋雨

似夢如塵淅淅，似無還似有。何時歇。夜永三更將絕，正值曲巷

砧鳴。頹墻蛩咽。陣陣羅衾涼徹。愁共小屏摺。逢白雁北來和

人說。說道溪寢唐陵。今夜雨灑丹楓。盡流紅血。

〇

念奴嬌

臨津懷古

簡聲際處，向霜空、削下一天秋氣。我買蜻蛉剛六尺，紅樹之中斜繫。聞說當年，從來此處，劇號繁華市。如今只有，古祠閒映流水。

歷數漢苑唐陵，滄桑轉瞬，大抵皆如此。綠嶺金墉都換了，何況彈丸黑子。賽鼓荊村，巫歌極浦，斷礎封羊豕。滿陂紅葉，老鴉銜上晴壘。

起語奇峭，結處蒼涼，感從中來，青衫那得不濕。南耕

丙戌舟行遇颶風，同渭公賦

彊善堂主人對読

彊善堂主人對読

天吳作劇夫共濤頭同雷轟雪沸怒鼉淫黎撇宇宙須臾刻半湖絕晦昀浪懸崖黑雲壓橋人命同於螘太湖倒拔宜遲那許龍睡

我見天水犇騰帆檣飛動騎上霜篷埼醉擘窠書巒屏字晴淋漓怪儻一石將崩孤城欲沒老樹森森奇鬼一群野鴨帶啼觸鄉音叢叢常

海濤奔湧金鐵皆鳴時忽作擘窠書法想事奇語奇的堪千古

抄 河瀆神 四九

〇〇 臨津古城隍廟下作（因南耕村[illegible]遂）

石竹響颼颼一行斷飛荒丘無人野渡水爭流土城蔓草含愁

越

沁園春

選

甲寅十月余客梁谿初五夜剛半忽有聲從空來肎然長

鳴亦揚復沉或曰此鬼聲也明日鄉人遠近續至則夜中

盡然既知城中數十萬戶無一家不然噫噫亦太異矣詞以

紀之

彊簃堂主人題記

七子情悅如何孤寂彩詳曲

葉黑楓青紙窣鳴其聲琴然以蜀妻血綠千般作月蜀靈鮮

木 糸 一 石 口 然 似 骨 骨 絲 舟 訴 靈 魚

澁窗董帶肉鳴刷舟張猿吟凄異山崩前和樹腹穿親見在

禾 口 火 晷 口 車 弓 猿 口 朋 采 禾 木 月 親 頁

他鄉獨夜老屋東偏

詰朝遠近宣傳偏簷霽味大大去復之剛豈

言卓 口 人 人 弋 去

被海

經圖光

怯傷紙

令人目

驗心悸

此詞上

結

長平坊卒書凴越硯東陽嫁怪君會吳天滿縣豈生迥一城伯有

鬼董樓申仔田編然疑义怕佳探籠篘且問筵篝

滿江紅 對雨 懷仲震臥疾梁溪

權奇出宵如纏兕夢其世豈

讀此詞如見仲也權奇

如讀弟仲震和作偶現語上

文章 飛動 寫生 妙手

賞菊祭叢記共卒梁谿容發風不定車蕭蕭一燈高下白髮

放顛長恐餓朱門慳酒偏遭罵虎鶴猶貌跟可否中退

書散誕蕭思語聲獲背甘興郵每一聞鑄而行多老興郎

當鳥豚肉灼蘗浩蕩儒術架怪新來嗔疾偶霜僧鬢風削

古廟陰森涼氣滿，楓葉映來都赭，門外寒濤，暗打錯疑簫鼓村社。幽峭如湘君祠賦

杪過澗歇　七十八

顯應寺前看楓葉

嵐翠濃於草，輦夾繞坡，細流潺潺，晴通紫雲谷，聲還下落亂泉聲裡，啾啾情如相答。此間景絕，時關全巨然法。寺松三百本，雨溜蒼皮，霜風鐵甲，亮禿禁爭款。壓笑語同遊，黃葉鳴簷，丹楓裂寺，如何不荷埋身鍤。

險押愈覺天然，真神工鬼斧也

壯采幽情縱橫磊砢鬚真文豪哉

抄 清平樂 四十六 对

夜飲友人別館聽年少彈三絃限韻 三首

寶善堂主人對訖

夜香燒罷樺燭通宵話曲項檀槽聲不亞銀甲憑伊打只
圖漫撚輕籠誰憐雙袖龍鍾少日紅箏北里年來白髮西風

簷前雨罷一陣淒涼話城上老烏啼啞啞街鼓已經三打漫
勞醉墨紛籠且娛別院歌鍾怪底燭花怒裂小樓吼起霜風

歡場纔罷去對孤檠話欲擊唾壺聲盡啞可惜孤城浪打一
宵柳簇花籠何時萬戶千鍾塵世風波似海狂奴談笑生風

驊亭蕭颯，人物仍自嬉游，寫畫吴中景色 九十九

滿庭芳 暮秋梁溪南郊看菊紀游

彊善堂主人對訖

雨折池蓮，霜彫巖桂，愁殘臨去秋光。城南漫興，步屧趁林塘。息人家兵後，每皆偏廢，井負畫溪橋，半柴門半掩，籬落未全荒。烟莊經幾處，嬌紅淡粉，壓疊成行。恨花繁竟空，姿態難詳。後一園莊勝，軒檻水亂，石隷廊西風，醒人懷菊，瘦餘食力。

浣溪紗 感愴萬端，如讀蘭成之賦

偶憩清和庵郎事

彊善堂主人對訖

巧不傷雅

壘石緣流一逕斜，寺門幽似野人家，雨風黃葉響籬笆。紫入鸚哥名是菊（草花中有名鸚哥菊者其色紫），紅歸鳥舅色，白花偏雛竹下自煎茶。

點鐵成金手，黃九遜其高蒨

調 憶少年　過四十六

秋日登保安寺佛閣

琢句琢字俱雅到

半村紅楓，半村烏桕，半村黃葉。寺樓偏作勢，欲斜穿山翳（檻）。外霜楓眠正貼，被西風陡添鱗颭。階中偶夜語，有猿吟相接。

調 江城子

兩結語奇峭入古

拈

鮑讓侯載酒汎舟同尋程雪漢置佩紉家帝魚詣望小泊

成南諸寺紀所見　結艷如此須防泥犁以案

西風脫葉響高天酒日泉發狂顛真鶯邊嬌紅語分佛堂邊恰似

濕雲歌一朵扶不定竹欄前　老夫側帽興翩然脫帽來魚翠

圖何事匆匆又上菊花船舟市火風簾十萬戶人不見水成太

採桑子　龍朵扶不定筆姿媠娜正爾

迴舟即事

紅樹蘿新緑水周遭盪舟迴水雲閒斗一樽以當萬事日林

系木木系水馬火余一木仆女之床

吾鄉也行不得注為佳　極天烽火夜然然比也小樓前人戴黃花船頭側聽不是悲笳是前溪日新月夜撥琵琶　明前風采の如

翩若驚鴻搖人心目

抄南柯子

席上留別吳時寄客有語及大鴻者因并憶之

菊瘦人迴櫂，橙香客和箏，相逢曾在鳳凰城，記爾飛揚跋扈舊時名。

淬棲成遺叟，滄桑老此亭，杯不忽憶杜陵生，今夜一鉤新月若為情。

言境與人過別

抄喜遷鶯　百二字

摛藻堂美對記

似作兩人小傳龍門絕技也

華溪草堂飲聽蘇崑生度曲

風簾霜院有一派清秋音縈窗繞閣更愛層菊香巢黃雀噪

日和明紛江淳人村

敷衍薦正值客心柔處那禁夜烏啼斷絳燭底恰向鬢角老江

悽 下覺絲火

彈重見離緒言不盡水市燈殘試耳林村村名家鄉武昌

人疊書安寃離

樓櫓往事春雲分散客左寧南幕愁似長空颺絮淚匕真珠

蘇中州人文常

脫線君休唱悲青衫濕了再無人管憔悴江南佳客不堪聽

急管繁絃

賀新涼

心傷凝碧淚灑潯江萬感中來不關絲竹

重游菊園紀事 衰鬢看花故態有些歎

烏桕全紅也。過溪橋。重游昨日竹籬茅舍笑語生香來漸近衫影參差入畫。見一隊明粧淡雅要憐黄花見了便小闌干不許簾兒挂。人與菊並甚把霜天短鬢龍謝恰何緣人間尚有鈿車羅帕。萬事西風吹散了黄葉漫天而下偏只個有花人打恭使淵明今日在料先生也被閒情惹狂又能甘遣罵

沁園春　寵柳嬌花亦復愁風悵雨羈旅牢騷字如畫

呈伯成先生和仲震原韻　雖作頌諛語高曠絶倫

耕二頃田栽八百桑何時始諧只強了更好消磨歲月棊聲濁酒

開拓胸懷向畫樓〻，青袍鬱〻，世上何人管樂才。狂歌發，正半天松響，大海瀾廻。　多公酷愛興甚，笑昨日于思今復來。且東籬載酒，看殘黃菊；西園把袂，踏破蒼苔。萬事紛紛，一身偏側，合此吾將安適哉。吾休矣，任藍同馬長卿，似龍來。

豪雄不可一世，想見景畧當年。

贈國符方伯招飲留宿園亭

秋色玲瓏，夜火參差，飛欄複閣。更丹楓黃菊，綴他簾幙；紅欄黛閣，映在池塘。岳牧崇班，溪山傲骨，小築烟霞彷彿章臺後走。匡廬雪瀑〻，壺羅銀漉（公初從江右歸）。酒酣萬感泚〻，說番舶自會經犯

憶卿時話昔年粤東圍城事正全家百口鵑啼珠島孤城大海吼花洋

亂後名成兵餘興嬾又見蓬瀛好種桑揮杯勸仕接天烽火穩

引滄浪

如此談讌使高瀛海無處生活何論

金谷

畫態極妍讌集之宏構

生造

秋夜聽梁谿陳四丈彈琵琶

瑟瑟陰陰怪哉此聲胡為乎來似靈鼉夜吼狂崩斷岸角鷹秋

起怒決裂堪切漫沉吟陡馬掩抑細抵游絲綴落梅冰絃內惹

一霄涕淚萬種悲言十年前記追陪握手霜燈暗自猜歎

朱門酒肉誰容卿傲梨園子弟總妬君才牢落關河聊蕭肖世

迦陵先生手書詞稿

乙丑四月

胡嗣瑗署

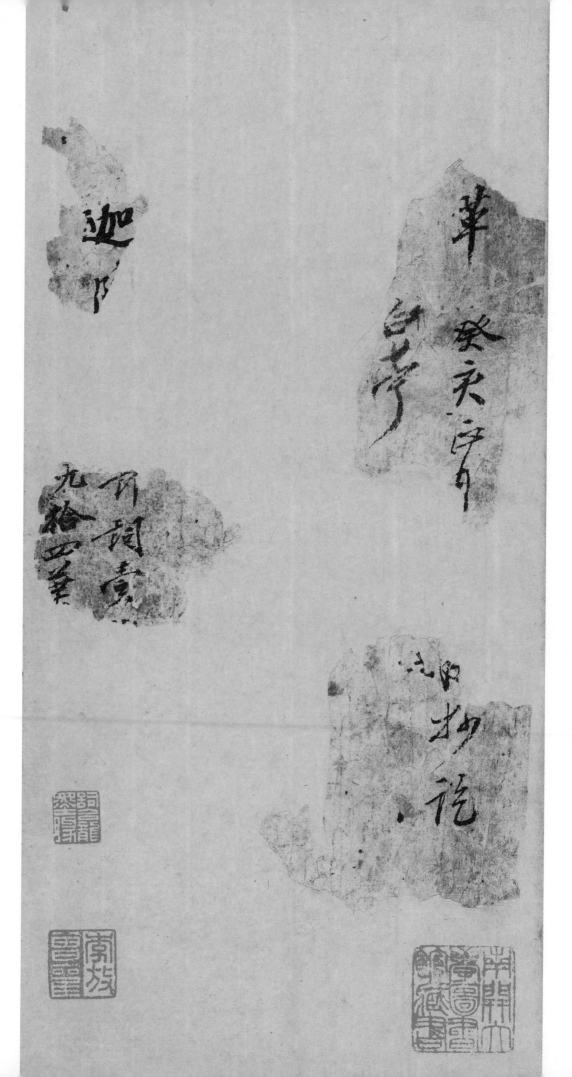

破陣子 江上作

鵲踏枝 贈錫丁

渡江雲

病餘詞

華

菩薩蠻
添字昭君怨
醜奴兒令
鵲橋仙
虞美人
唐多令

麥秀兩岐
感皇恩
天仙子
歸田樂引
剔銀燈
風入松

惜紅衣
法曲獻仙音
轆轤金井
滿江紅
雪梅香
掃花游

水調歌頭
雨中花慢
暗香
夏初臨
醉蓬萊
八聲甘州

長亭怨慢
絳都春
珍珠簾
金菊對芙蓉
催雪
念奴嬌

遶佛閣
五福降中天
夜合花
慶春澤
木蘭花慢
玲瓏四犯

桂枝香　瑤花　水龍吟　氐州第一　慶春宮　雨淋鈴

花心動　瀟湘逢故人慢　西河　尉遲杯　望梅　夜飛鵲

一萼紅　洞庭春色　沁園春　賀新郎　摸魚兒　金明池

夏雲　白苧　笛家　春風裊娜　蘭陵王　大酺

瑞龍吟　六醜

菩薩蠻抄　四十四字

彊善堂主人對訖

過雲臣宅看牡丹歸有作

滿城爭放花千朵，狂夫那肯家中坐。繞得過西隣，東家喚又頻。徑須銜酒去，那怯簾纖雨。日日為花顛，何曾讓少年。

○添字昭君怨 抄 四十四 对

竹逸約過城南僧舍看梅以雨不果詞以柬之

梅壓板橋玉瘦人隔墙香透依朝花下約同遊散春愁 准

趁平蕪攜手還傍粉帘賒酒今朝細雨太綿綿且高眠

昨歸今朝尚在呼庭迴詞如面譚

入拚桑子刊

醜奴兒令

四十四字

正月二十日從天石處獲讀綿雲京郎春詞因和其韻聲情拉雜百感風生一夕遂得十首不自知其所云也

一彊音堂主人對読

咏时事如古樂府

今年明月無情甚，偏向江東，只照軍容，不放銀花萬樹紅。鳳城飛下征南騎，一片刀弓，鐵甲呼風，愁殺思鄉沈侍中。

又

輕輕過了元宵也，春雪纔融，零雨還濛，雨細如愁糝碧空。孤燈炙罷和衣睡，莫打晨鐘，繫轡銀驄，准擬今宵夢裡逢。

〇〇〇又　雄豔深厚如杜工部歌行　選

何人又唱安公子，吳苑風濃。鬼寢霜封。花嶺蠻鄉一萬重。雪

消巴蜀添春水，誰駕艨艟。陡起魚龍。此夜橫江有阿童。

又　正似我生中語

早年喪亂備嘗過，複壁為儒。城旦為舂。兒女宵啼賊火紅。迴

頭三十年前事，幾懇天公。鬢髮日蓬。莫遣咸陽又舉烽。

又　滿幅淚痕如昌黎祭十二郎文

杜陵諸弟飄零甚，幾陣離鴻。捩影長空。燕市梁園買轉蓬。後

湖一雁尤酸楚竟逐晨風一去無蹤雨打夭桃墜冷紅 傷聿丶系雪弟

又

添丁屈指今三歲未識而翁眠去朦朧耳畔呼耶語句工 閑

河梗絕書難達何日相逢繡褓親縫顛倒天吳短褐中

又

喜切羊曇之錄

有人來自尚書墓燕子樓中紅粉成空樹樹白楊夜起風 非

公人盡嫌余嬾緊酒難從疎散誰容頭白羊曇路已窮哭合肥夫子

又

昨冬并說西樵，一死送盡英雄。祇剩泉公，羽寒日西頹，貫句虹。從茲東海無奇氣，魚眼波紅，鰲背霜濃。島嶼瓊臺何處峰。哭西樵吏部

又

實然天上，埋憂地下，潦倒子墟

年來怕作傷心句，雙袖龍鍾。左耳新聾，莫把箜篌與儂。不如且作消愁計，讀樂無終，鷸畚山東，自署人間亡是公。

又

今朝吾弟懸弧日，四十匆匆。誰薦揚雄，詞者臨門孰與通。耦耕畢竟家山好，山黛初濃，杏靨繞烘，遲汝風光一笑同。是日為弟生日

抄

五十六

鵲橋仙

七夕同邁庵先生暨諸公飲楨伯齋

珠簾道長只堂中漫賦請賦詞

擅音堂主人對說

天邊牛女，人間似果，此夜嫩涼分又。次公原是醒而狂，誰謂而乞

七襄錢妻窮十妻，下塵凡何殿角，何限思乞乙五日，乃問烏鵲昔事

昔人謂畫了許多兒女

集語讓人名言醒世文人筆右之也一至於此

前闋品題東君何啻水鏡當年後闋出

脫塵詮逾覺婆心如劃真詞家補天手

也

雲臣曰：齊諧誕妄，相沿至今，得此大爲河鼓洗穢

擬○虞美人　五十六

端午閨詞　[illegible]壽堂古人對説

綠窗輕剖鵞黃繭○更把紅絨翦○裁成一對小於花○倚嵌蠶絲盡葉綴真珠○

盈盈暗繫綃裙下○但願無驚怕○莫嫌此物遜鴛鴦○會幟虎兒明歲出蘭房○

閨中情事形容瑣細鉅手

朱砂燃入銀壺酒○此意郎知否○與郎染就子心腸○休戀菖蒲比里別家香○

不能

粉和冰麝金盤內○雨過荷珠碎○一生多子是紅榴○更愛萱花小字號宜男○

[illegible]壽堂古人對説　小對[illegible]呢呢亦見張氏[illegible]風作

靈符颭上香雲膩繡虎釵頭〻鬢守宮蜈蚣蟾蜍還未〻之繡半

捻裹蛛粽燈前笑把檀郎蹴住道諸般毒東家蝴蝶過西家

多恐薄情心性劣於他

多般强去繆纏至人可思

年〻競渡喧歌鬧雪屋山崩銀浪如今不見木蘭橈門掩一庭微

雨讀騷風前皓腕纏紅縷生事依稀數多時忘卻記舊

今歲重新提起□□吁

係暗用乃工巧難說

四関巧切新雋巧思專未見之妙者莫甚

華香靈符

秘

唐多令　六十

重九後食蟹半醉作

無菊只須愁，桂花香正幽。與諸君、且築糟丘。不記何宵重九節，風雨裏，倚紅樓。

半醉兒與鈎，吾生行且休。任古來、慨悠悠。龍負岸負渾不坐，偏只愛，內黃侯。

蟹名內黃侯

彊庵堂主人對訛　對

氣韻沉雄如幽屋者好

一氣渾成用事雅切。內黃侯僕亦酷愛，仕滇時無留香照是

以不復生耶

抄

參秀兩支

為胡剛貞烈女題詞　六十四

对　彊譽定本人對訖

哀音傳調誰搖雜翻飛

死午區人金賣更合歌黃鵠斷腸花貞女木碧海孤鸞宿家箱提

既許馬牛行告豔月腸花女架村

上火壽隸廢蕪街哥　何以皆花蜀長項雋冰玉夢中魂有春

禾廿隸鳥蘇益晏祭　以諸化怏原銓

熟想像疑而哭姮娥有意扶抻轉愧他匣僕

熟木人疑

周事典古言情情惻肉包如藉不相兵

抄 感皇恩

倡生 六十七

晚涼雜意 揚州一夢頓深紫薇之感 对

記得鎮淮門，風箏競舉，都歇荷潭最深處。綠鬟烏桕，雅翅今攏。無數嫩涼，三萬頃、誰先到。茱萸灣冷，山光寺右，玉笙頻須水。天暮酒紅上面，笑於冰肌銷暑。三年渾一夢，揚州路。

雄峭蒼涼，橫絕今古，塔影鐘聲只兒語耳

又

記趁過江船，遠帆是北，固宜逐壽江山，好處幾多，詩酒舉不遠，尋取黃公爐，水雲輕駕，鷗鷺雜柔，奇石獅破。

彊善堂主人對訖

空走竹林僧老坐秋林閒晝半起印竹杖如人瘦

又

百泉雄什應推空同得此可以齊驅矣

記在百泉山盤渦漩洑雜佩叢錦日觸碧花如雪了了逸明

山屋蘇門茶采翠添銀瀑誰家園子沿流出歎林麓明飯家家雞

湘竹流連河洞此地從無三伏中原生塵簫籟天新沐

原字疑當作宵字

又

後半闋忠憤填膺淚隨聲落想見摩詰當年

記在玉河橋天街無賴被酒狂歌禁門外蒲桃晶遞選人招涼

珠賽冷螢流殿瓦冰初賣倦聽太液蟬聲一派想像宸游甚

時冉飄紅墜粉鳳帽經秋都壞燕丹門下客皆安在

○○○ 又

彊齋堂主人對註

石疊玉檢翠羽金枝移以相贈豈是人間機杼

記仕魯蒙長霜楓濃李疊獻巘層崖幻蒼紺秋生海市紅日一輪

孤帽晚京崔卸犬馬投閑之店 雲迷石疊兩零玉檢翠羽金枝半

明晴秦松兩笑華掌碧蓮初染霽燦青八九纔點

○○○ 又

彊齋堂主人對註

記仕湧金門冷雲成畫落月高樓水明夜任狂脫帽行到宋諸

陵下瑙羊纏石鮮眠官野 一湖蓮葉半城樵舍西子嫣然晚

粧罷闌江雪浪隱隱天風檣馬狂思横萬弩迎潮射

前半闋感愴悲歌冬青義士後半闋龍蟠鳳舞割據英雄可以想見文心之變幻

琳瑯有自然之清響出芝蘭異光堂之芬芳覌此諸篇可云才思之神皋文章之奥區

抄○天仙子　六十八字

書周我成先生旅歎賦後，先生少年時曾赴馬貴陽之讌，酒酣罵座，竟以此賈門戶禍。

彊善堂主人對說

輦上列侯開夜讌。年少揮鞭犇赤電。酒酣奪得紫檀槽，寒繡幔。人驚散。卻當筵丞相面。

門戶凋殘風物換。拊髮漸離誰作伴。荒江破屋譜宋愁，游俠傳。無家吳。月冷棲烏聲楚竄。

騷腸要筆字挾風雷，使我成先生猶有生氣

洮 ○歸田樂引　七十二字

彊善堂主人對乾

如讀柳州小記　雪村

題王石谷晴郊散牧圖

散牧涼秋。月或樹根癢而摩者。或飲寒湫窟渡者。人立者。歸者。鳴者。喜則相濡。怒相齕。矜秋露毛骨。昂首森森然。如陵巘緣崖被坂。虛靄蔽滿林樾。駞一。蹇馬七。豕牛羊一百三十。牧笛一聲日西沒。

竟以昌黎文入詞。奇兀之氣如來

罷羣來轉人　悠庭

抄

剔銀燈

燈節前一夕雨中雲臣招同珍百大士雪持集飲蝶庵郎事

七十五

彊善堂主人對訖

記得昇平佳麗。此夕是上元天氣。圓月打頭，晴塵隨馬，陣陣梅邊水際。芳裙珠髻喧笑，霧香街聲沸。　今歲冷清清地。未晚禁城先閉。一盞燈昏千家門掩，釀就春寒信。細雨絲飄，砌屏幾疊小屏圖醉。

淒淒絕寞他年又成一故事

七十六

風入松

苦暑戲與容若語

炎炎火鏡正燒空，避暑苦無從。容言安得匡廬瀑，還移取、華井

秦松。玉女盆邊吸露，水仙祠畔餐風。答言計總未爲工，不若

在軍中。平區馬十萬橫磨劍，盡時聲怒、硬箭強弓。亞帳千堆虛黑，戰

旗一片搖紅。

此甚豪毒，但亦怕人

彊善堂主人對讀

惜紅衣 八十八字 擅善堂主人

苦熱兼懷村居水木之勝

閒欲憑虛狂思掇宅人間何處朵朵奇雲殷紅盪深黑溪西故

隱三萬頃湖天一色猶憶芰荷蓮蘋滿塘西舍地 蕭蕭陂澤

舊日漁舟橋邊甚人摘年來鬧市永陽水雲國安得陽烏斂絳

早與夜簷堆碧更試攀華頂剪取古堯時雪

蒼涼悲壯耳後風生絕妙一服清

心散也

法曲獻仙音　詠鐵馬同雲臣賦　九十二

赤兔無成，烏騅不逝，屈作小樓簷馬。碎珮琮琤，叢鈴[illegible]，依稀容窗間語，更烏雀、時相觸。霜欺兼雨打，幾非[illegible]想多年戰場。猛氣矜蹴踏萬馬，一時都湮流落。到而今、[illegible]影霜歸寄人，誰[illegible]下潦。倒餘生，儘閒[illegible]蛛絲同掛。又西風[illegible]起，依舊[illegible]嘶中夜。

字字鏗切，語語酸楚，雅同琴聲，卻易水以筑，淒其不可聽。

抄○轆轤金井　九十二字

對　彊善堂主人對讀

咏閨人汲水浣花

落燈風定，粉墻東梅英一點紅小。景物融和，愛春光怎好，鸚哥啼巧，鳴簾內，浣花須早。況有階前，東風露井，一泓清曉。女行來碎珠自綰，倚銀床、百尺輕轆漾素綆。郎訝琅然，觸銅瓦聲肯年。玉道雨春偷，攜鳳番眼，愛手撫遺釵，裙扶花影，景莫房微笑。

悄可微笑不減眼去秋波火香

禪意

滿江紅○○○吳蘭次挐舟相訪與予訂布衣昆弟之歡而去賦此紀事

字字壓確 拔

雨覆雲翻、論交道、今人冷齒、昔家廟中為乙友、從今日始、宮笑

一麾君竟罷、龍驤百日余剛起、問乾坤、弟畜灌夫誰、惟儂耳

嗟墨突、殊堪恥、憐范釜、還私喜、且樵蘇不爨、清談而已、開口會

能求相印、吾生詎向溝中死、終不然、躑躅篳門陰、隨吾子

高人雅集已足千古里與錦詞更堪不朽

九十三字

字字新傷非若他人詞尚隱草堂花

間拾唾餘也

史漢六朝語談吐出之于東坡淮
海外自置一座　兆庭

批

滿江紅

余有懷仲震詞謂公昔在南昌亦與仲震同作楚客遂次

余韻亦成一首斐然見示仍疊前韻用柬渭公并令仲

震他日讀之軒渠一笑也

寧筑斐然弟〻乃水

五老匡廬，今無恙、只青青不改。秋瑟瑟、兩賢相見，琵琶亭下。閱盡

江山真欲舞，望來人物誰堪罵。詩仍佐王粲，階瞰章門、銀濤瀉。

羈旅恨，鄉關淚。言未罷，龍媒勝。寒雨書，燈下心耗，與冷秋笳一朵菊。

花人伏枕，半庭黃葉，秋餘除架，口幾年蹤跡，最難忘、同游射。

繡善堂主人對訖

泓峥 蕭恩 真是 神超 形越

滿江紅

再疊前韻酬幾士兄

對

阿大中郎論家世人人有集喬老矣沅湘香草董蒙頗拾皮屋

霜紅律絳笙紫音空齋雨黑倉琅遊響青衫原不為琵琶淚年年濕

誰中把殘編聊久嬾向旁人揖掌書記沈謝非今所急一片月

懸吳塞上五更笛落闌干北正匣中刀作老龍吟聲於邑

吉氣生敵名手敬對至矣

皆如陸 鄉乃五 秋 書共此 之嗟至宜 郛耕

殭善堂主人對記

對

抄 滿江紅

因用同韻為幾士兄納姬人賀

桃葉桃根，把佳約、親迎隣邑。記往在、香街直下，畫橋斜北扶下。銅輿鴛駕安貯來，綃檻鶯幕忽暈桃腮注，醫道勝常羞郎才。繡架彈鴛，鍼緝紅浪皺，鸞衾濕，學夫人舉止，漫無生澀，春嬾一床明月，捧新嬌、半擁從天，恰怪新詞艷粉，合盈箱、閒情集。

香艷芳妍，如浥雨新花，受風輕藥。

香奩豔語在玉溪手鐸後先言

滿江紅

三用回韻與幾士兄言懷并示珍百雲臣竹逸諸同志

血壯臣蹶盡霜蹄休再問龍城馬邑計決矣我寧作我北山之北馬用

雄罡之辛佳集文之負既隱未嘗聞仕如斯急見長沮桀溺耦而耕趨而揖

中小危杜林與學連宵縉松共桂和雲濕任園官賞苦霜畦覓泥來號長

腰舂碓煑子名蒼耳揮鋤拾問掛來牛角用是何書淵明集

此詞至境也如常李詩家宋家詩中之杜矣　惜古稀未

呈幾士兄評

彊善堂主人對訖

雪梅香

和竹逸再遊石亭看落梅原韻同雲臣賦　九十四字　对

梅將謝臨風招手與重游恰瀰瀰照浪愁情懶比眠鷗依樸村
庄紈扇巧亂飄溪閣粉菌稠糅綿弄雪送清芬與夢俱幽再
來增悵望滿逕瓊姿零落誰收拾取殘英注來花乳磁甌縱使
暗香埋隴畔勝於飛絮舞街頭休回首幾枝含淚正倚山樓

字字清艷如在暗香疏影中間

掃花游

早秋同雲住詣竹枝庵訪寒松上人時上人將往龍眠用

九十四

玉田詞韻贈兼志別衷

彊善堂主人對記上干

问秋何在二郭外陂塘斷邊林楚野香幾縷向衫痕滿月帽絲

亂舞暑退涼生一泓嫩陰闍雨繞村遙見支公微笑迎處

相別彈指許又竹翠沾衣荷風凝路茗鐺筍俎悵來朝愁聽江

船擣素任是空王也念離情淒苦漫延佇伯白雀歸花宮浴語

都向寓齋通暢叙鼓樓之玄性公

不易

抄

九十五

水調歌頭

萊陽姜如農先生前朝時以建言受杖遣戍宣州會遘甲申之變不克往戍所僦居吳門者幾三十年癸丑夏先生疾革遺命家人曰必葬我敬亭之麓其子勉仲學在從之聞者悲其志重其節私謚之曰貞毅先生維崧填詞以代迎神送神之曲焉

东海黃門老疾革語悲酸呼兒吾骨累汝霜鬢一燈寒休返田橫島上何用要離冢側莫恨道塗艱憑仗秦重華命遣往敬亭山

对

三十載憐惜的弱水幾同回乾鐵錢衣生既未看恩亦戍其間也此地土層

崖山水咨嶂山止接將陵鐘鼻掌翠湧十盤背有人仍在諫中僉守重關

凡忠孝節義題其年卯以史筆填詞遂

使詞与事俱堪不朽

抄、雨中花慢

雨中過　　九十六字

遵翁先生索看紅梅

彊善堂主人對說

白傅堂前，裴相庭中，一株濃艷盈盈。恰拖將輕雨，彈盡腰肢纖。索猩脣塗印後，淚珠鵑香凝時似懶，宿酒慣趁朝粧，來暈春肌。嫣然一笑，悄無人處，倚欄心事誰知。要倩萬籠，看絳袖盛之，帶雪三分，粉綻愁陰，一朵紅欹。還須囑付，小樓橫笛，莫漫頻吹。

艷麗中風韻蕭踈想見虢國當年
無一字粘在梅上尤覺仙骨珊珊

妙

暗香

九十七

梔子花下有感

積善堂主人對說

夜空全黑，被一株梔子，凝來通句。拂水着烟輕裊，風枝送香雪。三十年前往事，曾記在、康崇坊宅見小玉。羅袂亭亭，含笑趁涼摘。

今夕重露滴，總一任好花滿院狼籍。月巡花側，不見裙痕弄鞋跡。提起同心兩字，人正隔銀牆千尺。花在手、誰戴也，碎挼花擷。

小小境地名，復作如此殺，猶君才未可以斗計

哀玉泠泠，聞之鉛淚如瀉，不減河滿子一闋也

𢬵丶夏初臨　九十七字

杜鵑花同雲臣賦

彊善堂主人對訖

昨夜枝頭，問誰啼血，灑來併入花叢。縱使春歸，臭也須偷注淚紅。為伊細數行蹤，記鄉關、棧閣千重。隨花落蕊，韁馬前，一路飄蓬。淡烟粉水，斜月綿州，華陽士女，蜀國絲桐，便為花鳥，魂猶戀此。安窮欲拜低頭，最憐他姓代相同。莫愁濃溪山此間，不異新豐。

杜鵑為川中花，而吾邑亦有蜀山故云

春恨綿綿馬上時時聞杜鵑寫入

花愁鳥恨強覓[illegible]情緒纏

抄

夏初臨　九十七字

雨泊湖練

彊善堂主人對訖

柳盡籠橋，畫多界浦，片帆閃碎波光。鷗浪堆中，笛聲散入漁莊。

落花時候鳴櫓，笑湖來雪練何長。沙禽野鷺，帶青魚，飛鳥角舟。

窗風颯馬颺，竹鷗湍鷺湖滄，淚鼠騰蠶

屋颺陽斜，碧霄晴，遠月漸黃，小樓盡點

用字奇警，寫景靈活，讀之駭心奪目

鏗鏘

描情入畫，寫景如觀，風伯憐才，一夜报曉之取

前行殊至古人，揮墨如而得信不誣也

抄

醉蓬萊 九十七字

仍用前韻 瘦筆堂主人對訖

把數行青史讀，向床頭仰天孤嘯。可惜桃花，又落來瓊島。誰是誰非，番溪嚴瀨，千古同垂釣。濯放狂顛，行歌亂冢，醉眠叢廟。

曠野蒼茫，遶山重疊，紅日將生海。天鷄鬥，殘夢驚迴，悵華胥古道。一片旌旗，三更鼓角，怕吹來江表。且向爐邊，陪他春甕，酒存多少。

老姓陳維至人氏清

抄

八聲甘州　九十七字

渭公齋中食鰣魚作

汝魚乎汝既弄潮來何如趁潮歸卻波濤堆裡燈叢香處自許輕肥千古斷磯黃鵠不了是和非貪聽漁翁笛悮觸危機　謝汝崎嶇萬里把浪花舞破來慰晨饑問途經西塞果否颭旌旗幸團圞故園兄弟況小窓雨後漾晴暉浮生樂無如斫鱠安用呼唏

游戲狡獪似在吞刀吐火幻人雜技

九十七

抄

長亭怨慢

送曹二應還郡

記昨日西風吹汝，送到荊南，斜橋極浦。泊向家門，水窗隔住晚涼處。與君兄弟，連夜作、銷魂語。語罷起而歌，一曲小秦王，為回鶻舞。歎人生易散，記囑分攜休遽。如何人說，竟私買、小舟歸去。吟不盡、故國秋光，聽不得、天涯戰鼓。怕來夕、郡樓高望，閒愁無數。

獲善堂美談

如常話，無一字雕鎪。

情真語摯，似灞水橋邊青袍送玉珂時。

絳都春第二體 九十七

詠鷄冠花

花冠午寂到小欒欄叢畔芳魂之化碎蹙胭脂閒伴秋棠蒼苔鑄

盈盈低向銀塘照怕浪逐東君開謝雖然冷淡一般雅靚紫嬌

紅姹瀟灑怪他翠羽慣醒人鴛夢五更窗下誰似多情鎮日

無言肯啼破枕函良夜任人把會稽鷄罵吳兒嘲賀循云會稽鷄不能啼泥他

兩好歡娛兩軒雲榭

深切雅秀詠物至此名推獨

步

抄 珍珠簾 —— 九十八字

咏雪珠

瑤妃爭取明珠揀與，觸金盤傾瀉。萬顆玉勻圓，向小墀拋打。游泠泠敲不了。似隕泡、梨花都謝。寒仄迸，零釵碎珮，跳徧鴛瓦。

漸覺暗入瓊肌，做紅酥細粟，不禁春夜。鄰女慣嬌憨，戲掬來盈把。萬斛鮫帕盛不定，只逗入玉娥簾下。輕灑怕一色，難尋粉裙綃襯。

中情新類知其曾有慧珠

抄 金菊對芙蓉

彊善堂九之九記

姜學在自宛陵歸莫亭舟過訪言即送其返吳門

語響單鳥窕翠他鄉上家人歸合亭亭玉門下雙扉相

逢語悤平生恨西州路事與心違羊曇已老數行清淚彈上君

衣追感尊公如七十六凡影霏正茂花蓮工笙漁艇吳

農先生也

中今歲小樓全希賞春韻薄俗方人面梁木萎門戶凋微韓君歸吳

去亂魚車下長歎斜暉

悱惻纏綿讀之破涕伯鸞懷友似覺少情

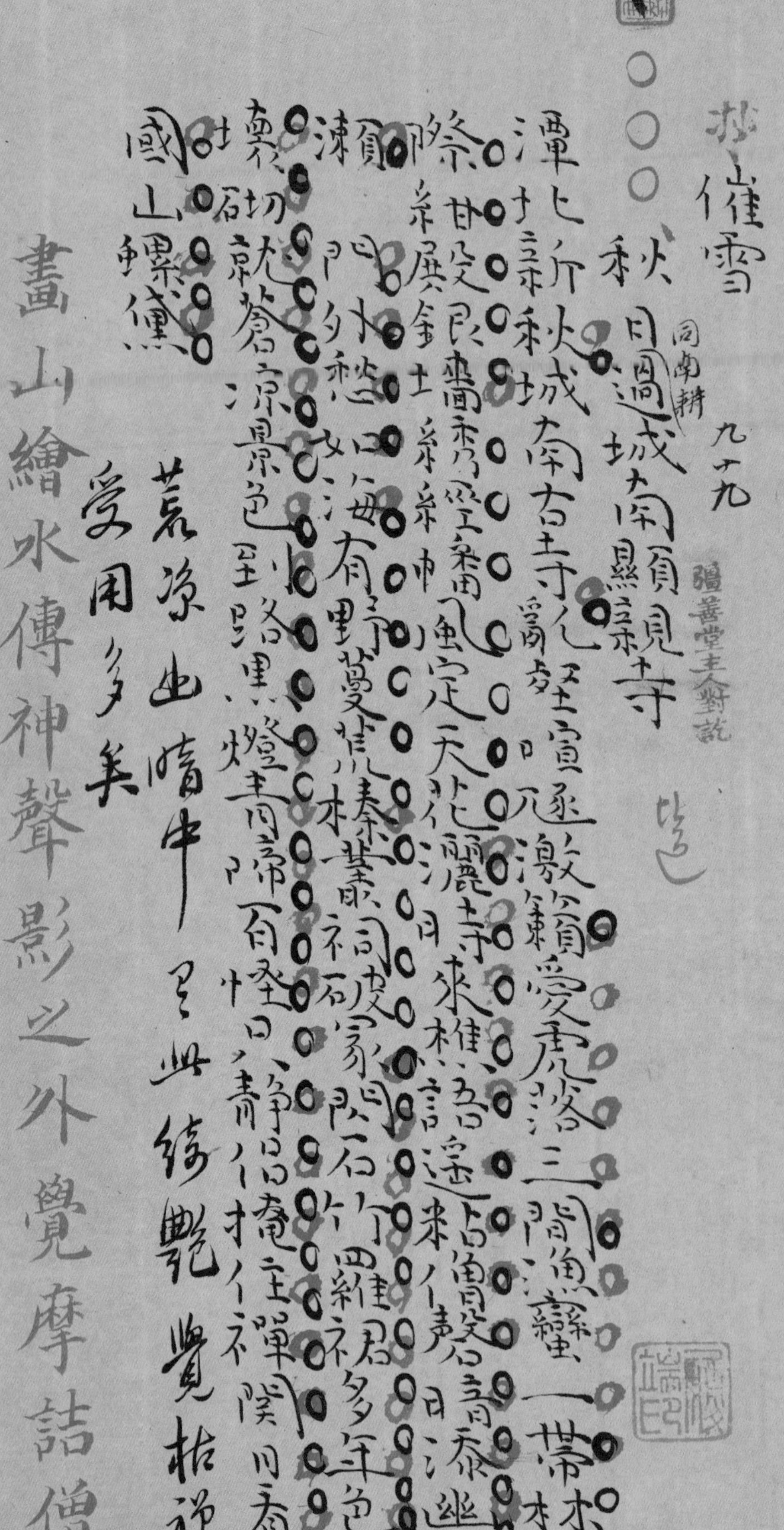

催雪　九十九

秋日過城南顧見寺　同南耕

彊善堂主人對說

潭上新秋，城南古寺，已宜遜激，簫愛虎落，三間魚鱗，一帶林

祭甘受民，齋餐風定，天花灑寺，來稚吾遙，占鶯音添幽

門外海有野蔓荒秦叢司皮家閑一石丁羅君多年色

寒切就蒼涼景色至路黑燈青帘自登日靜昌奄主單陰月看

國山螺黛

荒涼幽峭中又與綺艷覺枯禪

受用多矣

畫山繪水傳神聲影之外覺摩詰僧

蹊徒工粉本耳

念奴嬌

夏日看荷花作

後湖漲湯，見烟鬟霧鬢，紅粧無數。葉暗荷朵三萬負，一片嫩涼成雨。映水逾鮮，倚風欲笑，月又明南浦。隔江試采，有人一樣心苦。　曾在大士臺前，文人合本，幻出花如許。一自汙泥淪謫以，悵望金池懸風。泡飄香是吳宮，墜粉幾遍，簫鼓何時共。與君攜手歸去。

彊善室主人對讀

芙蓉陡開生面，要是點染不凡，故潑墨淋漓，輒有龍騫鳳翥之勢

念奴嬌　百字

張篤堂主人對訖

春日讀次京梧月新詞寄題一闋再呈尊甫慎齋給諫

斜風細雨算心情，一往柔如春水。梧月新詞剛入手，脫帽忽然狂喜。鸚鵡雕籠，鎮磯古廟，字字俱精奇。時讀次京詠鸚鵡過孫夫人廟二詞。高才妙作，定摩秦柳墻壘。

寄語尊甫先生，陳生別後，憔悴吾衰矣。舊日酒徒零落盡，相隔雲泥朝市。棘鬱孤城，夜郎遠宦，歸況今何似。傳柑家讌，道余問訊如此。

敘事渾直如常話，詞宗第一手。

念奴嬌

讀屈翁山詩有作 屈名大均番禺人初為廬山僧後言偏歷九塞登華山挾秦女以歸

靈均苗裔，十年學道，匡廬山下。忽聽簫聲乘遂令，裊翠風車失於。生馬亟跳，三邊橫穿，九塞開口談王霸。軍中逃獵，群從諸將時游射。提龍匕首入秦，不禁恐後，縹緲細思，登華何常，詞還三尺雪。正值玉姜名毛女思嫁，笑把嶽蓮亂擲，十騎詞周，言異女花，春歸而俏。隱何羊瑤王島同跨。

筆勢如生龍活虎，天縱奇軼見志

驚悸不意倚聲中有此奇觀

念奴嬌

月夜看桂花　彊善堂未對訖

淒清庭院只金飇飀下一天霜雪恰值爛銀盤又上冷浸水晶宮闕陣陣天香蕭蕭夜色花影扶疎絕誰家墻外洞簫不住嗚咽

記得玉兔金蟆團圞有缺碧落分枝葉自遇吳剛修桂斧浪被人間攀折萬里空明一尊瀲灩肯負當頭月嫦娥莫笑老

顛狂興日[illegible]
真狂女骨

情性似蜡要来如答　誣語踐宕為柔排空

念奴嬌

甲寅九日追感京洛舊游悵然成咏

無枝烏鵲記前年此日翻飛京闕曾予群公吏酒讌玉佩珠袍

齊列白月千門青天萬帳ヽ笛盡真輪谷ヽ成車客臺城南郡坐中多少人

物 今夜故國荒原長江怒浪悲嘯魚龍發生怕雨風吹破帽

我有鬢絲新雪何處登高無人送酒俗ヽ然重陽節ヽ然高望戰

旗一片明賊

雲臣曰搖落孤吟如聽愁鉦哀角○竹逸曰曠懷豪氣定与坡仙赤壁詞爭雄千古

阿瞞橫槊處仲碎壺雄心坌涌千古同愁第末

可為俗士道耳讀罷為之三歎

○廣陵倡和詞 念奴嬌

頳川 陳維崧 其年 烏絲

小春紅橋讌集同限一屋韻時有魚較書在座

霜紅露白借城南佳處一餐秋菊更值群公聯袂到夾巷雕鞍繡軸一抹紅霞三分明月此景揚州獨揮杯自笑吾生長是碌：：且喜絕代娥媌魚玄機娣以風姿妍淑惱亂雲鬟多小史何況閒愁似僕小逗琴心輕翻簾額一任顛毛禿倚闌吟眺雲鱗墳起如屋

曹顧菴曰一抹八字的當不易可敵范女受之廿四橋邊十三樓上也
王西樵曰撚髯長嘯致足空羣讀一結可識詞家造語法也人郎有此意斷無此句也
兄散木曰愷亂雲鬟二語一時作者無不咨嗟閣筆旗亭絶句許王渙之爲擅場矣

讀曹顧菴新詞兼酬贈什即次曹韻

老顏欲裂看盤空硬句蒼然十幅誰拍袁綯鐵綽板洗淨琵琶塌屋擊物無聲殺人如草筆掃毚毫較量詞品夢窗何石山谷記得戲馬長楊割鮮下杜天笑溫堪擱玉靶[角]金[弓]鞭雲外響捎動龍[離宮]池花木銀海鳥飛亟[銅]河[池]鯨舞月照孤臣獨江潭遺老一

聲寒隋霜竹

宋犖曰：前段末二語足定顧庵詞品。季滄葦曰：涉筆寫叙，動得壞說，信是驚才。鄧孝威曰：風期歷落，令人想王大將軍歌老驥時。

送朱近脩還海昌并懷丁飛濤之閩下宋既庭返吳門仍用顧菴韻

住為住，再問先生何事急裝趨。肅曾在竹西園子裡，狼籍釵徽釧。逐別酒紅聲，離帆綠飽，人上蘭舟。宿君行烟裡，吳山螺髻新沭。可惜世事匆匆。陡然方寸。起岡巒陵麓。誰倩石尤吹鷁轉。

并轉丁儀宋玉。無數狂奴。一群蕩子。乇守稍家屋。此情莫遂悄

然。熟視楓菊。

冒巢民曰誦無數狂奴以下三語使

我歎作此寂寂靈山一會故自不易

汪舟次曰司勳漁歌子有逐鷺微息一語讀

者矜其名雋鬚斂微釗逐更復鍊鍊能新

孫女受曰嵯峨以使勢磊砢以叙情

一篇龍門列傳也寧第以倚聲目之　豹人

被酒呈荔裳顧庵西樵三公并示孝威梅岑舟次方鄴希

韓散木女受諸子仍用曹韻

僕何為者，是東吳愁客，善能擊筑。記得阿奴年少日，曾直高人
刮目。甚矣吾衰時乎不再，二語那堪讀。朱門列戟，此中何限梁
肉。
幸遇家家群公，肯憐而召我，共看籬菊。我意亦思歸去耳
郎甚漢子，破屋行乞，歌場為傭屠肆也。覓三餐粥。安能谿刻，矯
廉長效孤竹。

宗梅岑曰：視裘休托鉢
歌伎之院，又特有致。
季希韓曰：焉能學此谿刻
自處，所謂不如長卿慢世。
冒青若曰：拓殘金戟，吹裂鐵龍，王司州詠「入不言
兮出不辭，乘回風兮載雲旗」，爾時自覺一座無人。

紅橋倡和集成索李研齋序孫介夫記作詞奉柬并示冒巢民仍用顧菴韻

蹤門蜀棧。是史家粉本。先生所獨。更有孫樵雄且健。音理漢書日祁。能覆二者。縱橫兩篇記序。並逐中原鹿。古文奇字。他人恐不能讀。　直可抵突曾王。激昂韓柳。揖歐陽永叔。又我與語溪曾有約。採入文鈔篇幅。細寫千行。高吟百遍。音響山崩崖墜。遇當佳處。澆之苦茗芬菊。

沈方鄴曰：排奡跳盪，如崖墜之方崩。

孫豹人曰意態偎俄筆力夭矯雄
奇頓挫直令南北兩宋諸家氣盡
李雲田曰何減
文章太史公

贈阿秀并示兩雛

晚風迴處，忽簾開影露，烟微綠薦。地見人猶掩斂，裙與闌干
爭曲。縈損紅巾，撥殘錦瑟，頓惹愁千斛。客來休入，請看問畔金
犢。漸覺琖內鱗皺，篝邊鵬瘦，艷事卿須錄。生世諧逢王吏部，
繡佛還工惜玉。愛爾嬌憨，嗔人拘管，挼碎釵兒菊。晚攜素手，碧
天雨過祢沐。

宋荔裳曰着色濃至如邉鸞繡花鳥鈎剔烘寫色色動人

曹顧菴曰細膩風光四字作艷詞三昧也今日惟其年始堪語此柳耆卿有其妍冶而無其刻秀洪叔璵有其矜鍊而無其自然嗟乎至矣

王西樵曰僕和此詞有佳客且數題鳳去贏得片時倚玉之句僕以此坐得狂名諷原詞生世諧為王吏部二言竊又沾沾自喜曰惟髯知我

曹顧菴王西樵鄧孝威沈方鄴汪舟次季希韓李雲田皆有送余歸陽羨一闋作詞紀別并謝數公

此諸公眷乃狂歌未已離歌又促僕本恨人臣已老怕聽將歸

絲竹捩柁秋空發船月夜濁浪堆銀屋我行去作終南山下樵牧被酒膝席相呼人生長聚那得同麋鹿驩伯（部輪）不如愁鬼厚只是與人追逐天若有情地如埋恨此會何難續他時念我杜陵男子蕭育

杜子皇曰讀驩伯（部輪）不如愁鬼厚之語為之失笑鬼若有知不必又煩韓愈作送窮文矣

紀伯紫曰結語伉浪

談長益曰其年此等詞直當令高漸離擊筑伍子胥吹簫禰正平撾鼓桓子野撫箏然後令燕趙慷慨之人為悲歌以歌之非僅僅銅將軍鐵綽板所能唱也

送沈方鄴還宣城兼懷唐耕塢施愚山梅子長同西樵用孝威韻

歸兮何暮，歎風塵經歲，迷陽卻曲。憶我同君為狎讌，夜夜彈絲吹竹。弟畜余，髯人呼沈瘦，側帽談公穀（方鄴美鬚髯，業春秋）。人似此，安能仰面看屋。　故里才子都官，舍人唐老，英妙兼耆宿。更有肩吾偏善我，客舍綈袍情篤。歸見三君，雪深一尺，定理尋詩，囑尺書好寄，江船不乏千斛。

方樓岡曰：真至如作家書，尤為詞家所難。

張穉恭曰：弟畜余髯三語，押韻之妙，幾於騁馬蟻封。

劉峻度曰：序次辛苦情事，調笑幾于頹上三毛。結語蒼勁，巴峽崩濤，至此一束。

延令送周子叡計偕京師（李滄萼席上）

長途廻歲，正黃河飛雪，馬都沒腹。袴韈黃皮雄舞稍，那顧從奴蝟縮。斫燕屠門，射鵰塞上，生啖黃獐肉。看君意氣，真成勇過賁育。　況是歷落盤龍，風流公瑾，海內標名目。此去長安聲價重，定壓倒徐陵陸。愧我窮騷，借人杯炙，送汝登華轂。慈恩題罷，歸鞭春晝須速。

雷伯霸曰一起拓弓弦作霹靂聲以下或岑牟單絃或搔頭傅粉顧盼自如都無恒態費此度曰蒼茫雄渾跌宕磊砢作使司馬遷驅策李延壽王粲夫曰措思落韻如六朝人相對作了語險語令聞者無不驚怖失色世乃有如此人

廣陵客夜話憶吳門同吳梅村先生暨葉訒菴盛珍示王維夏崔不雕李西淵范龍仙王升吉飲錢宮聲宅時有新王頼鳳兩校書在座

月之十八記與諸公飲錢郎書屋縱酒能為解散髻下語千人都伏東觀名卿南朝才子爭樂角觴相屬莫愁更鼓催他燒盡紅

燭何意樽合杯闌一雙么鳳齊注横波目假使客中皆此夜何（詎）羨八州之督上客如風佳晨似雨薄命余同鞠今惜汝一生長被人蹴

尤悔庵曰起語直序是花間法通首硬筆排奡艷思繚繞周秦辛陵合為一人

宋既庭曰後段未數語尤奇蹴鞠二字分押得未曾有

董文友曰假使客中皆此夜何羨八州之督令長卿早契斯言必不輕捨遠山眉黛便博凌雲一歎也

季滄葦宅夜看歌姬演劇即席成詞并示張天任冏卿五冊九儀戴弘度李字公布韓咸李季三友朱不鍾諸子

吾生詎料也曾經親聽諸姨法曲非月非煙非霧雨非竹非絲

非肉不易描摹，最難忘記，耿耿縈心目。依稀梁畔，細[暗]塵飛墜千斛。昨者我渡江來，正沙深月冷，浪花堆簇。饑鷹饞蛟渾不怕，我有聽歌奇福。拍到殘時，人將散處，樂往傷幽獨。重逢難必，岸巾且吸船玉。

鄒程村曰：前段惝怳，後段遒際，至非月非烟二句，寫得神光離合，載陰載陽。今我雖未聞清歌，亦唤柰何矣。

弟丰雪曰：侍御憐才嗜古，今日之鄭當時也。其尊公吏部東山絲管，尤為擅絕一時，兄是作可云渴力描寫。

弟綿雲曰：岸巾且吸船玉，想見阿兄爾時正復風流自賞。

重過廣陵同王西樵孫介夫夜話，即宿西樵寓中發車一歎。三年裘已破。朔風如鏃。枉道、那辭三百里、為與瑯琊情熟。却過與公鏗然徒響也過東頭屋。三人相對。寒燈淡暈生綠。少須容去。余留王公。呼我大被從君宿。細說三冬歧路事。起坐何須頻吹。步躭驟綿綿定奇溫居殊不易。握粟憑誰卜。車中霜滿夜寒。私語童僕

程穆倩曰結二句似王仲初樂府

[illegible]曰房事述情纏綿辛苦

孫無言曰其年烏絲一集膾炙旗亭崑崙程公已為鏤板行世入予十六家詞選中吳茲念奴嬌十二首乃與荔裳顧庵

西樵諸君子倡和廣陵者飛揚感激淋漓慕（？）當昔人許王右軍書如龍跳天門虎卧鳳闕吾於其年諸詞亦云

宋既庭曰其年曠世逸才年來侘傺失意與吾輩二三知己混于酒人屠釣間不勝天吴紫鳳顛倒短褐之恨讀廣陵唱和諸詞秦少游之秋風黄鵠蘇子瞻之大江東去可謂兼之矣斯人也而有斯詞也時為之手噫

徐電發曰其年陳先生驚才絶艷睥睨一世

十年來從菰蘆中喚想湖海樓內人如在天上參春總一拜床下今讀書玉磬山房既庭宋夫子示我廣陵倡和諸詞曼聲歎之哀激如秋雨其托寄非淺耶淋漓感慨一何至是彼七郎曉風殘月未免儇花鬬葉風斯下矣

抄 遠佛閣 一百字

初冬同友人小憩中隱禪院用片玉詞韻

早霞乍歛行散郭外盡歷溪館塘宿浦短細沼磬響來寒戒壇

幔境幽竹滿閒階拂子小叩慧遠妙諦微婉更活茗粥塵巾息

島岸坐久漸忘却花影移欏還繚線更愛晴堦砌成明鏡面

歎急景字生虛圓漏嘗隱懷誰見似殘葉無聊詩儂零雨

期甚時纔偕

韻押自然情景幽秀

用字幽澹絕去金粉玉脂習氣

抄、五福降中天

甲寅元旦　　乙百

五更爆竹千門響，轟轟雷陽烏，春曉日湧，丹輪競開，朱户恰對南

山、晴翠桃符，粉喜街衢，暄冊簾櫳，朗麗多少，輕烟嫩靄依就

好天氣，磨徹菱花，雙帶綉奩，早貼宜春字，畫粉旛兒銀泥

勝子帶笑上人鬢髻，年光已在墻外，花鬚橋邊，蘭芷迎拜罷勝常

臉潮紅似醉

字、媚　羅　眼光却在潤文

夜合花

乙百

廿二夜原白堂中觀劇即事是夜劇演精忠

青漆門邊，碧油坊底，一庭霜月初濃。隣家夜賽，春燈社火攢空。欹越觀舞巴童。颭靈旗、不滿微風。正無聊賴，聽歌簾幕，鐘衝街鬧東。神絃一曲繞絲絲，更有梨園雜爨，院本絲桐。岳家遺恨，夜堂一片刀弓。悲曼衍、嘯魚龍。龍悲當場、淚灑鵑紅。須行樂耳，何必窗事，月觴金鐘。

歲時記風土記合成一闋題宕惊恍旁若其人應駕幸秦之上

抄

慶春澤

乙百

春陰

已近花朝，未過春社，小樓盡日沉陰。瞑色連朝，江南倦客難禁。門前綠水昏如夢，粉雲遮、失卻遙岑。謝橋邊、凍了梅魂，結了春陰。

年時恰是鶯花候，正黃歸柳髓，紅入桃心。舞扇歌衫，參差十里園林。東風吹得韶光換，詎料人、真箇如今。問何時、日上花梢，細弄鳴禽。

彊善堂主人對

春思縈懷筆即能遣聊爲鋪綴成語覺言短而意長

抄

木蘭花慢　　乙百乙字

壽吳母黃夫人五十　夫人余友園次賢配

紅雲飛一朵，鸞鶴下，叩真妃。是江夏無雙，吳公第一，兩好門楣。相逢瑤臺歸輔，說蓬萊清淺事依稀。興慶池頭命婦，鹿門山下賢妻。　恰依然、椎髻牛衣。四十九年非。趁碧雲霜紅，洞庭水碧，茶熟漁扉。回頭莫論罹事，記滿湖燈火醉翁歸。坐上麻姑天老，膝前謝女王徽。

彊善堂主人對訖

姪瑾工穩甚詞致此子云振古

晚人

抄

玲瓏四犯 百一字

苔雨同雲臣用梅溪詞韻 彊邨嘗丈人對就

屋注銀潢，問天畔河流，還剩多少。風雨爭馳，鐵騎金戈齊到。只有幾疊屏風，上畫看昊天晴曉。歎年光銷沉何處，都付汀烟水草。

今年紈扇淒涼甚，未雨風早辭懷抱。嚼簷漏漫詠，紅輪吐却是榴花照。無數詞客城南，久冷落酒壚歡笑。怪天公也學銅仙，流淚向宮門道。

風雨驟至，金鐵皆鳴，吾人心魂欲碎。

抄、桂枝香

○○○甲寅中秋　百乙字

彊善堂主人對読

霜簷如洗有碧落冰輪今夜飛墜月姊霓裳裁白婁京猶記

嫦娥休問是曾照有多年離亂陳錦破切金甌萬首田春宿是誰人

淚算世上雲鬟玉歸和老去英雄一般憔悴落葉啼螿只是

夜長難睡銀壺擬擲孤光倒奈況問衣共醉月樓東兩風

江上夜窗鳴咽

雲臣曰才人潦倒斷腸語不堪多讀

一聲河滿子雙淚落君前無此悲壯

激楚也為之青衫濕盡

送鄭錄事宜春宋人之席

抄

瑤花　止有二字

竹逸邀同雲臣賞欄前粉芍藥用炊聞詞韻

無瑕鏡國，有恨明妃，一朵千金價。盈盈笑靨，倩廚中、櫻筍只他新夏。牡丹剛謝了，檀板銀閏纔暇。又堦前、婢學夫人，一樣嬌姿瑩夜。芍藥為牡丹婢

參差粉面齊呈，愛雪彈珠款，幽輝凝射。露華微綴，蜜縞袂、淺向玉欄依亞。折來誰贈，覺清水、風光堪借。記芳名、似喚將離，斗頓沉吟花下。芍藥一名將離

前闋從牡丹伴寫芍藥是用反

筆後半闋寫將芭蕉葉不得舒展包裹無完正而起雲圍草纏直入纏綿更沒無限柔情那得不令人眼膚

水龍吟

巷口見磨鏡者　百二字

琅然者是何聲因風飄入深深院里紫絲一霎賣花聲乍音添嬌女

脆驀地誰家獸鐶小響轆轤栀子見一雙雙小玉盤龍背月捧日盈

映中門裏　出匣一輪新水要秋霄學鬭冰綃背將肩鬢將

紫粉洗他空翠此際菱花窺月嫁佳人心喜晚妝來攏鬢無

端忽憶家寺青事

言十支日十

情景描細千媚何多乃如作此

刻畫黑至那

抄　水龍吟

送春和雲臣韻　　乙百二字

春光不像曾來，如何又說春將去。一尊別酒，兩行情淚，淒然無語。恰似明妃，紅顏遠嫁，玉關鞍馬。歎今年烽火，連天戰鼓，都攔截、春歸路。

偏是魂銷此際，怕天涯、少人憐處。臨岐低囑，縱然去也，休忘尺素。恐見愁紅，將飛更怯，任颺旋住。想溪橋來夜，飄零有恨，與何人訴。

起語翻案也

說今年春景，字字確切，与他年殊

楊萬芊景色迥異

水龍吟

秋日過飲蝶庵紀坐上人語

萬家砧杵秋城，重來何處尋門巷。三年一別，孤身作客，蠻江烟浪。綠幘榕城，金尊笳浦，慣陪牙將。自連天烽火，舞衫[illegible]了，亞爲買歸吳榜。

屈指當年，壽倡舊梨園，鋒惆蝶侶，伴侯王[illegible]。駔儈或論，斷養縱柔條也，應不似灞橋模樣。趁啼烏歌霜，天漸曉，擬琵琶唱。

楓葉荻花滿眼悲涼月光

五蘭深水之曲能至庭家

治樓

水龍吟

秋感

彊善堂主人對訖

夜來幾陣西風，匆匆偷換人間世。淒涼不為，秦宮漢殿，被伊吹碎。只恨人生，些些往事，也成流水。想桃花露井，桐英永巷，青驄馬，曾經繫。　光景如新還記，記相逢、玉臺珠麗。微煙淡月，回廊複館，許多情事。今日重游，野花亂蝶，迷濛而已。願天公還我，那年一帶，玉樓銀砌。

懽場樂事轉眼淒涼種種

索還天公恐不能辦

抄 涼州第一　　百二字

詰鼠戲同雲臣作

秋夜燈青，窗窣作響，先生拔劍而怒。鼠輩來前，復何敢爾。爾罪誠難悉數，蛇蝮猶堪耐，不耐汝青偃僂，每到更深，觸翻杯瀝，動搖屏柱。書籍縱橫遺點污，撏撦到、五車六庫。穴內乘東竄中漬矣，變了雞憑屬飲河歸休，浪喜高堂下獄詞先具，速付歐刀。

抄 鼠對

便邋風也，思熏汝。

蒼古雄峭，斷制處落筆如山。張湯猶覺叨絮，非老吏也。

帶月啼梁來夜發屋戴頭人立而語顧謂主人憎予太甚芥蒂
寧因細故窶數無長物幸託坳堂且汝如昔在倉中李斯丞相記
曾相慕　今日深文何太苦笑你事乃八公殊誤俠不屠龍靜仙健
控窟僮磔張湯鼠安能久居鬱鬱化青蝠凌空飛去古洞長松
有鼪鼯是吾儕侶

奇傑雄鷙漆園龍門而後與
君為三

奧詰如天問俶詭如漆園中間寄託深
杳不得以小品戲視也

擬慶春宮　秋曉　　百二字

彊善堂集人韻

杳〻秋紅濛〻夜碧戍樓人歇暕更宿鳥啁啾遠鷄咿喔野烟
繚繞初生水明燭聽天外南來雁聲夢迴酒醒人倚高樓月
在前檻　初陽澄澹堪驚纔淥庭柯旋映簾旌楓桐山林蓴鱸
水鄉家〻軒檻新晴五湖堪長總莫管天涯戰爭數村橫笛一
片西風十載浮名

南華俶詭六一春容寓景箇中拈花悟後覺多

情宋玉徒死人句下耳

雨淋鈴

百三字

秋過城南將氏園亭追憶瞻武并悼旦傅星一又鄭許埍友

諸子

斜陽城闕，晚秋行散，偶爾游歌。故人曾有池館，風簾零亂，鏡湖
超越花朵柳綠如畫，映秋水、林樾更三五。知己流連、河沒參橫
浩歌發。　笛聲隱隱，霜空澀、卅年餘往事，星月明滅。如今園裡只、
有荒井畔，蟪蛄悲咽。滿目山陽，但得過頭種種，華髮最惱是綠
水橋邊，尚挂簷初月。

滿目悲咽似江郎賦恨時

捲花心動　乙百四字

二月八日微晴同雲臣過北郭外訪寒松上人不遇紀事

薄霧分暘翠禽啼處穿窗仄崖人醒弄由風微月後泥乾寸官酒

旗低映目雋爰步迴塘上尋春興通溪尾甜語

遠川綠竟門羅禪扉詰雁心葉花空翠幽中翠竹亮闌

水郭遲回恐負雨餘開景春且把橋欄數偏碧官遞

前溪裡一行歸人影

絕妙一幅春游圖卻無絃管脂粉氣在

詞人逸致直追北宋但娛于進

陪耳

稱絕調

瀟湘逢故人慢 抄 百四字

○○○夏夜對月用王和甫韻同邁庵先生賦 不会調

冰輪將滿看先生魄冷透龍窗水炳外兩風次今夜都浸一片金波流螢的的趁月明伏坐庭柯謌江階一聲橫笛偏驚醒漁翁

閒回首追往事算半生盡從離合過語笑要怕明日秋池又颭梧桐江寒風景休辜負且放狂歌還尋陳京故老晚涼閒話宜和

悲吟滿紙自感交生何處潯陽江上提襟拭淚時人言是古作

情語推君獨步，良然，良然。邁庵先生

前段寫景超曠，後段寫情飄緲，覺稼軒諸作無此全美。

抄西河　　乙百五字

春日偶過亳村故居

前村裡落梅陣〻風起舊家池舘曾經過玉欄慢倚粉英也為

主人來雨中和淚梳洗畫簷損月榭圮蕪蛺蝶盈砌頹垣敗

井劇關心那能遣此賺人連夜卸[illegible]帆半篙埋怨春水一天

絲雨灑不止總難尋舊日鄰里祗有點〻波燕子上雕梁[illegible]

晴似話謝家當年事

汝波是恨孫歸海明月在樓

初上天夜人子為書羨于前

尉遲杯　百五字

遥和雲臣秋夜觀演雜劇之作

飄紅穗正夜靜[illegible]影含如地相[illegible]秋院聞箏也何春城拾翠如

今悃悃樓外雨和愁小門閉何空王禮爭名經幟却脂香粉膩

聞說今夜誰家有年少羣舞[illegible]似咫尺銀牆天樣遠情

緒嬾懵騰思量正夢看鬢人[illegible]髮隔年夜橫波珍重意又風吹

陽[illegible]嬌歌夢遊[illegible]星佳記[illegible]

休文自是多情多感不一十風

月[illegible]生[illegible]又為三歎

孤居念舊空夢華胥綺語筆[illegible]難懺也

拚尉遲杯

許月度新自金陵歸以青溪律示我感賦

青溪路。記舊日年少嬉遊處。覆舟山畔人家，麾扇渡頭士女。水花風片，有十萬珠簾夾煙浦。泊畫船柳下樓前，衣香暗落如雨。

聞說近日臺城，剩黃蝶濛濛，和夢飛舞。綠水青山渾似畫，只添了幾行秋戍。三更後盈盈皓月，見無數精靈含淚語。想胭脂井底嬌魂，至今响說據。

奇、怪、滿幅煙雲，正善推月度處不似

江南怨曲，度入哀絃，尚

[illegible]雙靈把舞

子將作月旦評也

~~拔~~望梅

○○○、春城望紙鳶

題（乙酉六字）格切妍雅古人所未逮

夾衣初颺，見梅鬚墜粉，桃腮堆絳，鳥翻波倒浸春雲，風日美

天紙鳶著陌，放隊隊兒童競喧笑，飛影卷正，令般恰裊，絲起到新

晴空青箏游賞，將飲欲拼，何隨把擊，闌笑青空，擊纜漸凉他

青粉牆西惹翠，拂還乘望，急景雖奄，又天半夜燈初上

見火鈿旋繞飛下雪梨十丈

風箏每夜必繫燈火并於其上高放梨花雪炮

寫景妍秀狀物靈雋真化工之筆

抄夜飛鵲　乙百七字

代妓贈別為金沙史耳翁作

官橋幾絲柳綰住蘭舟含淚暗上津樓枇杷門掩東風暮當拚睡煖鴛裯流鶯替人傳恨何風前絮語百種難休玉簪恩重卸將來嬾節離謳既道有人拘管何事到旗亭慣惹閒愁記否連宵蹤跡雨天中酒月地梳頭落花城內馬蹄紅蹴滿銅溝只瑣窗歸後莫教輕漏含風流

纏綿深至一唱一歎洪葉成韻柳七郎里如許風調否

一 滿江紅 抄 乙百八字

癸丑除夕

響銅籤、許多年舊事，和恨壓眉尖。記得當初，從堂弟妹，繡團圞定。紅簫飲盡了屠蘇千盞，撾畫鼓敲笑賭黃柑十里，春城切金綫。暗撲時火鳳交陪

自後也逢除夕，歎也生長是帰北兒奈第宅，俱非顛毛都換。每因今節生嫌見，萬點官橋夜火被風吹零亂。映踈簷、羞殺鄰家歲酒，隔巷春衫。

情玉謹令讀者酸鼻

二

洞庭春色 百十三字

蟬 如縷嶺噴簧響徹晴空

窮寥北窗，第弘山渺西礀，企腳披襟正午，會暮聲日鬢，聲響幽篁最長。沁水一派暗，隔星雨半，林蕉麗夢，更月樹涼天思，不禁流光駛，怕潛催落葉，寥寫與東皋。終朝餐風吸露，算往事惆悵佳尋記徹，候冠上親貂尾佳人，箏半曾暮鸞，今詎料半棲不穩，枉許盡淒涼此夜，須蟬蛻間泛，塵世誰愛清音。

沁園春 說鬼〻人〻言慷說冤〻人〻破楚說交〻人〻

慷慨

病中承雲臣餽我藥資賦此志謝 乙百十四

陰騭 快騭

有嚙於梁，其來如風，公然門閭。是二豎揶揄，之人僬之，付五窮跳盪。踔綽我朝，魯鼠鬭庭前，蟻喧床下，敗壁徒懸犢鼻褌。默妻孥空典，如初卜，翦紙招魂。無錢樂果休論，至今日方知備嘗艱。殘杯冷炙，誰遺野老；淒風碎雨，孰念王孫。只有貧交，偏承厚誼，管鮑分金古道存。前期在，待稍蘇肺氣，回陽有源。

被薜荔帶女蘿，如見其形，隔霧鵰

悔思復

余辛亥一病五月疑游化人之宫竊赴
鈞天之夢醫睹如麻巫尊若帝讀
其年公於叩门等語鬼来欺人去法
絕倒玩庭

沁園春

曬書

遺蓋如惇亡友吳繩此作一哇此

此慎年聊笑贈如生

憶昔吾家，有萬卷樓，城西是村。自江交滴書，牙籤半失，戎易陷

息玉軸由車，猶存借去，一瓻之來，三篋墨也，丹鉛起海門，無多果似

追餘翁故舊，書賣後田園。叢編脧月還把，興樂果零星暴蓍任

半生穿穴，辛同蠹蝕，有時發作，陡然龍析骨，極食念。杜詩書捲

問爾東家，老來何讀，計言閒葦，秋陽自翻，車爾吾休矣，亟束書高閣，且曬吾

禪因曬書說利說餘故舊書後田園不覺笑人

破鼻

沁園春

彊吾堂主人對飲

懷程崑崙山西武鄉人，舊判鎮江，陞任安慶同知，今為耀州守，有文名

疇昔從公，上松寥山，觀北府兵。正魚龍黑魂，海氣水雲滄。白滾滾江聲，采石萊潮，皖桐移鎮，異代龔黃比大名。藎毋驛，恰飛書寄我，感念平生。庚戌夏漳河署中接崑崙都門札

一麾出守孤城，又重向咸陽道上行。歎地名祋祤，祋祤耀州地，浮黃沙颯滔，天空壒屋，系楊。縱橫落照，窮邊壯年，溥宦手板，將迎歲月，更驪山閒望，并汾秋色，一片鄉情。

絮語淒清，壯懷激楚，快讀一過，令人有封狼居胥之感。稚頌至此能手，值白果上磨墨

懷畢載積　山東淄川人舊通州守與余最善

單山二字未詳

憶與公游在癸卯冬余方數奇恰單山萬疊奔濤駭浪後堂十夜急管繁絃須聽佳話非由說項意外深慚國士知顛狂甚需雪天要鼓月明上屋梁騎入春文賦[illegible]不自持正[illegible]魂銷去國燕泥風墜神傷餞客衫帶[illegible]記得微波送君淮浦倚棹偏於漂母祠臣老矣念王孫一飯欲報何時

臣字恐于任肥
呈磯

借景抒懷使筆如風一日可盡百紙八斗何足言才

載見懷舊神色悽然如答南浦綠波之句

一百十六

賀新郎二首

積雨作晴竹逸買舟拉雲臣暨余郭外春游訪萬子紅友不遇因過石亭探古梅并坐古香庵小憩

喚箇船兒去夢城河柳絲離堠漸拖官渡問訊故人人已出門鎖小橋鄰浦空佇立悵然誰與人說前村梅更好月朧明綠萼棲毛女趁波影響春櫓

僧樓小憩評今古喜檻外亂山絕澗高香無數寒食一杯須作達莫惹春愁萬縷看滿眼紙錢飛處除卻吾曹二三子此情甚共花枝語花不應灑紅雨

次日紅友復折柬招游石亭陰雨又作詞以謝之仍用前韻

廿日邀游去，正郭外、風絲颭袖，水因篘渡。兩月春霖愁似海，漲了綠漲奔浦。閑一雲、青溪容與。蒼崦竹離帆影過，粉牆傍、晴誰家女。沙鳥嬾，觸柔櫓。

雞忘最是亭梅古，記此到憑闌撫。落英隨數帶冥遙，峰嬌欲語，香在衣痕鬢絲，春漸到、最銷魂處。來同縱無知已約也，重游擬續花邊語，無奈不是簾纖雨。

兩闋細譜情事，曲折處致，輕甚筆有化工。

賀新郎

予治弟萬里省親三年旋里於其歸也悲喜交集詞以贈之并懷衛玉叔暨漢槎吳子用贈蘇崑生原韻　重生

休把平原繡。繡則繡、吾家難弟，古今稀有。萬里尋親踰鴨綠，甚黃羊白狗。一路上、蹴弦作友。辛苦瘦兒攜弱女，鄉海天盡處、孤蹤透。三年內，無乾袖。　平沙列幕悲風吼。獵火照、依稀認是，雲中生口。馬上迴身爭擁抱，此刻傍人白首。辭不出、窮邊節候。猶記離鄉年尚少，牧羝羊、北海雙雙走。長夜哭，陰山後。

賀新郎

新安陳仲獻名仲甫客蜀總戎幕付常贖一俘婦詢之蓋仕族女也仲獻聞置別館召其夫還之聞者艷其事爭為歌詠適宣城沈子公厚書來徵詞因賦是篇

彊邨堂主人對訖

天末蠶叢路。記當日、錦城絲管，繁華士女。一自愁雲霾蜀棧，飛下桓家宣武。有多少、花鈿血污。十萬蛾眉齊上馬，過當年、花蕊題詩處。葭萌驛，鵑啼苦。

春宵高讌元戎府。明月下、玉容黯淡，有人低訴。女本成都官家子，誤自鸞刀釵股。容亦為、淚零如雨。

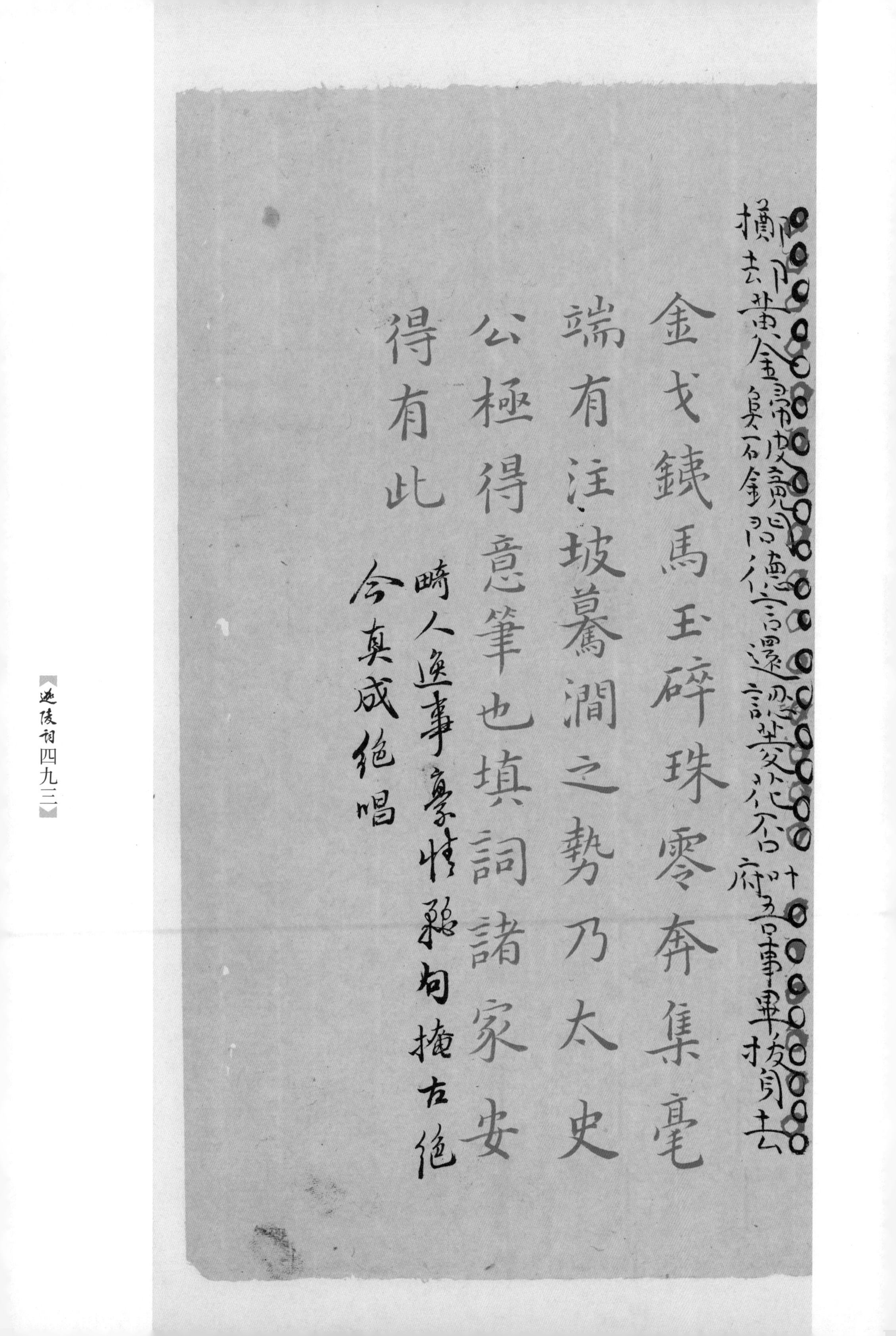

[illegible]

金戈鐵馬玉碎珠零奔集毫端有注坡驀澗之勢乃太史公極得意筆也填詞諸家安得有此

畸人逸事豪情駿句擁古絕今真成絕唱

賀新凉

中秋前五日看早桂

灝氣收殘暑。恰金飈、夜來染就，小山幽樹。叢桂離離香滿徑，正值秋棠開處。掩映也、依依如縷。紅燭三條圍鎖院，記嫦娥、不肯相憐取。平生恨，那堪數。

思量舊事多如雨。憶前生、婆娑曾在清虛之府。淪謫紅塵三十載，却悔廣寒清苦。忘不了、花陰玉兔。月到中秋真定滿，折花枝、五日欲參鸞去。丹桂快，作霓裳舞。

作如許慷慨姮娥將無眉處覺坡老

忠愛之意千載猶新

賀新凉

○○○、綠夫詞

戰艦排江口正大邊真王拜印蛟鶴蟠鈕徵發羅浙郎十萬列郡風馳雨驟歎閭左騷然雞狗里正前團催後保盡驅縈鎖繫空倉後突騎去敢搖手 稻花恰趁霜天秀有丁男臨歧訣絕草間病婦比去三江潮百丈雪浪排檣夜吼背寸得土牛鞭否好倚後園楓樹下向叢祠亟倩巫澆酒神祐我歸田畝

出塞曲耶春陵行耶使我淚下如雨

何縣使司牧者日讀一過也

摸魚兒

春雨哭遠公　　乙百十

怪連宵颯〻風〻雨〻傷心事竟許啼〻不恨分飛早只恨論心何暮溪畔路算歲裡春權般繫無楊樹洞門把盃正古寺蒼涼亂山葱翠正嘯渚松風況思極不是離歌聲從來易散難聚年故國逢知己天也把人輕情最苦記前日文園一卷多情向病中親自碎墨零紈塵損

日以青堂詞一　情深真至不出言筐

卷屬余收藏　　　　遠公臨沒前數

多情悽切鮫珠滴紙

情至之語如怨如訴讀之淚血盈襟不忍終篇矣後閱東語想見羊左交誼可以風世不僅作楚些招魂也 蓮庵先生

摸魚兒

早春雪後東雲臣

雪初乾銀匳玉、傴冰牙猶挂簷霤濺濺春泥連巷陌階者溜馬何必君知否聞說道還京、節鎮喧刁斗鼉吟兒明正萬斛餘量千群組練將壓大江口 吾老矣那顧畫船飛山走長負尋花問柳春光滿眼原、非惡況值小梅紅遍簫管奏只可惜欄檻金縷人非舊催成皓首待三市月華六街燈放同飲夜橋酒

雲臣曰既如萬馬嘶風又如關河放溜不能測其筆之所至

竹逸曰梅村云長頭大鼻陳驚座白袷諸郎總不如信然

校、金明池　　乙百二十

憶亳村草堂奉柬徐大兄高姑丈

陣陣樵風，層層花浪，中是康崇舊宅，有不斷湖光香靄，遙山翠

陰靄留漏，老梅花玉，偃銀畫，更門外無數浦帆林笛，記衝酒橋

奔騰詩卷，比網雨帽簷着傾。一自飄流辭鄉國，乘露井開螢

和愁堆碧空廊，鎖桐花半畝，壞屋走松枝千尺，棘故人練鉏

味園早為我添修欒欄，料來歲花開前村社，散步夢春城驕

容

思鄉懷舊情緒黯然來，向野綠夢，況更覺香靄遠離

彊善堂主人對訖

三

删 金明池

茉莉　　乙百二十

海外冰肌嶺南雪魄銷盡人間溽暑看種在越王臺下記看水

和露初抽偏花田千頃玲瓏葱多少年小珠娘疑覷太不賈船無

情茶船多載一下江州湓浦　姊妹風流離鄉土悵異域炎天

黯然誰與燕姬戴斜拖辮髮翦月容臭嬾斗色甚馮家望夜涼白月橫

空想故國簾櫳舊家兒女只鸚鵡籠中鄉關情重相對商量愁

苦

此上景物寫生尋常花鳥多情如許

[illegible]堂主人對訖

似與鬘花作弔如與稚友談心綺情麗態小窓喁喁遂為
詞家極則

夏雲峯 山　百二十

〇〇、蕅庵先生歸自吳門聞樵有秋岳先生新詞作此奉柬

夾岸輕陰滿唐田雨惹得凡佳綠片石上千篇蕭鼓高甚至從

山轉門沙坊絲窗帆坊綠坊鼓

幾番鏖戰記舉橋近泰娘家恰梔子將開枇杷初熟只白髮江

言木忄木木木衤

潭東泉遺老寫山南月艷曲　近日征南軍馬盛料不比當年

亻草豐彳

家、絲竹水聲隱龍舟佳竟困方歌蓮歌莫賣想連天淼淼長

言竟火胡哥蓮歌莫賣

州盡野鳥前帝少鳥輕洛且載得金裝樵將鶯歸當忘憂小

洲亻里步卩氵區車行金木川田

錄

甚快調急如聞江上桓伊笛

拙白苧　百二十五字

早秋飲蘧翁先生宅隔牆聞絃索聲

淡銀河映缸面紅鱗微白。蕉軒梧徑，雅稱秋情寂歷。更蒙茸幽花雜卉偏狼籍。快意盡樽前，休替問、戰旗消息。且又杯不闌，同向空堦布席。有萬斛西風，把小堞都拭。疑惑幾層箏笳（靈時謂日步驟從容），一帶繚亘，何來遍響高下，玲瓏之極。久知是、隔院疊書氏之甫妻之。四座似蘆花楓葉，潯陽夜舶。若得今宵無數，吟向墻下。於是倂入哀絲，倍作凉飈激。

眼前境地，叙致楚楚，正復蹟哉。

鑒壽堂主人對讀

黃珍百日情思幽長光怪百出其翁不殆赤城霞乎否則何為字字五色也

盧時謂由豪上之氣轉成悲慨如讀摩詰山中人歌

拙

笛家

屢擬過萬子紅友郊庄探梅連雨不止詞以柬之　　乙百廿乙字

五里鶯聲半村花氣南郊近邇歸鞭遙指君家近屋頭濕翠窗眼睞香濺裙水漲落燈風際准擬攜琴也思側帽與細笈離恨渡斜橋指山郭一片[illegible]與陣陰之詎知連日烟迷楚山杉陌鬢金似雪壓與天陰之何風寒脫得偏離陰日晚吹徹玉簫京嫩況添西樓夜窗睞雨滴碎人方寸便有日訪溪梅多管落英鋪粉

寫情寄景娘轉多姿

春風裊娜

甲寅元夜　　　　乙百廿五字

記舊時元夜，月挂紅樓，人影亂，笑聲柔，火蛾兒簇，看凝妝艷粉，打塊成毬。澹澹春嬌，溶溶夜景，夾路銀花爛不收。一曲紫綃催薄醉，六街絳蠟試清謳。誰料一天冰彩，化為絲雨，隨風去灑遍皇州。蝶翅困鶯喉。誰家拋盞，何處藏鬮。微雪猶零，怕沾鞋印，碧雲未合，莫上簾鉤。風光非舊，謾樽甘佳會，今年換做萬里邊愁。

極言苦痛變却爛如披錄胸中物君

五彩鳳

抄

蘭陵王

秋況

彊善堂主人對說

百三十一

倚簾閣乘氣直通變之廓涼風上簷〻初暘影似千將茲秋鋘搗

衣聲亂作響入愁人院落西風前陡把素占攬入霜天白翎雀

世終〻世絲目還遝〻春夢一匹馬長城迤邐〻〻〻沙漠渾河路黑〻探兵錯見都

尉毛毛長帳騎王獵火敵樓〻風〻起鵰鶚下短草如小　蘺鸞蕭

索漸暮色龍葱水〻日費薄夜鐙早逗東牆角照〻滿地青桂半堦

紅藥可憐月底又送到深巷

自翻玉簪梦中月应通是秋意

而梦境更想切时离幻而真也

大酺　一百三十三字

溪行野店小飲即事　　彊善堂主人對謔

正野塘邊春帆低水膩是綾一束看看寒食到小梅英粧褪暗
彫香玉杏蕊擔晴鶯雛拂暖對鵁鶄爭浴板橋西客店颭酒
旗依陳帶烟斜撲有秀靨映門嬌波窺戶當壚情熟篙師休
浪促夾衣解貰飲何須贖君不見一生惆悵半世周循是霜倫
換倚錢綠況聽關山夜流多少從軍笛曲拼美醞傾千斛轉船
解纜社燕風簾相觸泥香輕墮簌簌

怨粉愁香窣窣夢憶
特古洪茮保戲如作

抄

大酺

題毘陵海烈婦祠用片玉詞韻　百三十三

烈婦徐州人流落毘陵艷色為漕卒所窺迫之不屈而死

悵廟竿紅垣衣碧門外銀濤雪屋羣妃蓬島讌御天風來往釵鈴戛觸寂々小、姑愔々聖女苔鳥啼歸參々竹苔壞墻滿々脆韁石馬畫廊眠熟螺髻欺殘蝶裙少晝夜長人獨　靈旗歸太速神絃歌醉巫覡扶輦轂可惜是亂々鼓城灌冢小浦望鄉徒極殘臨目入不言今出學唱道秋墳鬼曲怨青塚綃江國到庭々

恨血土花墳起紅綫水腥打殘翠燭

傲詭離奇洞心駴目昌黎南海廟碑湘夫人祠記不足多也嚮讀吊海烈婦諸詩文塵穢欲嘔得此廓清可令烈婦吐氣

抄 瑞龍吟 真景

彊善堂主人對調

乙百三十三

天將曙，黯黯殘月窺窗，朝霞映樹。起來喚婢移休，貪他井畔涼無數。

悵誰與，俄頃瑤雲代捲，大輪高出海天，萬里炎炎渴。

龍夭矯，陽烏旋舞。恰喜水邊桐際，風簾澒洞，曠然無暑長晝。

且將馬影秋水閒註，松風小沸，親斥旗檜，煮還消受，竹肌涼粉。

倚珠跳雨漸，斜陽暮，窗蟬嘶，至暑消魂處，柔枝影沐浴罷。

碧欄干，簾聲一縷，無人只有螢來去。

縈紫縷析璧合珠聯既參伍以盡變
復磊砢而多風倚聲神手也

六醜 百四十

秋日將往吳門先寄園次澹心庚戌既庭諸子

倚晴闌極目見檻外吳山如積罷酒登艫尾篷浪舶舞破空

碧問館娃何處亂鴉啼換了水鄉江國渚蓮依掩紅衣泣倚

寒塘暮影斜日將愁惹他行客悵千年霸氣彌望闌晴故人

寂寂住盤門小宅臨頹荒園蕭然裙屐來朝俟我登隋淮秋燈

夜綠對床同易奈日郭猶遊數驛且趁看萬頃迴庭縹緲掛西

風帆船娘唱水面爭出共江溪一片吳笙橋更闌聽得

寄託深杳寫景涼豔直作一篇蜀道難讀若渭陽三疊直當以羯鼓洗之耳

陳檢討詞稿

乙丑四月温肅敬題

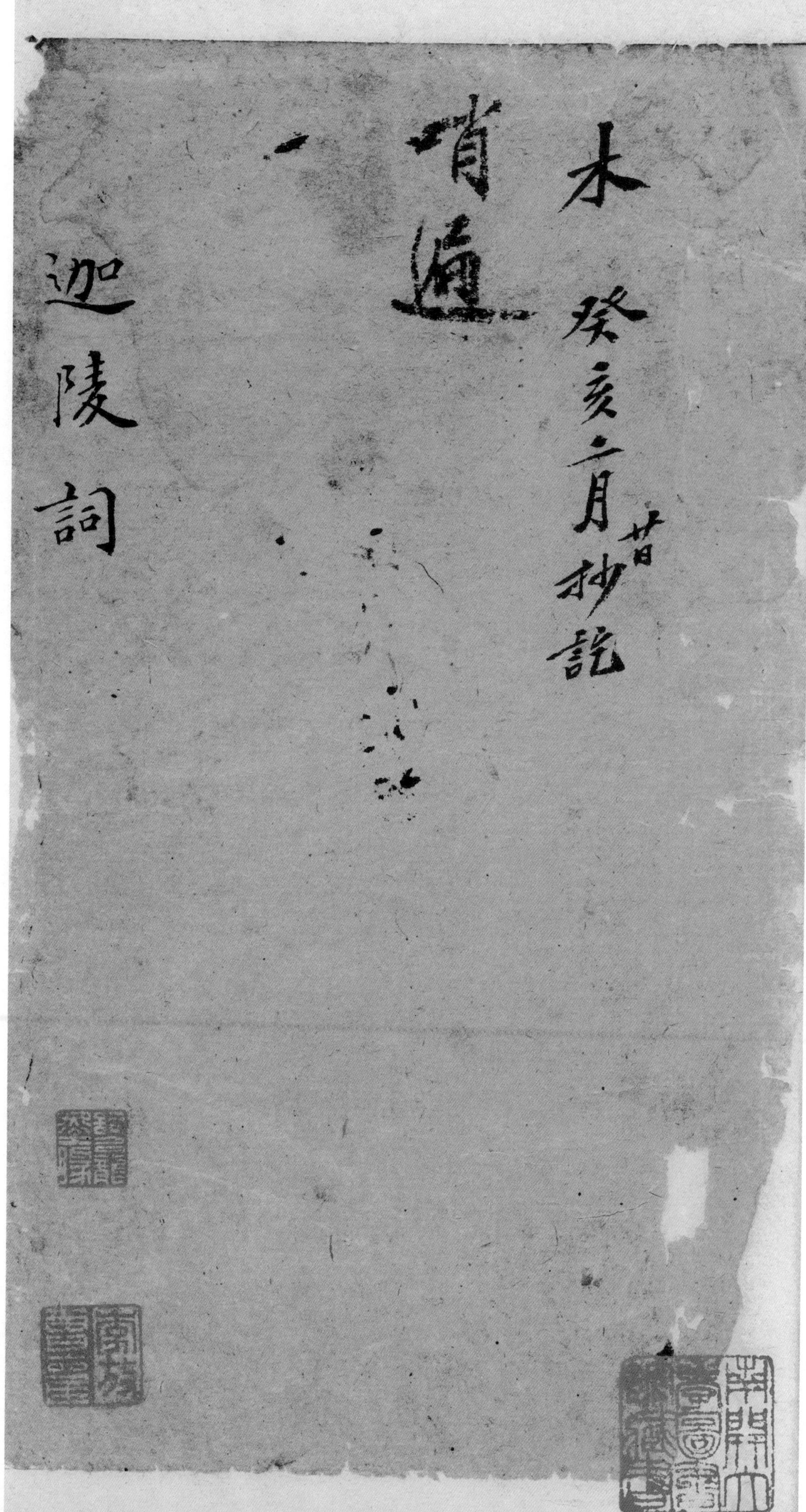

木

癸亥二月昔抄訖

迦陵詞

木

江南春　彊善堂主人對訖　彊善堂主人對訖
賀新郎　又
滿庭芳
菩薩蠻　又　彊善堂主人對訖
洞仙歌　又
釆桑子　彊善堂主人對訖

滿江紅
千秋歲
念奴嬌　彊善堂主人對訖
行香子　彊善堂主人對訖
點絳唇　又　彊善堂主人對訖
燭影揺紅　彊善堂主人對訖

哨遍　彊善堂主人對訖
過秦樓　彊善堂主人對訖
齊天樂　彊善堂主人對訖
沁園春　又　彊善堂主人對訖
西江月　又　彊善堂主人對訖
醉春風　彊善堂主人對訖

念奴嬌　彊善堂主人對訖
春光好　彊善堂主人對訖
黃河清慢　彊善堂主人對訖
滿庭芳　上
滿江紅　又　彊善堂主人對訖
多麗
稍遍　彊善堂主人對訖

疎影　彊善堂主人對訖
沁園春　彊善堂主人對訖
婆羅門引　彊善堂主人對訖
賀新郎　又
南鄉子　彊善堂主人對訖
酷相思　彊善堂主人對訖

春霽　彊善堂主人對訖
帝臺春　彊善堂主人對訖
春夏兩相期
念奴嬌　又　彊善堂主人對訖
水調歌頭　又　彊善堂主人對訖
玉女揺仙佩　彊善堂主人對訖

蘇武慢 彊善堂主人對読
念奴嬌又 彊善堂主人對読
花犯 彊善堂主人對読
沁園春又 彊善堂主人對読
賀新郎又 彊善堂主人對読
稍遍

踏莎行
魚游春水
滿江紅
滿庭芳
水龍吟 彊善堂主人對読
沁園春 彊善堂主人對読

減字木蘭花 彊善堂主人對読
惜餘春慢 彊善堂主人對読
鳳凰臺上憶吹簫又 彊善堂主人對読
天門謠
探春令又 彊善堂主人對読
虞美人 彊善堂主人對読

千歲秋 彊善堂主人對読
滿庭芳
金菊對芙蓉 彊善堂主人對読
念奴嬌 彊善堂主人對読
沁園春 彊善堂主人對読
賀新郎 彊善堂主人對読

念奴嬌 彊善堂主人對読
江城子 彊善堂主人對読
水調歌頭 彊善堂主人對読
春從天上來 彊善堂主人對読
定風波 彊善堂主人對読
滿江紅又

解蹀躞 彊善堂主人對読
洞仙歌
霜葉飛 彊善堂主人對読
爪茉莉 彊善堂主人對読
破陣子 彊善堂主人對読
齊天樂 彊善堂主人對読

水調歌頭 彊善堂主人對訖
壽樓春 彊善堂主人對訖
眉嫵 彊善堂主人對訖
風流子 彊善堂主人對訖
雪獅兒 彊善堂主人
荔枝香 彊善堂主人對訖

水龍吟 彊善堂主人對訖
柳枝 彊善堂主人對訖
東風第一枝 彊善堂主人對訖
紅情
女冠子並体 彊善堂主人對訖
祝英臺近 彊善堂主人對訖

滿庭芳
木蘭花慢 彊善堂主人對訖
小桃紅 彊善堂主人對訖
蝶戀花 彊善堂主人對訖
洞仙歌
菩薩蠻 彊善堂主人對訖

一叢花 彊善堂主人對訖
浣溪紗 彊善堂主人對訖
驀山溪 彊善堂主人對訖
永遇樂 彊善堂主人對訖
喜遷鶯 彊善堂主人對訖
菩薩蠻 彊善堂主人對訖

倦尋芳 彊善堂主人對訖
滿江紅
醉春風 彊善堂主人對訖
風流子 彊善堂主人對訖
祝英臺近又 彊善堂主人對訖
滿庭芳

摸魚兒 彊善堂主人對訖
綺羅香又 彊善堂主人對訖
百字令 彊善堂主人對訖
瑞龍吟 彊善堂主人對訖
賀新郎 彊善堂主人對訖
洞仙歌

探春令
浣溪紗
師師令
玉樓春
蘭陵王
長亭怨慢

水龍吟
夏初臨
齊天樂
撲蝴蝶
沁園春又
六州歌頭

綺羅香
鷓鴣天
蘇武慢
晝錦堂
賀新郎
玉女度千秋

蝶戀花
賀新郎
一叢花
擊梧桐
臨江仙
水調歌頭又

哨遍
木蘭花慢
四園竹
渡江雲又
漁家傲
沁園春

南鄉子
閨怨無悶
新荷葉
隔浦蓮近拍
滿江紅
解語花

賀新郎　彊善堂主人對訖

鵲橋仙　彊善堂主人對訖

補寫訖

望江南。

宛城五日追次舊游漫成十首

彊善堂主人對訖

重五節，記得在金陵。綠水没腰連夜雨，錦帆嘲尾半河燈。往事思騰騰。

重五節，記得在南徐。紅板閘口停畫鷁，翠花磁濕貯黄魚。驕浪最憐渠。

重五節，記得在揚州。歌板千群游法海，酒旗一片漏高郵。茉莉打成毬。

重五節，記得在吳門。北寺牆頭蘭葉髻，柳橋船裡墨花裙。

那許不銷魂云云

重五節記得在西湖萬馬錢塘上戲六橋士女鏡中趨髻鬟射潮兒

重五節記得在嘉興也共朱郎朱子蓉茂暉湖上飲菖蒲花底醉難勝別後見何曾

重五節記得在如皋小展簞紋融似水楊枝低唱紫雲簫回首路迢迢

重五節記得在前門廟市花盆籠蟀蟋門攤錦袋養鵪鶉榴火帝城春

重五節，記得在家鄉。蘭粉細調蛾子綠，虎釵新破繭兒黃。扼臂五絲長。

重五節，今歲在南陽。墻腳鍋牛行艾葉，簷牙鳩婦話榴房。絲雨濕年光。

氣若吹蘭，芬芳竟體，恨不使雪兒歌之壽天中絕唱也。

沁園春 百十四字

本意和倪雲林原韻

風光三月，連櫻笋宴人躊躇著旬日。靜小屏空翠，颭東風不見其
餘。見禾景無端料峭，春閨今忽憶，青驄別鄉井，長條淚濕紅
巾。願作征夫車騎塵。人歸遲，春去急，雨絲滿院，流光濕錦書。
道遠陘奚及，坐守吳山一春碧。何日功成還馬邑，雙奇枇杷花
樹立夕陽，摧絮化為泮攬之不得，徒營營。

此調最難填，以其
近歌行也。此作字字當
行，不可移作七言古詩。

又 滿江紅

題尤悔庵小影次韻　補

彊壽堂主人對記

快馬健兒，記當日、先生自許。誰信道、鞍韉一蹶，長鳴憶主。淒切新詞楊柳月，悲涼雜劇梧桐雨。（悔庵工樂府。梧桐雨，元白仁甫所撰。）更北平、閒前暮雲低，呼鷹處。（悔庵詞：李北平）

朝共市，傭容與。山共水，聊延佇。且岑年時、搔頭箕踞。千石硬弓千日酒，三條樺燭三撾鼓。正男兒、失路林生平語。（踦閭而語，見公羊）字字聲聲來。陸元臣

天語琳瑯曾比汝，殿前之柳今老矣。漫云才子居然鬢鬚三千。笛吹桓子野，雙丸髻挽王曇首。儘數來、作達昔人多，如君否。

對

鄉有鬼還又手香尚在終開口背車中閑罥學他新婦女變道士

為盤內舞銅將軍脩花前酒叱董龍半醉語陶陶何鷄狗（董龍爾是）

何鷄狗見南北史

語、作掀騰攫拏之狀

抄

哨遍

酒後柬丁飛濤郎次其贈施愚山韻（音）

選

被酒佯狂脫帽驩呼頭沒酒杯裏記昨年馬角未曾生幾與公

為無是君不見莊周漆園小吏洸洋玩弄人間世又不見信陵

暮年潦倒醇酒婦人而已為汝拔劍上崦嵫令虎豹君門勿然

趁若

苦此

作秦

黃稚未夢見者

疑古人有云雖不得肉亦且快意　君言在遼西大魚如阜海無際飢咽冬青子雪窖人聊復爾土坑夜偏長燭花空湧琵琶帳外連天起更萬里鄉心三更雁叫那不愁腸如醉我勸君莫負賞花時[illegible]異歸矣長隱復寞為算人生亦欲豪耳今宵飲博達旦酒〻[illegible]後汝為我舞吾為若語手作拍張言志黃鬚大將凭紅肌論英雄如此足矣

此作尤奇絕

念奴嬌

周屋成招飲草堂同丁飛濤鼓雲蔡宋既庭御之即席分

賦同用飛濤韻

別來何以，喜今朝、坐上五君二仲（時坐客共七人），齊作鎮西鸜鵒舞。罷持杯高阿，蹴踏齊梁，憑陵晉魏，白眼看唐宋。髀雖生肉，公然意氣豪縱。　最是月落參橫，主人留客，不放歸鞭，空能得幾搗花下醑。況是吳宮女夢，錦瑟憐誰，情詞負我，快作臨風擊唾壺，缺盡狂歌擊春甕。

掣筆輒得豪强至婉其腕

疏影　憶鄰村梅花

彊善堂主人對訖

佳人空谷，有銅坑千樹，瀟湘一幅。暗記當年，纔過收燈，有人約、探林屋。參差帽影鞭絲裏，餖飣許多豔絕，便[?]求攜取冰魂，佯入小窗橫竹。

詎料今年，病裏東君，又過去、九分之二，冷[?]看花情性慵，且把道書閒讀，不綠修道緣，伊人冷，恐辜負樓東。瘦玉飛[?]寒夢到深山，細問一春幽獨。

抄　春霽

春寒撥悶作

妙

三月烏天，那肯碧，帶暝連陰，做黑簾閣，空憑角巾，長執心事對

莊之

誰人說、尋尋覓覓，城南行遍還城北。向甚處、問取酒旗歌扇舊踪跡。算是除卻社燕堂前，今朝更無一箇相識。問無聊鄉家情，不禁當街倚醉，拓金戟、一任酒狂喧巷陌。隨忽奈易醒不如歸，擁羅衾懨懨，瞞瞞過一年寒食。

語是尤如語英雄氣

賀新郎

[illegible]作家書後題芝麓壁間蘆雁圖

剪燭裁書罷。繞迴廊、行行偶然，瞥見壁間小畫。一派離鴻千萬點，掩映漁村驛舍。有飛且悲而鳴者。回首蕭閑驚嘆，小景人、畫意量記畫

句法奇

如折盡
情

思鄉苦雁不了淒淒涼涼夜夜　春城又聽嚴更打　鎮無言清清然然紅紅雨
淚吹吹鴻雁歷歷聲來紙上　如在蘆花之下　我亦是潯陽司馬
女釵明淒聲
簡記蓬窗逢落雁便畫圖　此景看還悄　莫向高齋掛

千秋歲　詠紙鳶

彊善堂主人對讀

三作感慨詞笑皆有之字字沈著

翩翩自喜映出青天裏　麥鐵杖　鳶肩子　盤空箏夜叫　背草鷹秋起
偏偏映容　痛快　祖　金木
輕薄也　一場搬弄真兒戲　三十年前事　闌看難忘記
起草也扌直歷　記杏花
潑桃花土　隣童誰更在　老眼曾經此　重拈看　原來作舊情十丈紙
滑桃花什　目步絲

此後悵悵一筆

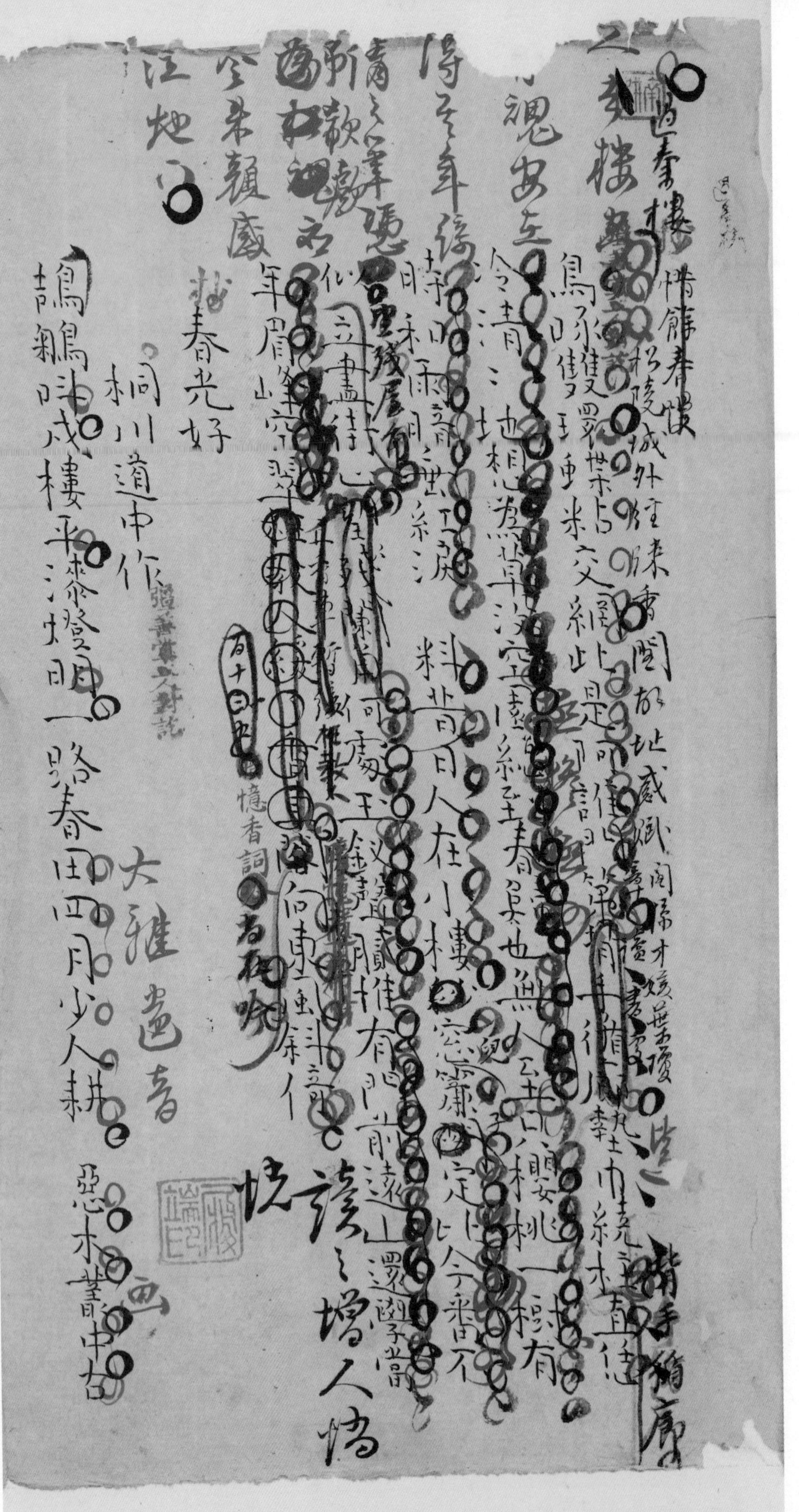

驛亂山缺處孤城安得短衣看射虎過殘生

沁園春

桐川楊竹如刺史招飲劇演黨人碑即席有作（竹如係忠烈公家孫）

（黨人碑宋元祐紹聖事）

屈指如今惜我與君今日相逢吳家世胄破巢剩壘丹青保

陋更算前朝（忠烈公遺像存余家三十年矣今始奉還）磊魂誰訴飛鳥不禁原學當

年曹景宗銀燈底恰清歌宛轉少文人之龍女仙玉燭起女龍又

聞樂中山淚滿胸任刺史筵前女絲歸燭一片黨人碑上怪雨盲風

我已冥鴻人，方說虎愁殺長安老石工。歌且止，思兩家舊事，此曲難終。

兩言合來感慨無限

擬帝臺春

五月閒余懷周翼微在都門即用其江上留別原韻

紅塵成碧，鱗角摧絕，悵殺年光。回首春前，旗亭餞客，公路浦君為遠別，昌豐城我與相識，記曹家園上看花肆狂那夕（余別翼微於江上書頌嘉園）高齋起從黃金盡，行不得，愁何益，只吳人命不如人去姿。

俊侶此日一齋拋擲，試說洛生，言甬人撰邀曲部，何從索隱坐。

周事如風流豈是才高學快

才子、、

憶周郎聽江聲千尺

滿庭芳

族長益攜具招游八公巖

水寺拖烟，山樓嵌雨，日長經院無人。茶香竹翠，也算是前因。默窟山前精舍，參差處、欲斷還勻。依稀似，見雛雁子，零亂不成群。

逡巡思昔日，戴顒故隱，往蹟沉淪。漸櫻桃熟後，梅又生仁。憔悴鬢絲禪榻，十年事、更與誰論。空歸去，數聲暝聲，行過米顛墳。

寫山容態

陶雨出學

詞有生之致

賀新郎

○○○○ 丁未五日程崑崙別駕招同諸長並何雍南石崖程千一

金山看競渡

如江濤怒之來數語尤見法

一鼓魚龍驚起，看滔滔、如畫臺下，尊坤叫叫，行佛雲旗紛翠貫，鬬鱗堂齋背料，此際有靈都集，十萬黃頭皆突騎，挽湘舸，今夜誰先及，有人在江潭泣。吳兒拖尾飄紅帽，但迴風小雲飛處，翻身從入，不鬬黃金，惟鬬遠江水，馬月落，立楚言帰，女金步躞躚。一雲飛閃，纔過眼，漸日斜，桂楫紛收，指山女目，僊還濕。

奠龍當 鼓纔終 雜水溜大 正兮之地

聊翁評

殊有磊落抑塞之氣，不似賀貴人詞

賀程崑崙生日並送其之任皖城 五月十四日

榴子紅日霽，女紅正綺，帶與臨下，鼓金盤雪藕。七載閒徐揮羽扇，肘後黃金似斗。北固外、晴江後走。留取辟閒長只令，郎纓弄節過五日，剛踰九[illegible]，為我先生壽。　遷官況在懸弧後，看他日、郡庭一謂。匡廬湓口，今古量才惟一石，公也文章不朽言，更數一麾出守。還擬從陽城下過，獻新詞、再進當筵酒，公倘許，狂生否。

此數葉詞稿係西樵所評，向在廣陵，忽焉失去，遍搜篋衍，悵惋久之。乙酉冬過東皋，何子龍采從他處收得，遂以見還，喜緣望外，雖中間頗有殘闕，然六頁還舊觀矣。書以誌了。

辛亥六月首識于大梁暑中　其年自記

烏絲詞 三集

陽羨　陳維崧　其年

念奴嬌

咏玫瑰花

陡驚春去算風光此際又逢櫻笋拂曉謝娘簾閣畔忽遂賣花聲逆籃底亂亂擔頭狼籍紫艷濃香噴佳人競撚看來和露尤俊　最愛別樣心情天然標格偏厭紅英襯揉得花魂〻盡碎另作一番安頓焙入衾窩薰歸裙縫細〻調紅粉玉郎不覺錯疑戴向雲鬟

齊天樂

驥沙旅店紀夢

强齋堂主人對詞

坐來冷〻店思量遍昨夢太無頭緒燈〻影青熒被痕紅皺說也
惹人淒楚迴腸千縷總是箇情懷舊時言語枕畔每〻三更
人到消魂處那人還未憔悴松兒猶合數帕兒親與燕子
情〻柳花柳〻多分池臺易主黯然無語憶鏡裏朱顏簾前
白紵一片空江響數聲疎雨

抄

黃河清慢

清江浦渡黃河

蒼莽河聲衝古驛黃沙濁浪同色斜日誰來問渡江南狂客
醉倚柁樓吹笛初入破魚龍悲咽古今多少英豪最堪笑南
奔袁術　幾時瓠子功成歎薪楗空勞宣房難塞長嘯憂時
自把寶刀閑拍且任短篷撇舞不須悲中原萬變城名下相

極望處暮春烟殘荻

婆羅門引

題露筋祠

露筋祠下寒蓬淼淼去何之停橈一問靈旗怊悵千年古廟

陳蹟幾人悲只風前燕子雨後棠梨 俯仰歎欷憑弔處更

憐誰惟有淮陰漂母一樣蛾眉估船爭泊問何人拂蘚一題

詩依稀見玉珮珠衣

春夏兩相期

王家營客店排悶

古黃河嘈吰鞺鞳千片暮花飄飄何事衝炎愛把軟紅塵踏

舞衫歌扇總生疎馬客餅倉空拄雜彈罷哀箏傾來濁酒同

相酬答　何門珠履堪跋且燕秦齊趙騎牛荷鍤自笑平生
不慣從橫甲闥闖來車轉腹中輪狂時劍動親負便莫管今
宵茅店鷄聲鳴邑

菩薩蠻　抄

和龔伯通寄千生用原韻　對

撩人最是眉烟皺　勻人不在春多瘦　紅燭奈他何　相看淚孰
多　別來渾不寐　夢裡人誰至　拚付鈿箏眠　嬌音落枕邊

代千生答伯通仍用前韻

舞餘疊得衫兒皺　酒闌趲得人兒瘦　郎曰似隋何　相思誰最
多　昨宵剛小寐　書與砧同至　砧響伴人眠　寄書人那邊

抄　千秋歲

王正子云此等詞斷宜删去存之最傷大雅不知先生以爲然否

壽栢鄉魏相國

黑頭台鼎，畫戟牙門，軽文筆健風裁正。芙容丞相府，屢軼中書令。論事業，從來魏、自同於丙。北斗斜珠柄，南苑陳金鏡。司馬相，臣民慶。明堂朝玉帛，太廟編鐘磬。魚水樂，千秋不數貞觀盛。

沙堤隱隱，直接丹霄。近臣稷契，君堯舜。天留黄閣老，月炤頭廳。叩還説，適秋期，今日懸弧準。簾外凉飈際，堦下新桐引。仙醞熟，宮袍俟。地居鄉貳，上骨帶神仙分。齊獻祝，恒山蒼翠堆千寸。

抄

行香子

為李武曾題扇上美人同弟綿雲賦

煙火樣羅綢月樣銀鈎人立處風景全幽誰將紈扇細寫風流
有一分水一分墨一分愁　天街似水迢迢涼夜十年前事
上心頭攻飄裙帶曾伴新秋在那家庭那家院那家樓

沁園春

贈别芝楳先生即用其題爲絲詞韻

紅燭與燭花犯重

四十諸生落拓長安公爭念之正戟門開日呼余驚坐燭花
熾處目我于思古說感恩不如知己卮酒爲公安足辭吾醉
矣纔一聲河滿淚滴珠㵎　昨来夜雨霏霏歎如此狂飈世
所稀恰山崩石裂其窮已甚獅騰象蹈此景尤奇我賦將歸
公言小住歸路銀濤百丈飛[illegible]燭夜趁銅街似水廣和無題
文

雖則毋歸對酒當歌終難激揚似孔家文舉幼原了了衛家
叔寶晚更蹉蹉五劇金鞭六街寶馬誰數吾家老子昂公真
誤歎臣今已老髮短心長　御溝偶過述塲笑逢轍都為君
華妨更內家髻樣巧如馬墜小侯舞勢快作鸞翔酒則數行
食而三歎斷盡西風烈士腸登城調望有千群篳簇萬點牛羊

又

歸去來兮竟別公歸輕帆早張看秋方欲雨詩爭人瘦天其
未老肯與名藏禪榻吹簫娃堂說劍也算男兒意氣塲真愁
絕部心憂似月鬢禿成霜　新詞填罷蒼涼更暫緩臨岐入
醉鄉況僕本恨人能無刺骨公真長者未免霑裳此去剡溪
舊名菴画擬繞蕭齋種白楊從今後莫逢人許我宋艷班香

此下不必寫

附宋荔裳觀察題烏絲詞

天上張星游戲人間我幸見之歎太丘里第曾占象緯紋
敎封邑竟之期思八斗才華五陵逸氣虀臼爭傳絕妙辭
旗亭上有諸伶按拍玉笛金徽　奚囊白雪霏霏信此曲
從來和者稀似秦郵太史風流旖旎渭南老子渾脫雄奇
揚子濤寒洞庭月夜應有魚龍駭且飛觀止矣待曹王敵
手隱韻重題

王西樵考功題烏絲詞

屈指詞人咄咄唯髯跋扈飛揚似波寒竟去衣冠颯颯燭
昏欲睡履舄茫茫紅豆筵中白楊齋外哀艷無端互激昂
憑人道是秋墳唱苦子夜歌長　廿年落拓名場便歷落

嶔崎也未妨看禰生單絞撾聲忼慨陳思竿蔗舞態迴翔兒女情深風雲氣在同此牢愁一寸腸君毋讓信黥如顧虎狂比袁羊

曹顧庵學士題烏絲詞

畏友潁川絕艷驚才鬚髯戟張羨中丞祖德綠毫能述孝廉黨禍秘錄猶藏兩世清堅半生慷慨不朽文章已擅場雄而健似怒猊抉水俊鶻凌霜　相尋隋苑淒涼歸太息栖遲鷗鷺鄉向周侯橋畔汎芙蓉艇善權洞口製薜蘿裳一卷新詞單行海內笑則紅牙哭白楊吾老矣且騷壇看爾刻翠雕香

龔芝麓先生題烏絲詞

煙月江東文采風流曠代遇之恰臨春瓊樹家稱叔寶黃
初金枕人是陳思如此才名坐君床上我拜低頭竟不辭
多情甚倩花間錦箏描畫崔徽　餐霞吐玉霏霏任拍遍
闌干絕調稀更雨淋風笛傷心綺麗雲鬟霧鬢過眼權奇
簾閣香濃市樓酒罷錯落明珠萬斛飛須記取有曲江紅
袖圍繞綃題 和宋荔裳

彼美何其繡口檀心婉孌清揚怪鬚髯如戟偏成嫵媚文
章似海轉益蒼茫玳瑁為梁珊瑚作架十五城償價未昂
朱絃發聽短歌日短長恨情長　無端雪涕歡場儘潦倒
荒迷事不妨勝流黃思婦鴛機組織從軍蕩子馬蹄騰翔
有託而逃是鄉可老粉黛英雄總斷腸君試問看癡人滚

〻誰似羚羊千 和王西樵

鬚且無歸縱飲新豐歌呼拍張記東都門第賜書仍在西州姓氏複壁仍藏萬事滄桑五陵花月闌入誰家俠少場相憐處是君袍未錦我鬢先霜　秋城鼓角悲涼暫握手他鄉似故鄉況竹林賓客雲霞接軫 謂阮亭諸子 平原伯仲宛雒褰裳 綺雲昆季 煖玉燕姬酒錢夜數綰髻風能障綈楊持此闌當清平絲管爛醉沉香 和曹顧庵

芝麓先生再和

昔為吾歌吾復為君軒乎舞之悵天涯香草魂銷欲別江南紅豆淚累相思殘葉西風征鴻故國神武之冠我亦辭偕往耳肯佳人遠道夢想徃徽　才華雪艷烟霏算世上

無多天上稀緫狂餘故態嶔崎歷落情鍾我輩輪囷離奇
入手扁舟稱心蝦菜但說招攜色已飛游儂吳郡銅籤夜
漏響徹璇題是夕恰當
啓奏
公勿過河濁浪淪淪魚龍奮揚乍城頭吹角秋陰蕭瑟橋
邊問渡烟柳冥茫珠樹三枝銀釭一穗醉裡鄉心低復昂
憑夜話較青山紫閣何計為長　偶然游戲逢場有惡客
衝泥興也妨羨人如初日芙蕖擁映門閑令雨裙屐迴翔
此客殊佳吾衰已甚安用車輪更轉腸相勸取且酒寬稽
阮花驄求羊
文士何如不數紛紛材官蹶張縱通侯除戟烏衣零落淩
雲詞賦狗監推藏請吹西園錦箏北里鸝黃人來一擅場

還抖擻儘新沙似雪古月如霜　哀絲譜動伊涼快挾彈
鳴鞭趙李鄉更雙鬟捧出春風羌笛九天飛下霧縠霞裳
法護僧彌紫囊玉麈大小兒呼孔與楊高詠罷似明璣翠
羽掃後猶香

錢寶汾贈別詞

如此寒威犯雪衝風君何所之怪旬同社燕年年作客心
非闌蒲且且抽思界就烏闌記來紅豆一卷囊中幼婦辭
天涯畔有偷聲減字舊識張徽　梁塵歌罷霏霏任河影
闌干斗柄稀儘旗亭粉壁矜將絶調鈿箏銀甲譜入傳奇
罨畫溪邊善卷洞口話到江南歸思飛偏惆悵看湘靈鼓
瑟肯試留題

惜別匆々欲挽征衣珠鞭已揚況銷魂詠樹秋聲騷屑驚
心殘炤驛路微茫如意頻敲唾壺欹缺伏櫪駒仍千里昂
閒評跋豈英雄氣短兒女情長　一生三萬餘場被蝭翅
牽纏鍋角妨待刺船東海先生竟去緘書西母使者空翔
懺悔狂奴斷除綺語休惱蘇州刺史腸他年約好青田買
寉句不呼羊
記十年前此夕長千瓊筵四張嘉明鐙三五倚樓笙按脩
蛾二七背燭鈎藏勝地梁陳名家王謝曾占風流射雉場
歸去也數白門柳線幾換星霜　紅螺重泛西涼文濕畫
青衫在帝鄉笑工孌樣改偏工學舞玉纖人老猶慣縫裳
令節持螯深宵浮々蟻好事爭尋蜀郡楊吳江畔想蓴絲正

滑桂栗方香

滿庭芳

過遼后梳粧樓 彊善堂主人對読

細馬輕衫西風南苑偶然人過金溝道旁指點遼后舊粧樓想像迴心宮院鈿箏歌舍淚梳頭青史上武靈皇后一様風流堪愁成往蹟遼垣敗甃滿目殘秋便脂田粉磑零落誰收莫問完顏耶律興亡恨總是荒丘紅墻外誰拋金彈年小富平侯

賀新郎

秋夜呈芝麓先生 彊善堂主人對読

擲帽悲歌發正倚幌孤秋獨眺鳳城双闕一片玉河橋下水

彊善堂主人對乾

宛轉玲瓏如雪其上有秦時明月我在京華淪落久恨吳鹽
只點愁人鬢家何在〻天末 憑高對景心俱折閒情處燕
照樂毅一時人物白雁橫天如箭叫〻盡古今豪傑都只被
江山磨滅明到無終山下去拓弓弦渴飲黃麞血長揚賦竟
何益

彊善堂主人對乾

後鶻無聲攫墨次一代詞壇老手舍公安記歌到陽關剛再疊
月裡斜飛兔腳簾以外秋星作〻我得公詞行且讀任侏儒
飽飯嘲臣朔大笑絕冠纓索 中朝司馬麒麟閣籌邊賦南
樓受挽書生酬酢未世顛狂誰念我多少五陵輕薄我有淚
只為公落後夜月明知更好問陸郎舞態應如昨背為秦軍
中樂

彊齋堂主人點訖

、送邵蘭雪歸吳門仍用前韻

易水嚴裝發，休回首故人別酒。帝城高闕，九曲黄河迎馬首。淼淼龍宮堆雪，流不盡天涯白月。君去故侯瓜可種，向西風莫短衝冠髮。人世事，總毫末。　長洲鹿走蘇臺折，歎年少當歌不醉此非俊物。試到吳東門下，問可有吹簫人傑？有亦被怒潮磨滅。來夜天街無酒伴，怕離鴻叫得楓成血，亦歸耳，住何益。

彊齋堂主人點訖

、題汫介臣詞并柬周翼微、郁東堂二子仍用前韻

健筆森森攫自古，道才人無命。英雄有託，黄歌擅前軍鼓動。萬弩攢平陣腳，從此後哀鴻競作。索米長安非失策，看掀髯意氣雄河朔。荆高輩，未蕭索。　鶯花麗句傳三閣，更旅舍同

時二妙和歌相酬，硬箭軟弓推勁敵，爽氣塞、瑞噴薄下出手雙鵰都落。我去諸公應憶我，記風前紅燭燒如昨。息壤在，速行樂。

秋夜飲錢宮聲寓中示譚舟石、周子俶、李西淵、章素文，仍用前韻

故態狂奴發。君莫學、車中新婦，口中不闕。同是天涯流落者，休使滿頭霜雪。且斜抱、琵琶彎月。聽到鈿蟬悽厲處，更哭如鐵騎纖如髮。秋聲起，在林木。　三更銀甲都彈折。不須問、千年宮殿，幾番人物。記得館娃人似玉，喚作平康之傑。曾遇在、蘭膏將滅。萬事古來誰最苦，只青衫淚與榴裙血。鷄未唱，酒須盃。時偶及吳門王姐，時已落籍矣

秋日行西苑仍用前韻

太液秋鯨攫紅蓼底龍舟鳳艒沿流依託記得橫汾雄漢武月夜波心殿腳又玉管金簫閒作十二雲房都已閉只將軍絳犬誇平翮何處覓鞦韆索 行人斜過梳粧閣入耳有菱歌雁陣吟吟酬酢自惜書生難得見天上桂叢蘭薄單一派秋荷零落且拉車前騶卒飲對西風莫歎今非昨依稀奏還宮樂是日聖駕從南苑還宮

秋夜對月示弟綿雲仍用原韻

戍鼓城樓發問客裏冰輪照我幾番圓闕一片銀河天外落光映千門如雪總則是漢宮明月試上麒麟枯冢望問誰人紅粉誰黃髮風前吼青蘋末 應侯有脇憑他折但歌罷仰

天裂眼。識鄉何物。窮矣男兒方失路。複壁誰藏英傑。拚潦倒
負名灰燼。細聽秋林都颯颯。只沙塲鏃與陰燐血。良太苦。竟
何益。

彊畬堂主人斠記

、題郁東堂詞仍用前韻

龍爪槐弓張攫。馳哭處。宛騮蹴鐵。死生堪託。我把金荃詞一卷。
字字寫成釵腳。是吾友東堂之作。讀罷悲風生肘腋。羨君才
不減王寧朔。相憐也。總蕭索。　茂陵一病成擔閣。歎客裏無
多暇日。我歌君酌。醉擘銀箏彈一曲。彈到秋雲都薄。只是訴
兩人淪落。泣下羞為兒女態。問吾生舌在還如昨。休作苦。且
行樂。

席上呈芝麓先生

打鼓船將發看水面怒濤似屋白魚如闕一路推篷吹笛去
無數蘆花搖雪忘不了朱門皓月萬里沙鷗聞雁叫料孤眠
白盡離人髮回首望謝家末時綿雲尚留都下 西風哀柳還堪折
喜筵上紅牙銀燭他無長物話到英雄方失志老鶻飛來傑
〻又一串疎星明滅歸去焚書應學劍愛風毛雨遍千山血
盍智粽竟何盍

彊善堂主人對說

將之中州留別芝麓先生

匹馬衝寒發看滿目殘山剩水轘轅伊闕我到關河驚歲暮
卻值梁園飛雪不須怨汴京烟月歌罷添衣仍命酒只今宵
離恨多於髮男兒事有本末 珊瑚十丈憑敲折歎世上非
公知我幾成怪物此外半生誰鮑子負此真非豪傑最感是

彊齋堂主人對讀

留髡燭賦後夜相思銅雀下想漳河水染啼痕血今不醉後何益

歎歲塵衣攬華筵散此身飲罷從從安託我有小秦王一曲吹到城頭墻脚今日事何人所作漫對西風增感慨且臂鷹躍馬游河朔功名志總蕭索　橫刀難上凌烟閣吾且與老兵健卒悲歌酬酢曾記睢陽添賊火萬人圍城内薄烽一點陸渾山落轉眼平臺風物好喜笙歌宛雜人猶昨不思蜀此間樂

芝麓先生和詞

玉笛西風發送賓鴻一城砧杵千門宮闕秋滿桑乾汾岍曲曲蘆花飛雪又報到今番圓月羈宦薄游俱失意說

此下不必寫

長楸車馬多如髮，徒刺促錐刀末　小山叢桂雖攀折轉
堪憐紛紛項領汝曹何物只許窮交長對酒況是江東人
傑任夜夜蘭釭明滅作達狂歌吾事足問人生幾斗剩高
血行樂耳苦無益

彩筆龍拏攫歎才人半肩書劍新豐栖託濯足須教酤一
斗詎必南榮企腳喜大雅于今重作老矣吾慚鞭弭役讓
英游壁壘驚河朔悉敝賦供君索　招邀浪說平津閣但
清宵秋燈相勸秋花相酢雙手持螯兼持酒一笑世情雲
薄造物者因何搖落便使珠喉能宛轉怕捲簾明月今非
昨聊試聽寒笳樂

芝麓先生席上和詞

一曲驪歌發正秋宵露寒金井星疎瑤闕江上青楓如有約夜半落潮如雪留不住故人明月白是五湖烟水好笑東華塵土埋黃髮路最怕羊腸末　唾壺如意應敲折古今賺英雄兒女都為情物孤憤信陵游戲事畢竟千人之傑看轉眼烟雲變滅萬事不如歸計穩聽杜鵑枝上三更血賣茶爭更求益

芝麓先生贈別詞

津柳霜飃發乍分手驪駒一曲鳳凰雙闕黃菊丹楓猶在眼休悵紅亭吹雪換幾度天涯圓月酒醒夢回多少事感蕭蕭易水衝冠髮試脫穎見其末　寶刀欲贈心先折算今古豐城龍劍終為神物一任椎埋與屠狗浪謅爛羊魁

傑那更計厭飛烟棫此去東門還鄮重有滿懷未老侯生
血吾却掃待三盃
俊鶻盤空攫争旗鼓曹劉沈謝含君宴記攬盡揚州花月
麗不數錦帆殿腳三爵罷朗吟而作誰是紫雲須乞取肯
金門大嚼饑臣朔憑十月沙中索 可兒撾鼓兼開閣問
何似香濃茶熟蕙醑蘭酢當日吹臺賓客繞未笑相如輕
薄堪太息英雄淪落青眼高歌吾老矣望赤車駟馬人勝
昨重把臂樂相樂

紀伯紫贈別詞

萬籟笙竽發短長亭蒼茫雲樹遥連丹闕憑弔望諸悲督
亢催得頭顱飛雪又浪躋紀年書月賴有江山驅使在綠

毫揮遺恨無毫髮拏封胡羯遏末 十年四海腰還折更
何人鷹揚虎視可兒俊物樓上元龍湖海氣推倒滿塲英
傑都忘卻蒯緱刺㦸行吳中原秋色老感夷門一片侯嬴
血酒再盡何妨益
腐鼠鴟爭攫攫高岡碧梧千仞紫鵷棲託世路從教多偪
側我自昂眉伸腳論筆勢天下奇作給札不聞登虎觀也
畢他執戟疲雄朔待暗裡教摸索 客愁漫向雙眉閣且
掀髯杜樗馳騁荆高酬酢更有璧人歌子夜蘭氣坐間歡
薄七日上欄塵猶落梁苑蕭條風月在吳鄒枚不起今勝
昨 迷年少 三河樂
錢寶汾贈別詞

粉堞悲笳發動離人腮邊玉筯口中石闕十丈軟紅休沐
宴相對藕絲曾雪漸踏到銅街涼月我尚淹留君又去知
幾時華頂同晞髮最悞是鵷班末 少年舊憶隣梭折齒
清狂怕驅不盡眼前俗物從事督郵投分好入手霜螯偏
傑袖裡刺由他漶滅躍馬昨隨南海子伴期門雨透猩袍
血噀陛楯長何益
健筆蒼鷹攫何為乎終朝不飽緑韝依託禪榻茶烟軟語
罷雨足斜連日腳更馬首白蘋風作看背峭寒來陣陣趲
共陰又逼初冬朔驚敗葉轉蕭索 詩籤歌扇都飽閣祇
凝眸昏鴉冷雁往來如昨宓女明粧供八斗壯矣此游非
薄余亦是天涯淪落朱雀橋邊聯轡後試詔顏青鏡何如

昨總不似歸帆樂

寶汾再和詞

不寐霜鐘發念老友雄心未已摩挲巨闕好句題成誰得
似綽約藐姑冰雪江總在休誇壁月便道蛾眉邢尹妒也
憐他委地窓前髮才立見囊錐末　角巾瀟灑從教折閒
屈指南皮稽阮半為異物燕市酒徒猶未盡袒跣呼盧驍
傑儘堂上留髡燭滅舊約買田陽羨隱喚歸心杜宇聲聲
血應不換刀州益

錦席騷壇攫強半是玉溪楚雨含情有託識字王筠今已
少猶賦郊居鴨腳瓦釜内黃鍾獨作卻為稻粱棲不穩似
飄飄候雁隨南朔花妬眼句聊索　君過何遜揚州閣有

無數絲毫爭和絲尊同醉笑我車塵高詠廢才與宦情俱

薄早七見秋高木落快意吾家、千載事射銀潮萬弩曾鬪

昨甚破陣錢塘樂

吳天石贈別曼殊詞

又送君南發笑此際君非歸國僕非朝闕僕是羈人君蕩

子楚雨齊風燕雪儘辜負江南花月君伴長卿梁苑去恐

臨邛白晝文君髮僕自坐孟嘗末　論文說劍心都折但

滿眼黃雲白雁帝城風物碣石金臺秋草沒想是時無英

傑僕有刺袖中磨滅君向東門、下過恐林端尚染侯生

血休憑吊總無益

天石贈別詞

所事人争攫但千古才名兩字不容憑託君自過江來薊北到處緺頭釵脚其價比黄金還作献賦勒銘渾未肯又輕裘細馬經河朔真鳳擧難縶索　悲歌擊筑成馳閣還領取鄴枚賓從兔園酬酢况有吏侯司藻鑑共挽文章浮薄須不是寄人籬落來歲秋風南國近知送人作郡殊非昨請擇就清平樂

周翼微贈別詞

車馬争紛攫笑盡世悠悠行路壯懷誰託北雁南鴻頻望遠人到暮天雲脚更短調長歌聞作筆陣縱横秋滿眼羨元龍豪氣吞幽朔鷹未解憎絛索　曳裾不向平津閣儘容裡雙螯斗酒我歌君酢聚首無多ゝ有又去天外曉風寒

薄揮手際斜陽漸落百戰秦淮須努力便文章莫謂今非
昨相泣也更相樂

翼微贈曼殊詞

好句鶯偷攫曾記與畫圖相識錦鱗難託千里燕山剛瞥
眼始信陽春有腳想幽韻骨應花作習丸紅樓人似玉看
彤霞一片閒弄翩躚歡笑又離索　笙歌處處盈雕閣便
解言風烟驛路月酬雲酢裘馬京華非昔矣莫怨書生命
薄楊柳外金丸誰落歸去東籬秋正好喜聽郎詩興還如
昨忘不了江南樂

念奴嬌

八月初七夜對月示李湘北太史

彊善堂主人對記

帝城今夜正萬家齊看一鈎新月照過龍樓和鳳苑來照盈
顛華髮冷露初零清輝未滿玉宇都清切六街香霧也知絲
管雜歌 最是太液詞臣金閨才子對景偏軒豁退直玉鞭
搖闋下鴛覓一時堆雪句可騎鯨廣能射虎醉擊珊瑚折料
應相念有人孤館愁絶

初八夜對月飲紀伯紫處士寓畬堂主人對花

揮杯一笑恰舉頭又見昨宵明月如此清光兼老伴遺恨真
無毫髮蓮子輕拋蘋婆細劈慢取橙虀切風前倚幌滿城曉
角初歇 可惜萬事蹉跎半生偏側難得胸中豁誰把銀河
堦下瀉快作西山積雪感極闋河愁深砧杵一寸心俱折為
渾脱舞乃公直是奇絶

初九夜對月飲吳默嵒太史寓齋

中宵狂叫憶曹公有語明〻如月更記謫仙當日句明鏡〻千丈髮入洛年非游燕才盡壯志舍歌辛切空墻老驥歎霜猛氣難歇　詎料宣武門前長椿寺側竟見秋堂豁更借一尊桑落酒光汎素甕飄雪一片鄉心三更雁叫拼把刀環折角鷹剔羽脫韝同是橫絕

初十夜對月同山右吳天章中州彭中郎吳門周子俶章素文飲汪鈍庵戶部寓廬

虎丘石上記曾經看過幾場秋月錦隊花城渾不夜一縷歌喉如髮此際他鄉故人對酒一倍閑情切為歡休晚中原軍鼓初歇　漸覺帝闕寒生天街露惰醉把雙眸豁地界袁曹

多戰鬼乞語頭須成雪上句彭中郎詩蕭瑟西風淒凉北里雁柱箏

都折霜螯飽噉不知前路愁絕

十一夜黑窑廠對月龔芝麓先生招陪諸公送董玉

虬侍御之任秦中

董公建着到秦川正看秦時明月立馬灞陵橋上望極目應

添白髮馳道雲埋重關日落金鐵爭摩切忼慷懷古西風颯

〻雞歌今夜客餞青門馬嘶珠絡好遣離愁高處憑闌

飛大樹光映鳳城如雪暫領河湟旋朝京闕丹檻看重折木

度嶺上雁書休使稀絕

十二夜對月戲柬劉公勠吏部時吏部新納姬

今宵閒想問誰家畫閣一雙人月細把朝衫薰荳蔻徐綰八

盤查髮人有琴心家居韻尾風調偏親切紅窓爾汝夜闌一
倍難歌為語十二樓中金風初厲莫任瓊扉鎖遙憶掃眉
驅使處茉莉萬枝香雪天與貂蟬地多金粉笑揀名花折獨
憐銀漢有人攜藥愁絕時公新舊姬方卧疾

彊善堂未對訖

十三夜大宗伯王敬哉先生招飲是夜無月

先生語我正一生消受帝城燭月紅燭短時橫笛嗽夜雨開
元白髮霜咽遺弓風悽內苑畫角聲酸切先生時述世祖遺事銅盤承
露流如鉛水不歇　曾記樗杜笙簫長楊刀箭從獵霜林路
父子一時連上相印組銀鐺卧雪別墅初成淮淝已捷屐齒
何曾折談溪酒冷鼕鼕街鼓將絕

十四夜對月示王阮亭員外

彊善堂未對訖

三更以後碧天剛碾上一輪圓月嬌女故園應學母宛轉畫
眉梳髮古巷螢吟小窗雁語觸景成悲切南飛烏鵲繞枝何
處堪歇〔樓〕我欲吹裂玉簫拓殘金戟小把愁腸豁生不神仙
兼將相負此秋光堆雪燈下吳鈎腰間寶玦拉雜都摧折明
當竟去終南聞道奇絕

十五夜宋蓼天太史招飲以雨不克赴少頃月出同
綺雲魯望兩弟暨曼殊小飲寺寓

吾生萬事況思遍都似今宵之月只到圓時期便左摶得愁
成鬢髮此夜西園故人東閣遲我情偏切衝泥無計車輪腹
轉難歇〔雲〕少頃皓魄東升海天一碧世界都軒豁燕市且須
謀一醉難得銅街潑絲竹顛狂弟兄歌吹碎擲金鞭折知他

何處笛聲縷縷不絕

十六夜對月呈孫北海先生 彊善堂主人對訖

浩歌被酒喜舉頭仍見昨宵圓月遥憶高齋歌猛虎劍氣絲人毛髮老子龍頭細書蠆尾玉試昆吾切隱囊舊物土花千載雖歇更有粉壁波濤弄籤斛料攤几供披豁吟健左車能決肉日榻黃州快雪餘子紛綸是翁矍鑠有角真堪折南樓高興依稀清嘯不絕

龔芝麓先生中秋和詞

霜新葉老乍天街湧出嬋娟孤月烏鵲繞枝棲不定萬里關山一髮蕩婦羅帷征人鐵騎擣練情偏切瑤堦露冷流螢紈扇飛歇恰遇揮麈雄才吹笙小史暫遣煩憂豁城

此下不必寫

角射雕沙陣々催到臨渝早雪金粟含香銀蟾愛影玉斧休輕折百年此夜相逢不醉癡絕

錢寶汾中秋和詞

鳳城秋半最閑情依舊五茸城月多少玉階羅襪步試整晚粧雲髮露下況吟風前小語似共鳴蛩切都梁添罷博山家縷將歌　獨有久客刀環狂夫書劍酒盡愁難豁暗想年時深院約恰照桃笙臂雪好夢更闌故鄉天遠幾度紅蘭折短簫何處聲々猶未吹絕

又附寶汾贈別和韻賀新郎詞

僕馬侵晨發正殘秋雨收紫陌氣澄丹闕去問雁池脩竹裏近有何人賦雪恐辜負謝莊明月西掖清輝千里共料

相思他夕添華髮空放眼鑒毫末　薊門霜柳殷動析穽
百年掃愁排悶只杯中物廣武旌旗無忌館漫誇七雄三
傑彈指處薰鑪燼滅那更銅臺歌舞伎剩春田躑躅開如
血不痛飲復奚益

世事看狙攫註蒙莊朝三暮四寓言聊託忽展尚書紅杏
句滿紙漏痕釵腳來此際驪歌方作南浦銷魂才盡矣悔
窃桃詩做飢臣朔巫媿小氣先索　遙延鏤管濡還閣豈
尋常滑橋車馬主酬賓酢揚練聲中分手處愁殺短亭長
薄且貰取離筵桑落莫道況〻秋夜永聽晨鷄茅店俄成
昨君不記華年樂

○洞仙歌

对

咏慈仁寺古松壽紀伯紫

摩空翠鬣萬古知難老色作青銅雪霜飽似杜甫驚人馬卿慢世二子者可以狀君凡槩○詑根燕市側游戲支離一笑風塵此鴻爪任絲管喧闐貂蟬赫奕更七姓鞭絲醉裊只西風吹處作濤聲對鳳闕龍墀吾存吾傲

念奴嬌

看山如讀畫讀畫似看山為周櫟園先生賦用曹顧庵韻

青天粉本是五丁所鑿自然圖畫我識天公矜慎極吮筆幾曾輕下晴際添螺昏時使墨菡向朝霞借烟絲雨髮直教染岱烘華　我欲地縮千山袖攜五岳點綴閒亭榭一幅橫披

供眺望便可於中耕稼非画非山是看是讀饒舌都教罷一自吟翠比閒三伏無憂看山如讀画平生癖愛是別閒老手最紛披處狂叫墨花都發響認作画師奇句比以溪書掛來牛角讀入前村去千廻不厭直疑聾振毫素　回想老子籃輿好天箭屐曾到層山路今日明窗懸幅幅一一樣晴鬟堪數峽角將崩雲根欲活丘壑胸中具更憐看色崖邊碎點紅樹讀画似看山

滿庭芳

題顧梁汾舍人扈駕詩後

萬乘旌旗千官羽獵翠華絕塞重經珠鞭玉靶日黑虎風腥羨爾金閨年少陪游幸鳳輦龍庭霜天曉柘黃袍出一騎按

秋鷹　至尊親講武火城漸杳交網猶扇更北平城外嶺斷
雲橫飛鞚傳宣七校黃羊酒前隊教停琵琶歌碧天遮帳一
曲海東青

念奴嬌

鉅鹿道中作　彊善堂美人對訖

雄關上郡看城根削鐵土花埋鏃十月悲風如箭嘴此地曾
稱鉅鹿白浪轟豗黃沙蒼莽霜蝕田夫屋車中新婦任嘲髀
裡生肉　太息張耳陳餘當年刎頸末路相傾覆長笑何須
論舊事泜水依然微綠欲倩燕姬低彈趙瑟一醉生平足井
陘日暮亂鴉啼入枯木

妙

點絳唇

〇〇〇夜宿臨洺驛　趙魏

晴髩離離太行山勢如蝌蚪稗花盈畝一寸霜皮厚

燕趙歷歷堪回首悲風吼臨洺驛口黃葉中原走

抄　西江月

過馮唐故里　彊善堂主人對訖

「酒罷燕歌竟歌途窮趙瑟雖求滹沱水抱太行流行過鄗南

關口足馬霜天古磧三河玉勒長楸翩翩過客盡鳴騶笑

爾馮公白首

滿江紅　抄

過邯鄲道上呂仙祠示曼殊　曼殊工演邯鄲夢劇　彊善堂主人對訖　对

絲竹揚州曾聽汝臨川數種明月夜黃粱一曲綠醅千甕枕

裡功名鷄鹿塞。刀頭富貴麒麟塚。只機房唱罷酒都寒。梁塵動。久已判。緣難共。經幾度。愁相送。幸燕南趙北。金鞭雙控。萬事關河人欲老。一生花月情偏重。算兩人今日到邯鄲。寧非夢。

沁園春 彊善堂主人對訖

經邯鄲縣叢臺懷古

匹馬短衣。竟上叢臺。慨當以慷。看誰家戰壘。寒鴉落照。何年古戍。亂草平岡。十月踈砧。一城冷雁。不許愁人不望鄉。徘徊久。只登高弔古。無限蒼茫。

當年趙武靈王。正樹裡河流掛獨漳。更佳人跕屣。粧臺對起。王孫袨服。舞袖相當。而我來遊。幾番歷徧。不見邯鄲挾瑟倡。何須問。便木人斷卷。總付斜陽。

念奴嬌

鄴中懷古　彊善堂主人對說

滏陽南去望鄴城一帶逼人愁思記得群雄爭割據建者曹家吉利公子綵毫佳人繡瓦快意當如是漳河嗚咽至今猶染紅淚　猶憶秋夏讀書春冬射獵泥水譙南地轉眼寒烟縈戰壘耿耿還歸西霸氣賀六渾來韓擒虎去花樹都如薺論人成敗世間何限餘子

沁園春　彊善堂主人對說

夜宿衛輝府使院　院係故潞藩舊府

白月明明青火熒熒憂來無方有敗磚碎礎當年碧瓦殘棋冷燭昔日紅牆銅沓椒圖綺錢交鑰贏得行人歎一塲土轆轤

畔憑鳳簫吹透幾陣新凉　無端一夢荒唐夢應教鄒枚綴
末行似朦朧簾外宮娥阿監依稀殿上玉几金牀忽聽鷄鳴
旋催馬首淇水東流劃太行回頭望見驛樓飄渺苑樹微茫

滿江紅

自封丘北岸渡河至汴梁

漭漭河聲撼柂處怒濤千尺絕壁下魚龍悲嘯水波欲立一
派灰飛官渡火五更霜灑中原血問成皋京索事如何都陳
蹟　蟲牢外風蕭瑟廩延畔沙堆積試中流騁望百憂橫集
混混且揚流日夜茫茫不辨天南北但望中似見有人煙陳
橋驛

封丘古蟲牢
延津古廩延

南鄉子

邢州道上作

秋色冷并刀，一派酸風捲怒濤。並馬三河年少客，粗豪，皂櫟林中醉射鵰。殘酒憶荊高，燕趙悲歌事未消。憶昨車聲寒易水，今朝，慷慨還過豫讓橋。

沁園春

桐川楊竹如刺史招飲，劇演黨人碑，即席感賦

重出

竹如忠愍孫

屈指愍孫，惟我與君，今日相逢。歎家世膺滂，破巢剝壁，丹青褒鄂，硬箭強弓。磊塊誰澆，飛揚不禁，頗學當年曹景宗。銀燭下，恰清歌宛轉，妙使玲瓏。　劍花墳起如龍，正聞樂中山淚

重不寫

滿胸任剌史筵前嬌絲脆竹黨人碑上怪雨盲風我已冥鴻
人方談虎愁殺長安老石工歌且止思兩家舊事此曲難終

彊善堂主人對訖

賀新郎

贈程穆倩時年六十

痛飲燕城下喜春秋甫當六十詞場雄霸記讀短歌之自壽
幻作蟲言變化是慢戲滑稽之亞（穆倩自壽作木蘭花慢四闋中皆為蟲言）蟲達
封侯何必問喚蟲蟲小語飄檀麝君擊缶吾行炙四筵安
坐爭相詫算絕藝非花萬尾古來無價牽率老夫兒子更
挽鬚負栗燈前話論此樂勝於僕射有酒且沽澆磊塊任無
錢也向壚頭貰休辭醉先生訝

祝英臺近

抄

題季柔木小影兼誌別懷

紅靺韐紫羅囊小縛黃皮袴快馬健兒裝急憑君作更闌歷落嶔崟交游然諾依稀是君家之布 歲行暮可憐雪浪烟帆來朝趁人渡呵手敲冰為君一題句他年展軸成詩懷人顧影好頻寄江東魚素

念奴嬌

題季端木小影　彊善堂主人對讀

丹青一幅是西湖好手戴蒼之筆年少者誰真秀絕不讓王家摩詰綉虎清才食牛奇氣刷羽霜空失科頭箕踞襟情一往蕭瑟 寄語莫賭羅囊人身似爾頭地終須出安得畫師兼快墨并寫驊騮十匹歷塊過都荃燕秣越此事為君必若

翁大笑吟君長繞吟膝

一 水調歌頭

宋荔裳曹顧庵王西樵招集劉峻度蔭園即席限東冬韻

鈿犢朱扉外寶鴨華堂中重逢把酒飛盞倍覺旅愁空人有庾徐滿陸坐有樓臺燕竹那減晉人風慎莫賦悵〻亟為拉紅〻吾醉矣拓金戟倚長弓不改狂奴故態耳語有群公官是金閨貴客自是画溪愁客〻自不相同起覓鐵綽板高唱大江東

一 送宋荔裳觀察入都弁寄蔣天司業同顧庵西樵賦

酒冷天寒日人去客愁中數行鈿蟬柱雁祖餞出城東衣上

青天明月馬上黄河飛雪雁背染霜紅如此作紫急磊砢想
桓公　千斤椎七寶轡百石弓從奴賓客所過棧馬嘯殘通
定過淮陰祠下更到望諸墓上懷古諷悲風若見蘇司業言
我髯成翁

留别阿雲

对　彊善堂主人對訖

真作如此别直是可憐蟲鴛禂麝熏正煖别思已匆〻昨夜
金奩檀板今夜曉風殘月踪跡太飄蓬莫以衫痕碧偷揾臉
波紅　分手處秋雨底雁聲中迴軀攬持重抱宵前悵將終
安得當歸藥鋏更使大刀環折萍梗共西東絮語未及已帆
勢破晴空

抄　西江月

夜宿何雍南齋中　彊善堂主人對訖

一棚奇書繚紹三間老屋歌斜天寒沽酒撥琵琶消盡丹徒客夜　南浦零簫剩管西風社鼓神鴉他年夢亦識君家丶在寄奴山下

抄　點絳唇　对

一　江樓醉後與程千一

絕憶生平謾說祗為清狂耳酒酣直視奴價何如婢　斷壁崩崖多少齊梁史撒拜喜笛聲夜起燈火瓜洲市

彊善堂主人對訖

抄　采桑子　对

送李雲田之吳門迎侍兒掃鏡

彊善堂主人對訖

一　群鴻子揚州住簾底紅舟門畔金車邀笛藏鈎樂事賒

號二

如何短李先辭我云有吴娃生小如花日上江樓候客槎
我言息國夫人好、何不歸哉早到粧臺、湘水今秋保勝苔、
君言卿復為歡耳、謎語應猜、莊語非詼、神物須知是手推、時雲
田寶鐙夫人在楚

燭影搖紅

丁未元夜 彊善堂主人對訖

第一良宵雨絲攪得愁心碎、六街鋪遍是春陰、火樹無人賽
年少俊遊不再剩、懨懨夜情私耐、欄提簫局慵輕、衾窩有些
寒在 憶昔歡娛墜釵小、拾春城皆自從圓月打頭來、照見
狂奴態直到收燈挑菜、歎如今事隨年退、藕花裙子紅漆車
兒拋八十載

念奴嬌以下俱錄過不必寫

念奴嬌

紅橋園亭讌集限屋沃韻時有畫較書在座　重生

彊善堂主人對讀

霜紅露白借城南佳處一餐秋菊更值群公聯袂到夾巷雕鞍繡軸一抹紅霞三分明月此景揚州獨揮杯自笑吾生長是碌〻　且喜絕代娥媌魚玄機婦似風姿妍淑惱亂雲鬟多刺史何況閒愁似僕小逗琴心輕翻簾額一任顛毛禿倚闌吟眺雲鱗墳起如屋

彊善堂主人對讀

讀顧〻庵先生新詞兼酬贈什即次原韻　重生

羌顛欲裂○看盤空硬句○蒼然十幅○誰拍袁綯鐵綽板○洗淨琵琶場屋○擊物無聲○殺人如草○筆掃千號禿○較量詞品○稼軒白石山谷○　記得戲馬長楊○割鮮下杜○天笑温堪掬○玉靶角弓

毫

雲外響○梢動離宮花相○銀海烏飛○銅池鯨舞○月照孤臣獨○江
潭遺老○一聲寒噴霜竹○

送朱迺脩還海昌并懷丁飛濤之白下宋既庭迈吳門仍用顧庵韻

重生

彊善堂主人對訖

住為佳耳問先生何事急裝趨鬪會在竹西園子裡狼籍釵
徵劍逐別酒紅擊○離帆綠飽○人上蘭舟宿○君行烟裡吳山螺
髻新沐○可惜世事匆匆陡然方寸起閒戀陵樣○誰○倩○石○尤○
吹○鶻○轉○并○轉○丁○儀○宋○玉○無數狂奴○一群蕩子○乇守倡家屋○比
情莫遂○悄然熟視楓菊○

被酒呈荔裳顧庵西樵三公并示豹人孝威梅岑舟

彊善堂主人對訖

次方鄴希韓女史散木諸子仍用原韻

僕何為者是東吳愁客最能擊筑記得阿奴年少日曾直高
人品目甚矣吾衰時乎不再二語那堪讀朱門列戟此中何
限梁肉　幸遇家家群公青憐而召我共看籬菊我意亦思
歸去耳聊葺溪干破屋行乞歌壚為傭屠肆也覓三餐彌安
能鎔刻矯廉長效孤竹

紅橋倡和集成索李研齋序孫介夫記作詞奉柬并
示冒巢民仍用顧庵韻

夔門蜀棧是史家粉本先生所獨更有孫樵雄且健暗裡漢
書能瓊二老縱橫兩篇記序並逐中原鹿古文奇字他人恐
不能讀　直可抵罵冒王激昂韓柳揖歐陽永叔我與語溪
曾有約采入文抄篇幅細寫千行高吟百遍音響崩崖屋遇

當佳處浣之苦茗芳菊

贈阿秀弄示西樵

晚風迴處忽簾開影露髩烟微綠蔭地見人猶掩歛裙與闌
干爭曲縈損紅巾撥殘錦瑟頓惹愁千斛客來休入請看門
外金牆　漸覺毬內鱗皺篝邊鴨瘦航事鄉須錄生世諧逢
王吏部繡佛還工惜玉愛爾嬌憨嗔人拘管接碎釵兒翦晚
攜素手碧天雨過初沐

彊善堂主人對菀

曹顧庵王西樵鄒孝威沈方鄴汪舟次季希韓李雲
田兄散木皆有送歸曷之詞作此留別

此諸公者乃狂歌未已離歌又促僕本恨人臣已老怕聽將
歸絲竹掖梅秋空發船月夜濁浪堆銀屋我行去你剎南山

下樵牧被酒膝席相呼人生長聚那得同麋鹿歡伯郤輸
愁思學只是與人追逐天若有情地如埋恨此會何難續他
時念我杜陵男子蕭肯

送沈方鄴還宣城兼懷唐耕隝施愚山梅子長同西
樵用英咸韻

歸兮何暮歎風塵經歲迷陽郤曲憶我同君為狎讌夜夜彈
絲吹竹弗畜余顏人呼沈瘦側帽談公穀（方鄴美須顏業春秋）人自似
此安能仰面看屋　故里才子都官舍人唐老英妙兼耆宿
更有肩吾能愛我客舍綿袍情篤歸見三君雪深一尺定理
尋詩躅尺書好寄江船不乏千斛

延令季滄葦席上送周子俶計偕京師

長途迫歲正 黄河飛雪馬都没腹袴縛黄皮雄舞鞘那顧從
奴帽縮斫執屠門射雕塞上生啖黄獐肉看君意氣真成勇
過賁育 況是歷落盤龍風流公瑾海内標名目此去長安
聲價重定壓庾徐潘陸愧我牢騷借人杯炙送汝登華軸慙
思題罷歸鞭春晝須速

重生

廣陵客夜卻憶吴門同吴梅村先生暨葉訒庵盛珍
示王維夏崔不離李西淵范龍仙王升吉飲錢宫
聲宅時有新王賴鳳二校書在座

月之十八記與諸公飲錢郎書屋殘酒能爲解散髻下語千
人都伏東觀名卿南朝才子爭舉觴相屬莫愁更鼓任他燒
短紅燭 何意尊合杯闌一雙幺鳳齊注橫波目假使客中

皆此夜話譔八州之賢上客如風佳人似雨薄命余同鞠〻
兮惜汝一生長被人蹴

李滄蕃空夜有歌姬演劇郎席成詞并示張天任閔
亓五舟九儀戴弘度李宇公希韓咸李李三友朱
右鐘諸子
彊善堂主人對說
侯重

吾生詎料也曾經親聽諸姨法曲非月非烟非霧雨非肉非
絲非竹不易描摹最難忘記耿〻縈心目依稀梁畔晴塵飛
隨千斛昨者我渡江來正洲深月冷浪花堆簇飢鷹饞蛟
渾不怕我有聽歌奇福拍到殘時人將散處樂往傷逝獨重
逢難必岍巾且吸船王

彊善堂主人對說

重過廣陵同王西樵徐介夫夜話即宿西樵寓中

燈車一歎之羊裘已破朔風扣鐵柱道那辭三百里為與卿
卿情熟卻遇興公鏗然發響也過東頭屋三人相對寒燈淡
暈生綠　少頃客去余留王公呼我大被從君宿睡說三冬
歧路事起坐何煩頻蹴綿定奇溫居殊不易握果憑誰卜車
中霜滿夜寒私語童僕

洞仙歌

戊申上元陰雨示黃玲百史雲臣任青際

春陰春雨把碧天偷換贏得凍雲情思孏料高樓小市火樹
銀花都不見有也無人尋玩　狂朋應似我手撚玉梅低歎
心頭舊愁滿早曹騰孤睡笑逐鈿車人影亂拾得遺釵一半
更燈灺雞鳴夢回來空斜壓衾窩欹欹細看

不寫

彊善堂主人勘訖

青際和詞

雲屏千頃客護嫦娥面望斷月宮高處捲恨人間天上兩〻佳人尋不見此際休文難遣 歸公先得我寫就玉箋留戀新年舊愁滿這元宵佳節細雨絲〻風片〻伴得梅香一院快重倩飛觴拉同心数銀蠟金蓮一時放豔

賀新郎

徐竹亭招同幾士兄閣上看梅

一樹都如雪君不見尊前有客歌聲辛切醉倚花魂花欲語花似笑人愁絶我一語亦為花説人既多愁人已瘦問花何瘦亦隨人折相看處酒休竭 臨風細取花重閲羨物外孤高簡傲花中豪傑恒怪世人輕比並浪道檀腮粉頰渾不稱

此花風骨我欲擬之銀作鎧趁月明浴盡三軍鐵神還似史

遷染

彊善堂主人對訖

為徐晉遺催粧 時十二月初八夜大雪

雙綰同心結喜今夜新人二九殘年臘八幾隊紗籠銀引導亮澤黃金跳脫何況是玉人如月小捉春娘簾底問之徐公城北人爭說燈下看果英發 天公更自風流絕響瓊纖且煩青女細飄珂雪為騐謝娘才調好故把吳鹽輕撒不須慮銅輿街滑我識李暮吹笛手但今宵鳳竹休頻摩枕函上印

紅頰

菩薩蠻 抄 对 彊善堂主人對訖

春日憶西湖次陸藎思徐竹亭倡和原韻

劃波曾到西泠去掠入綠痕雖啞處疎簾雜眠鷗真成自在

游如今佳興歌闌過春三月剛見摘蘭芽山村又焙茶

醉春風

上巳陰雨憶乙巳暮春與王阮亭主客脩禊洗鉢池

上時慨然成咏

風約飛紅起雨涴香泥印春歸莫能隔幾多時近近近桃葉人

稀湔裙節過賣餳聲盡已步尋春分好把閑愁論那年曾

記共王郎韻韻韻絲管精詳窗櫺安貼心情安頓

水調歌頭

吳枚吉庭前牡丹將放詞以催之

崤嶺侵金鴨乍煖熨銅龍東皇好景何限相別苦匆匆二十

此首不必寫

四番花信一百五朝寒食幾陣酒旗風豆吐蠶婆綿花綻開

姑紅 畫欄西綺窗北錦城中姚黃何事羞澁媚臉未全融

速辦熙恩車騎弄倩華清鈿笛邀取謫仙翁早放木芍藥慢

彝玉瓏璁

重不寫

、稍遍

和丁飛濤東施愚山韻郎寄飛濤 二十

重出

大叫高歌脫帽陽狂頭沒酒杯裡憶自從戍騎出臨渝幾喚

公為無是君不見莊周漆園傲吏寓言八九人間世又不見

信陵末年失路醇（酒）婦人而已與汝拔劍上嶮巇令虎豹君門

勿然疑古人有言雖不得肉亦且快意 君言在遼西獸官

鬼塚莽林際何暇顧妻子聊為汝一言爾猶記卧氈車霜花

金湯三更千帳琵琶起○又馬作駿嘶○弓爲異響○鄉心一往如
醉○幸與子相逢復此時○更不飲躊躇欲笑○爲算人生且自豪
耳○於是立盡數斗酒三行以後若爲吾舞吾爲若語手
作拍張言志虎鬚突將凭紅肌○論英雄如此足矣○

賀新郎

作家書竟題范龍仙書齋壁上蘆雁圖

漏情哉書罷繞廊行偶然瞥見壁間古畫一派蘆花江岸上○
白雁濛濛欲○下有立且飛而鳴者○萬里重關歸夢杳○拍寒汀
絮盡傷心語○握不了淒涼夜○城頭戍鼓剛三打○正四壁人
聲都盡○月華如瀉○再向畫圖（丹青）移燭認○水墨陰陰入○化恍嘹嚦
枕稜窗罅○會在孤舟逢此景○便畫圖○相對○心猶○怕○君○莫○向○高○

齋掛

抄 酷相思

冬日行彰德衛輝諸處馬上作

趙北燕南多驛路見一帶霜紅樹又天外亂山青可數叢臺也知何處雀臺也知何處　一鞭裊裊臨官渡雁叫酸如雨儘古往今來誇割據漳水也東流去淇水也東流去

抄 玉女搖仙佩

大梁署中月夜感賦

客愁無那何日歸程真向江淮起棹惱殺天邊一輪明月掛在玉津園左照着悽涼我又雁飛墻角馬嘶城堞枕稜畔如冰似鐵仰視中庭數點星顆便有夢還家生怕更樓已曾合

○鎖　壁阮薰香都惰祗剩繒紛窗簾影對人低簸暗數從前宣
和風景多少花驄鳳舸此夜誰端坐唇笑處顫立幾行釵朵想
又是天街似水梅花糝地內家一陣香車過○遙映著樊樓燈
火○

抄　蘇武慢

抄、汴城晚眺

暮色傷心重關極目漭漭黃河之水侯嬴館老朱亥塋高直
得英雄心死城頭戍火馬上征笳何苦愁人如是○最堪憐千
里蒯緱牢落方當盛齒　細數他趙宋繁華宣和節物此事
幾多年矣宜春燈燭鬬鹿笙簫多少六街三市有恨秋槐無
情社燕換過幾（番）人世只空留廣武滎陽一片驚濤剩壘

念奴嬌

寄董玉虬侍御秦中 彊善堂夫對訖

黑窰秋夜記臨風痛飲黯然言別我去汴城君繡嶺一樣前
朝陵闕麥積山高木皮嶺滑度隴何須怯漢家節使天邊鐃
吹不絶 且自擲帽狂呼繞床大叫盧采輸誰唱莫聽渭橋
嗚咽水殘了秦時明月鑿空孔音張騫縋兵鄧艾此事真人物
驪山〻下料應紅樹如血

梅花犯

詠鄢陵蠟梅花并寄梁日緝侍御 彊善堂夫對訖

一枝〻未曾經謝黄時早如子霜叢捧處較金縷衣〻痕多些
香味面〻聖檀風外綴萼虛微籠紫似昨夜〻侯門燭滅銅盤

堆蠟淚　傳說鄢陵戰場多問花何偏傍荒城々廢壘拈花嗅
形容遍幾番不似多分安陵年少客來醉後金丸拋葉裡想
天上故人鄉夢悍々長記此

沁園春

送謝雲章之大名

結束翩々北去天雄黃衫紫韁有萬層鐵騎軍懸重鎮五更
銅雁巷列名倡魏滑分河閧山獨夜感慨黎陽舊日倉橫戈
地怕驚沙颭淌亂水砰硠　昨朝并轡同翔恰路出東門認
大梁記分題古驛憑燕弔魏同敲不火嘯雨啼霜君又翻飛
余其寥落試聽悲笳咽女墻前游在莫孤檗濁酒重宿平陽

衛輝使院係舊籓邸余與謝君曾
各有詞今去天雄必重經此故云

○

抄、多麗

劉公戩吏部每為余言蘇門百泉之勝冬日行汲縣
道中遥望峰巒幽異未及登眺感賦一闋并以寄

彊善堂主人對訖

劉

彊善堂主人對訖

記劉子語我蘇門山好。更百泉澄泓蕭瑟。雷輥千尺銀瀑亂。
松崖經聲夜落。古橋溪樵風晨激。壽栢瘦藤。危梯懸棧。山無
不樹。樹無不鳥。徑鶬鴰數聲間虎落。時響幽人銚。倘然也。指間
絃歌。山前月曉。 一自渡桑乾河水。馬頭恒向西笑。擬十月
寒衣手綻。來作山村荷篠。太息塵踪。難攀仙境。重來猿鶴應
相訝。祇望見蒙茸幕壓。一泓青難了。回頭聽。似有人兮。山半
長嘯。

沁園春 彊善堂主人點說

詠雪獅

此物何來，猛氣咆哮，砍頭陷胸。見吞刀吐火，一般錯鏤；築玉百種，玲瓏萬事東流。一月西極，隻手曾批上圍熊。真無敵，算涼州假面，難與爭功。　滄州城外呼風，又威嚇獅兒卧草中。怪霜纏鐵戰，汝偏夭嬌；汁鎔獰鳳，爾獨從容。頃刻天晴，須臾雪霽，贏得群兒拍手同。啞然笑，歎原來刻鵠，詎是真龍。

賀新郎 彊善堂主人點說

都門洗象詞同綺雲弟賦

百戲魚龍聚，畫陰陰、雲房水洞，帝城無暑。日晡波心張水幄，列坐徽侯公主。其外有、傾城士女。少頃蠻奴乘象至，整鞭梢踏入金塘去喧闐甚爾何想　鼻殷捲盡西山雨看水面濤飛海立銀傾雪注猶記昆明傳象戰花馬韆僮毀尾今已慶太平寰宇浴罷金元宣立仗望赭袍一朵紅雲吐率百獸御階舞

拔稍遍　彊齋堂主人對說

讀彭禺峰先生詩文全集竟跋詞卷尾兼示令子中郎孟上兩君

自古襄城從來宛葉嶄絕誇形勢有千年諸葛舊隆中蕭蕭英魂霸氣其西引武關商於六百昔人以戰為兒戲其南控棗樊析酈房竹常產畸人烈士公也生值亂離時好說劍談兵射且騎鬚作蝟張箭如鴟叫言天下事　噫此世何為巖彊好以公充餌韃蠻群犄地鬼燐生鼓聲死猶記清州城連

營賊大楚歌帳外淒然起公左挈人頭右提酒甕大嚼轅門
殘彘柰縛他烏獲矐漸離則女子傭奴盡勝之論通侯羊頭
羊胃吾讀公也遺全集有刀聲颯沓馬聲鳴因舞聲綷縩更雜
筑聲淒異忽然牛飲酒池聲又鬼聲啾然窗際

踏莎行　冬夜不寐

舊恨如絲新寒似水兩般都着人心裡五更刁斗汴梁城一
天風雪成皋壘　古寺鐘生隣墻月死枕頭款遍如何是來
生孤憤酒難澆挑燈且讀韓非子

彊善堂六書記

沁園春　大梁署中寓對雪有感

凍角無聲○大旗自翻○長河怒號○正雪作花時○玉鱗狼籍○茶當
乳處○珠眼蕭騷○烏鵲枝寒○羝羊窖冷○一片愁成八月濤○當年
事○記昆陽城下○群盜如毛○　中原百戰人豪○經幾度風吹并
浪淘○歎河名官渡○袁曹安在○地連南頓○馮鄧徒勞○四郡飄零○
兩河蕭瑟○且持黃鬚命濁醪○吾已醉○尋市中朱亥○共鼓屠刀○

彈箏堂主人讀訖

賀新郎

見南苑畔熊而歎之同吳天石賦

南苑花如繡○見一帶長楊虎圈○咆哮百獸○此物傫然餘猛氣○
攀檻時時欲吼○像鐵騎金戈馳驟○可惜當熊人去杳○鎖宮槐
冷落黃金甃○誰侍奉○金門帚○　攔手都尉通侯狗○但驍雄偏
墮失勢○所遭不偶○猶記深山騰踔日○獅子獮猴為友○追險怪

魯喻宇宙此日草間狐兔盡東自歸五柞同猿狖膳已落寧夫手

魚游春水

秋日過金魚池

帘曲光顏澹有半畝金塘瀲灧一般紅鯉襯着綠波搖颭色分鳳闕丹初滴光映銀墻紅欲淡芳餌輕投縠紋微蘸尚隔金溝縈纜離望見宮娥阿監輸他百子池中天香親染麝館何來鼉鼓到空潭只被菰蒲糝獨對西風幾番傷感

滿江紅

汴京懷古十首

壞堞崩沙人說道古東門也我到日一番憑弔淚同鉛瀉流

水空祠牛弄窗斜陽廢館風吹瓦買道旁濁酒酹先生班剝
語攝衣坐神閒暇北向到魂悲咤行年七十矣翁何求若
四十斤椎直可用三千食客都堪罵使非公萬騎壓邯鄲城
幾下夷門

鉛窕無成不信道英雄竟死猶有客棄家破產東求力士太
息已看秦帝矣悲歌只念韓亡耳道旁觀誰適祖龍耶妾男
子狙擊霧悲風起大索罷浮雲逝歎事雖不就沙騰海沸
嬴政閱河空宿草劉郎宮寢成荒壘只千年還嚮子房椎奸
雄懷博浪城

汜水敖倉是楚漢提戈邊界想昔日名姬駿馬英雄梗槩禁
澤波痕寒疊雪成皋山色愁凝黛歎從來豎子易成名今安

在祖上肉何無賴鴻門斗真雖耐算野花斷鏃幾更年代
秦鹿詎爲劉季死楚猴甘受周苛賣笑紛紛青史論都訛因
成敗 廣武山
太息韶華想繁吹憑空千尺其中貯邯鄲歌舞燕齊技擊宮
女也行神峽雨詞人會賦名園雪盡天家愛弟本輕華通賓
客梁獄具宮東出漢詔下高臺圮歎山川依舊綺羅非昔
世事幾番飛鐵鳳人生轉眼悲銅狄看輕衫半醉落霜鵰弓
弦春 吹臺
野渡盤渦中牟界濤翻浪走動馬看殘山剩水一番回首斜
日說碑森慘蝟危同怒石譚奇戲笑中原從古戰場多陰風
吼 夾劉影嗟論覆袁曹輩上爭鬭看金戈塞馬喧豗馳驟

浪打前朝黄葉盡霜封斷壁青苔厚又幾行雁影落汀洲多
於豆 官渡
宋室宣和春艮嶽堆瓊砌瑣也費過幾番鐘鑿兩朝丹堊花
石綱催朱太尉寶津樓俯京東路晉銅駝洛下笑人忙曾迴
顧 花千朵雕闌護峰萬狀長廊亙使神械鬼運無朝無暮
自燕山亭去早故宮有夢何由作歎此間風物劇催人成
南渡 艮嶽
曲水金塘流不盡汴京遺事記當日昆明水戰都亭百戲相逢
圃寺前燈似畫南薰門外天如水恰政和天子趙官家多才
藝 火伏轉星毬墜水幄捲雲房蔽正扇分雉羽橋排雁齒
此夜只憐明月好當時那曉金人至記居民拂曉撥荒蒲尋

珠翠○ 金明池

北宋樊樓○縹緲見形窓繡柱有多少州橋夜市○汴河遊女○一
統京華饒節物○兩班文武排簫鼓○天墮釵鬭起落花風○飄紅
雨○西務裡○猩唇煮○南貢內○鸞笙語○數新粧炫服○師師擧○
風月不須愁變換○江山到處堪歌舞○恰西湖甲第又連天○中
王府○ 樊樓

古玉津園○斜陽照滿陂蘆荻○渾不見銅街鐵市○層樓列戟○隱
慘慘今門自鎖○冷清清地○船誰擱○繚垣邊○負個不愁人○如何○
得○ 白玉砦○黄金橋○園芳樂樓○青漆任淒風苦雨○籠窓動壁
春去鳥啼樊重里○月明花落王根宅○壞廊斜石欹○趂行人○行
人嚇○ 玉津園

汴水分藩，憶帝子、金牀玉冊，人都豪宕。王才調、孝王儔匹。椒殿丁年喧鼓吹，桂宮甲帳繙圖籍。唱誠齋樂府夜深時，箏琶急。

蔡河漲，蘭橈織。雁池汎，龍舟疾。記牡丹時節，排當宿直。一夜黃河瓠子决，滿城紅袖梨花濕。痛波飄菰米入宮牆，沉雲黑。

滿庭芳 過虎牢

汜水東來，滎陽西去，傷心斜日哀湍。橫鞭顧眄，又過虎牢關。歎息提兵血戰，西風響、一片刀環。英雄淚，亂山楓葉，不待曉霜丹。

追攀當日事，英精未造，遺恨靈桓。又許昌遷駕，不肯回鑾。今古興亡轉換，誰相問、剩水殘山。憑高望，漢陵魏殿，一

樣土花斑

水龍吟

己酉元夕洛陽署中對雪

彊善堂主人對讀

一番兒雖元宵紅燈閃得人心碎孤負一箇閒懷萬種故鄉

千里舊恨淒然春陰攪亂漫天攪地想當初酒後風前多少

輕狂意記起閒遊事小門邊那家殊麗星橋將斂香車乍

礙相逢橋指近日飄零半生流落料伊知未伴銅駝撲着街

頭殘雪冷清清膽

沁園春

陳州署中花朝作

彊善堂主人對讀

歸歟歸歟我亦在陳胡不歸兮正伏羲陵畔穀紋六幅兒立

城外。柳線千絲。萬種温磨。百般飣餖。審得愁心早上眉。渾無
計。只沈腰漸減。清鬢都非。江南值此年時記。巷口花驄分
外嘶。更舞衫歌扇。觴篇陣陣。倡條冶葉。裙幄離離。拋了濃春
傍人遠宦。俊侶相嘲甚意兒。真無賴。摒化為飛絮。繞盡天涯。

三月三日尉氏道中作

登尉繚臺。上三岳岡。即王稽范雎處侯傷如之何。憶談兵說劍才情
磊落投秦去魏意氣嵯峨我到中原重尋舊蹟牧笛吹風起
夜渡誰相問縱殘碑尚在一半銷磨短衣此日經過。歎禊
日難逢。晉永和。正水邊柳眼。斜窺芳屝。風前燕尾。亂剪晴莎。
異國韶光。中年意味。寫上烏絲感慨多。休憑弔。喜诵裙挑菜。
士女娑拖。

減字木蘭花

上巳後一日途次洧川

花紅草綠。昨日濃春經院曲。碎雨零烟。今日愁人過洧川。
三春去半〻付郵亭和驛館。溱洧潺湲。上巳無人出采蘭。

惜餘春慢

梁園春暮同侯仲衡叔岱徐蒂士田梁紫弟子萬看牡丹作

節過酴醾人稀撲蝶又是一番初夏春歸下院客到中原隴首濃陰誰畫多少濛濛柳綿和了春陰泥人簾下。正曉來忽聽園丁報道牡丹開也　相攜去閑伯臺前孝王園後小試玉驄寶馬梅風幾陣鶯語多般引出紫嬌紅姹歌板欄邊競

閒寮幄圖花娛他清夜撚一枝思憶沉香且作開元閒話

○撚鳳凰臺上憶吹簫　对

廣陵送孙介夫之石城

彊善堂主人對說

紅板橋頭、方山柵口中流冷撥呈壯花正螢飛水掌、悍閃銀怵、經過都傳施宅、青簾畫〻似廻腸、雲水外、千年陳迹、一片秋凉、當〻過江人物、記曉萬獅兒、向歸孙郎、喜前山、劍璺、極浦斜陽、將底事、憶天上、君須問、舊日平康、還則怕、菖蒲花老、燕子梅花、

抄 天門謠 对

汲縣道中作

彊善堂主人對訖

已過鞦韆節。看汲冢皆錢，鋪續淇流。問說古今興感。比干廟年年隔，百香月。與銅盤都缺。愁恨織。花洛處。棠梨成血。

抄 探春令

庚戌元夜

彊善堂主人對訖

「去年客裡度元宵。人正懨懨病。然偃師解後，黃梅嗅。想洛下春燈盛。 今年準擬酬春興。奈陰晴難定。擁香篝

仍剔殘燈半盞似去年心性

虞美人

靈璧縣虞姬墓下作

彊善堂主人對訖

八千子弟來江左單剩喑嗚我誰歟歌者楚聲高還是吾家舊日典連敞　美人駿馬英雄槩一死千秋在荒祠莫恨枕寒田賊妾孤墳　長在大王前

抄

千秋歲

咏紙鳶

對

彊善堂主人對訖

重

重不寫

翩翩自喜跌宕青天裡麥鐵杖鳶肩子盤空箏夜叫削

草鷹秋起清俊也一場撇弄真兒戲　三十年前事觸
着雖忘起楊花巷桃花寺隣童誰更在老眼頻經此重
指看原來依舊情如紙
摩空決起此事偶然耳材最小風偏利輕狂應有恨浩
蕩憑誰致須記取青春牢把長繩繫　已自飛騰遂也
算雲霄器莫浪語休私喜送來天上便望向城頭悖真
險着老夫只合街頭眡

彊善堂主人對訖

鳳凰臺上憶吹簫

湯陰城外十里絲楊夾堤互引顔　以柳郎名極冷

歷

彊善堂主人對読偶詞以紀之　对

淇水潺湲討臺驅還中原淡火年光漸蕩陰城下陳蹟
荒涼一帶綠楊離馬晴漪皺宛轉長廊縈人處被輕陰
輕暝窨就鵝黃　思量添些蟬韻便一襟秋思那讓吾
鄉記離離水驛小小蠶娘向苧新裁春雪凭肩處柳外
貪涼中年也歎情隨飛絮一樣微茫

滿庭芳

距汝州四十里山有温泉相傳為唐武后幸洛時
浴處輒繫以詞

对　彊善堂主人對読

武娟東巡金輪春幸洛川自古神州風光溢目綵仗簇星毬闢道香山山下湯泉沸玉灩復流傳駐蹕石榴裙濕激水奉宸游六郎宣詔入蓮花一角桐映橋梁趁晚涼閒話水殿雲幬千載朱顏難待傷心似太液池頭凄然也驪山浴館一棵野花稠

按金菊對芙蓉

禹州使院作

彊善堂主人對読

雍氏亭空大騩山老一鞭景盡斜陽正荒城皆繡古驛花敧行人說是王孫第悵金牀玉几都非巡簷背手誰

人憐我情緒如線　此意枕簟應知共殘釭青穗伴我題詩歎星移物換種種淒其不如且向東門外好悲歌聶政墳西明當竟去頻斟濁酒細拂橫碑（禹州城東門外三里有聶政墓）

念奴嬌

汝南七夕病中排悶　（隨善堂主人對訖）

誰家砧杵趲中原秋夜碧來如此何況今宵逢七夕天上鵲橋成矣人說黃姑貫錢營室擁畫愁滋味可憐阿堵神仙亦被驅使　我笑此語荒唐古今稗史誰是誰

非是翻悭類年瓜果閙涵我婦人女子僕病未能吾衰
詎憊晒腹為佳耳汝南城下月明何限殘壘
半雪弟四十詞以贈之鄴次其自壽原韻
推梨讓棗記弟兄幼小講堂嬉戲暇則讀書兼擊劍不
識世間程李捫蝨雄談屠龍絕技豁達饒奇計旁人嘖
々陳家郎君足矣　詎料轗軻半生蹉跎萬事不稱男
兒志從古多才人失路蕩子酒徒而已白髮無根青衫
有鬼凡坐愁城裡還遂勝飲否飲時盞與重洗
鄴城感懷寄綿雲弟都下

漳河南下被浪花打散鄴宮遺事總是英雄兒女恨釀就千年霸氣馮淑妃來慕容鬼去誰問他曹魏銅臺磚瓦至今換作殘壘 向頭來到中原只鈎醉舞不耐濤聲沸春雁成行都北往謂錦雲子萬只剩離鴻一對一滯吳闋謂串雪一貓趙郡自謂也夜冷那能眠闌干拍遍淒然長念阿錦

沁園春

十月晦日懷慶使院中望太行山積雪

雪滿太行碧瀲瑶翻紛然沓來正黃河欲吼六花籍籍

青山下老一夜皚皚素女凌空玄師潑水十萬瓊樓面
面開深林外更孤踪半滅獸窟全埋　萬鍾寧我加哉
且濡髮狂歌乾百盃看獵徒并代霜鷹雪犬神仙王屋
璐殿瑤堦聶政祠荒袁尼宅破世上誰人識此懷樽猶
熱儘天公顛倒造化安排

經朱仙鎮

古鎮朱仙躍馬經過令人暗驚看黃塵撲面闠闠櫛比
清波極目舟楫充盈南控陳橋西通尉氏彷彿當年古
汴京停鞭問怕沙衝地坼浪齧堤平　誰何繡栱雕甍

有廟貌巍峩市口橫是鄂王故事丹青未若趙家遺恨
金鐵爭鳴三月餳簫一天社鼓走賽仍多舊日傖摳衣
拜欲題詩未許淚纓長纓

賀新郎

李滄蒼侍御廣陵納姬爲賦花燭詞

螺子眉峯滴遥想像文窗冉冉鬢鬟的的誰遣朝天青
雀舫小泊烟江水驛夾岸有鈿車畫戟日至尚遲添一
線恰宵長更照團圓月時仲冬十五夜爲長至前十日月影底人兒出
仙郎况是文章伯人都羨金閨華彦玉清仙籍盡道

彊善堂夫人勁說

臺霜竹峽雨先把鷄嵯峩鷄冠摘總卸絰紅巾罨盡今夜當關

須記取對府中烏與隣鷄說休相攪遍憐惜

汝州月夜被酒感懷董二

今夜清輝若真醉矣人生有幾關山如許極目海天渾

一碧回首家鄉何處總則是年年羈旅脫帽凭闌何限

恨倚風前細把寒更數誰更打嚴城鼓　無端忽憶肆

狂侶曾記得烏衣巷口別來如雨明月也知千里共炤

盡秦樓楚戍應漸到故人黃土只恐白楊和月冷冷比人

間更有銷魂處汝河水白如乳

結句弱

烏絲詞集第三

宜興 陳維崧 其年 撰

~~柘城~~

~~李方廣 髯野~~

~~十 鐔 叔平~~ 閲

淸詞高格風雅絕[illegible]人

念奴嬌

宋景炎席上贈柘城李髯野 彊善堂夫對訖

中年以後早傷于哀樂頓成頭白適過章華爲劇飲倏遇

中原詞伯劍氣縱橫酒腸跳盪老筆蒼無敵霜寒月苦爲

君細叶胷臆 今夜玳轂班蘭紅絃郭索撾鼓催行炙難

得他鄉歡笑極況有吳兒似雪君欲歸耶住爲佳耳底事
搖鞭急回聽筵上歌珠一串堪拾　直寫口如説話處　草草之點

用前韻酬柘城李子金　彊善堂主人對説

雪飛千里步睢陽市上忽逢李白笑顛群公摩腹語空洞
容鄉什伯嚼蕊吹花馬矟名理豪蕩真雄文轟轟逐拉雜佳酒
酣披瀝衷臆。聽說湓浦鮫人鞋山龍女嗜古如牛炙胃
挾奇文過灌口浪打片颿堆雪豪奪何傷書淫不悔那畏
波濤急擲書柂底有靈任爾爭拾

用前韻酬鹿邑張子武　彊善堂主人對説

昇仙臺上說當年風景縈青繚白曠望層湖空漾水雁子
息雛千佃物換星移海枯石爛劫手棋逢敵室今廢館官舍野
花叢草占隴月　久知仙不如須哀多于樂且把鶯坐多漢
武秦皇今縱在也飽奕風雪飲酒千觴讀書萬卷此外
非吾急醉酬人須知懷中情隱雖恰老子鹿邑人
惟中莫才邑有昇仙臺

用前韻酬柘城王叔平　彊善室笑對說

起句突兀
丈人安坐看三更簾外明星初白壯不如人今已老臣是
江東亭伯萬事都非一年將盡才命交相敵悲歌何益且
須美酒澆腸　幸遇梁宋諸公焚香梯几曲室紅爐炙千

載郢杖今尚在輶綖顛毛成雪家家祥竈栖栖窮鳥來同
翻飛急長鑱短柄空山橡栗能拾
睢州田子益唐圻林孫嘯史徐次徽袁信庵褚宸宣
吳子純侯長六諸子邸中沽酒飲我別來數日荒村
風雪有懷旅游用前韻寄之
三間老屋糝六花千里雞門都白伏枕窮村鐺折腳誰是
巨卿元伯憶旅日諸公惠而好我酒把奇寒敵何君之去離
思萬種填膺　當日說劍談天吹簫刻燭殺果憑君多幾
日分攜人總老況值打頭風雪才退賓居心灰老至只有

老氣乞敵

朋情急來春雖渙汗蘭期爾同拾

梁谿有和予百字令詞因用前韻酬之送其暫返錦

池兼促郎來梁苑

彊善堂主人對說

朝來急霰似千層谷鐵一軍都白何事嚴裝偏早發鞭指

敲字竹

荒甚堂閣伯萬籟悲號六花狂舞[illegible]騎[illegible]衝離杯當盡人

何穩秀

生有限肝腸　感爾齡學富吳青魚才同楚鸞傭嗜秦人多也

擬寒天寥老伴消過殘冬臘雪上冢龐公移居杜老別處

來須急將車沙穩好將家具收拾

沁園春

叔岱先生雅有鵪鶉之癖友人田梁崇作書止之戲

括書語為詞

彊善堂主人對說

客語先生嘗汝鵪鶉才乎不才縱遇敵爭能壓強燕雀為人穿鼻終是駑駘書目啁啾一旬耶小只合充庖佐酒杯因何事却煩人把握費爾安排 王孫僮約新裁更每日奔馳一百回要新魁就浴甫令東去故雄覔耗旋遣西來樊籠盈庭屠沽入座恐累先生盛德哉驅之便宜付秦龍非計好鶴為災

捧纏佳子孫書具備

又戲代叔岱先生答

彊善堂主人對說

先生得書再瀝餘杯敬謝客言歎古往今來幾場蠻觸山林朝市到處蝸涎蛆論自儂狂殊甚枉費相如諫獵篇吾衰也只短衣射虎便擬終焉　比雖勢愧鷹鸇看猛氣深心非偶然正霜天袖手試觀其怒中原賭命肯受人憐精癯驍騰消予病塊長日浮沉里閈間公休矣姑從吾所好以待來年

遣閑古懷偶乃此如

抄江城子

戲嘲姬人領巾

彊學堂主人對訖

抄石頭城下小蕭娘眼波長與雲光少小隨耶飄泊到睢陽

恰遇游梁病司馬，剛一笑結鴛鴦。曉寒呵手點梅粧，雪輕飄怕開箱。只是新年郎又渡春江，且把木瓜還債粉詞，枕待到中秋涼。

超逸絕冶此亦如見

水調歌頭

咏美人鞦韆

瓊善堂主人對訖

昨夜滴裙羅，今日意錢囬粉墻，正亞朱户，其外有銅街一白丈同心綵索，一寸雙文畫板，風颭繡旗開，低約腰間素，小摘鬟邊髻。翩然上，掠綠草，拂蒼苔，粉帬欲起未起，弄影惜身材，怨趁臨風回鶻，快作點波旋新，燕參落一庭梅，向晚

半輪玉隱〻照遺釵　[illegible]

抄　春從天上來　[illegible]

抄　壬子元夕　[illegible]

梁宋飄零臥鬱邑殘橋下縣荒亭聞道今夜海碧天青人
世幾度會經想半生蹤跡歡娛短愁緒星〻攪離腸更翻
揩急雨只是霖鈴　回思春橋夜市對盞〻星毬扇〻銀
屏嘶馬前情窺簾舊事此際有影無形算除非夢裏重相
見巫女湘靈夢還醒五更竹響半欄燈熒

抄　定風波

迭

抄

贈牧仲歌兒阿陸

蝴蝶成團偷笑飛輕狂恰稱五銖衣若問年華剛幾許數〻晚峯十二正愁時莫道梁園非故土且住得人憐處不、須歸閒控郎君堂後偷誇陸郎從古愛班騅

班騅陸郎係樂府中語

種狂如見乎我神往

又贈歌兒阿增

日相對吃種厚文人之幸

迭

抄

持底尊前贈阿增濃纖一幅綠紅綾上寫蠅頭無數字記千絲萬縷意層〻好向歌樓并舞院常見細腰束罷怕雖勝莫到春街閒賭戲輕棄也年知否憶來曾

洪氣縱橫，深情蕩漾，而秀色自湛

滿江紅

寫近況酬寄曹顧菴學士即用學士來韻

壁確處一字不可增易

黃雀銀魚，羨秋後、攔街塞術。屬饕耳、神仙難學，代負凍札。萬事絆人園客繭，百年戲我狙公栗。傍秋城、下瞰暮濤紅，煎斜日。

風尺滿，當杉漆。霜漸老，催機尺。看雁排人字，玲瓏幾筆。言怕殺青[illegible]復殷，[illegible]憎鑄句芰逾窟。口酒悲、苦憶婦姑城，[illegible]鷹出。

月之初二，余將有廣陵之行，前一夕，行篋衣被俱被偷兒負去，戲作二詞示里中諸子，仍用前韻

閱事讀此詞掀髯叫快

筆底幽花

情乃爾

湘戲弄九崖一雲不須看

豔極矣倫兒真是不恨

酒盡天寒彈長鋏半生無術擬還向廣陵賣藥何苓挑杏秋雨

好攜邛竹杖毘侶莫管周人累束殘書准趁半江晴期來日

鯿鰡膏空如絲綿帛斗難成乃正籬擔書帶庭前木筆十書綠

陘峿崋出安排畫裏天公容笑奪青顴一夜羽毛生飛而出

盜語主人驪駒闖無術甚勤井蛙鴉似松木冥院

隱高盧驚鷹主官谷鶴糧集一年行客縱歸來無多日

何不夜山中瀑何不織幾頁只年年懷小我幾時投筆月落秋蝉

看君鬢象緘縢書遂隱於溪請先生晨起檢空箱何出

贈史遂公五十郎用學士原韻

畫苑詞場數汝儕，輩君才橫出論戈法。進非花萬尾畫推遺密，九殿爭傳鸚鵡賦（戊戌會試公已擬第一人遠）重瞳親獎龍箋筆（遠公墨書為天語所獎）更岐王含笑看揮毫綫千四。熱不熟仙家漆，粘不住天邊日影。籬還采菊里仍呼栗，酹石月中一片桂。開收雨後三峰山木畫人清。狂舍此問成仙無他術。

強善堂主人對訖

賀曹掌公秋提仍用前韻

老畫詩人吳興趙惟君傑出人都羨家風業貴文瀾綺密三世

強善堂主人對訖

如閒寶山左據不將麼攜何奉得此

吮盡金蓮 婁努氣 纏綿懷 慨情文 俚密

學士燭〻門銀管湘東筆看來春駿馬〻嘶長楸千二百　僕老

矣自空〻漆卿健者懷吞日記〻〻〻以往王溫而栗　記與掌公呉 趙高會時

學圃條豐君掇杏硯田殖落余鋤未擬萬竿變技學書〻宗楊

術

題本瑧 奇辭尤 老怍

贈大西洋人魯君仍用前韻　奇甚 確甚　神肖矣

怪〻奇〻出〻甚〻語〻出〻經過處暹羅障惡荷蘭烟瘴鶴語

定知何代事麟經不省何人筆加鳥山崩〻壽九萬里而來龜鼉乃

海外海光〻黎國外國天無日右佳龍魄鬼搖股栗至古賣

藏仙叟禱能醫却笑神農杖更誦完一卷呪人經難寄術

下 贈吳門逸叟十仍用前韻 白逸工詩善琴 吾邑處高士

轉隱家門捉鼻兒階君何術適志相和種樹常栽春杖杜老

堂前蘋樸棗陶公酒後兒呼栗更風潭夾宅月常閒消閒日

詩酒卜鄰膠漆猱鶴侶吾儔凡千士客誇袁馬人矜才筆書到成

詩ミ夕詠月ミ猿鶴人ミ

時松竟老從嘗儕蕭蘿偏瘦門皆扉半閉不逢人琴聲出

下 憶舊游曾金沙王孫銘張杜茅保岐雖史兼三一諸子仍用

邀子士來韻

此詞不存 另以寄白逸 漁洋白漁 不存當 刪

華屋之
青如龍城也
城 李密

曾記中原，與數子、揮鞭競出。同憑弔、園空石尉，城荒李密。洛下金墉
夜月戍樓風咽鼓，霜晨題驛[illegible]霜膠筆。更月中、帶雪上車時[illegible]

川雷霆
今不可近
轅奇無匹。　戰場內，彈真率。叢祠外，燈悽怛。且憶並鞍無語，屠肩儔
賭栗往事，鍾來如削。宵草新愁就同煎，求算倩他何日繫長繩
嗟無術。

如此用顏乃是嵋月倒川難山入海

諸詞如風檣陣馬使人目眩神搖

滿江紅

彊吾堂主人對訖

丹陽賀天山寄詞二闋屬和其韻　对

枯樹衰楊，三歎息、物猶如此。白眼看、塵埃野馬，子虛亡是。四壁豈無窮可送，九天只有愁難寄。旋狂歌、金鐵一時鳴，吾衰矣。

拜特進，官承旨。僮列鼎，奴衣紫。更屏間窈窕，皆前阿堵。有人兮寧促慕，彼何為者殊堪恥。問幾回、策馬樂遊原，烟塵耳。

速疇糟丘卿莫惜，壚邊酒價能幾日。秦關月小，漢宮花謝，萬里秋從西極到，千年淚向南樓灑。婦人裝、胡粉且搔頭，無人者。

天問送窮而言括之

極縱宕中韻致出當

警句乃爾

風刮燭窗多鐸雨淋壁簾須下溷北隣北戶詩攜歌社白晝遍
〻郎化蝶青天夢〻程生馬約練湖鴉翦十分紅余來也
日內將至
丹陽故云
掀髯鼓掌〻膚〻無人

拔

解蹀躞 七十五字

夜行滎陽道中

峽辟成皋古郡人雜猿猱過斷崖怒走蒼龍立而卧此乃廣武
山平隱戲古戰場哉悲來無那金鞍坐烟竹吹來入破一林
纖月隮墜一雁聲不歇石碪聲又攪和歷〻五點三更馬前漸遍滎陽

蒼涼悲壯古人所無

城頭燈火

洞仙歌

過汜水縣虎牢關作

積鐵蒼然關勢臨崖僂斬絕東京好門戶挽藤蘿月黑誰恐行人落葉捲聲似牢中哮虎　無情伊洛水日夜東流不為愁人帶愁去寂寞北邙山苦對西風排一派唐陵漢墓任吊古傷今已無人只霜打棠梨暮啼紅雨

情性　形波

抄霜葉飛　彊壽堂主人對訖

悽絕
艷絕
夐出
周秦
風調

夜雨感舊柬史雲臣

西風催颭涼雲破趲成暝色如許屏風幾疊對瀟湘正晚山碧緊擬偷按淒涼宮譜小樓寒峭彩箏禁偏到此時添幾陣瀟瀟淅淅長長夜誰算付對此音長無憀銀燈細影猶自顧影私語

一從西北倦游歸只鬢催霜縷總夢至咸陽原去也應紅盡驪山樹算前情都付與一片青苔三通畫鼓

古色陸離

爪茉莉

月夜渡揚子江

情景如畫

此勝

滿江天聽中流

吳山…（塗抹）…一川淒惻，六朝遺恨，別饒風景幾

角聲無主，只隔斷一片山，建業戍邊，有夜深商女還唱，一輪團月與寒負

目何戍起顧山萬骨浪十年際京口寄悲愴……寒砧

欲寫英雄御恨不祗，甚渡江……

正騎奴鄭養……販醬鍛……

帳……（塗抹）

數聲鐵笛至今江波如沸

滿江紅

舟次丹陽感懷二首仍用天山韻

水面絃生，郭索響，誰能遣此，問何傳，潯陽江上，可曾女是天外

雨隨帆哭，落洲邊，雁與船同，寄人奴之留焉，此生無慮足矣

彊善堂主人對讀

擊碎唾壺

淋漓滿袖

淫能遺法

河蟹哉，肥而香，秋山暮，紅兼紫，但酒酣以後，呼牛亦唯，鐘鏜竟

成千古，讀書翻愛，群兒此，且笑道旁石馬亦何人，何為風吹耳，欲呼大兒小兒

且食蛤蜊，管婢價何如奴價，君不見棠梨一樹，昨日開，今謝洲狀

何勞麟閣畫，淚痕不上，牛山灑，願他年青史，好為之傳，人來者

月射隋霜，尋鑄騎蓬，指眠櫺下，笑長貧，陳孺肉雖分，封侯祐宅

荒碑竄鼠，鼠呂蒙城，戍潛帆，如馬問平生，何物誤人，歎殘編也

又 過京口復用前韻

筆端組繡多有機杼

剩壘殘崖，有多少英雄經此也，則為風吹浪打，趲成如是，[illegible]

興酣拔劍浩氣磅礴

其筆墨於用古千載獨長

正復多多不厭

鬢髮青青欲笑南朝君相生同寄歎齊梁一片好江山都非矣

茶沸乳竇簾泉上日楓繡瓔酡顏紫倚鶴猿招我欣然同唯讀縱情

記何所益言倫伍噲徒曾止居逢飲與箱藏三尾

重仁予仁仁仁卩仁土耳星舟日火馬去言帽

仙步船來至為問淮南米價念欲淥陶胡奴來何如詣謝肝膽

儘從鶗鴂露草毛拼何沙場灑歎臣精今日已銷迴誰容者

栗半熟經霜鱘豚對舞浮波下聽寺鐘隱隔江蓮社快意且

驕騎隋多雀失時休使瞿塘馬怪一軍鋃鐺海門來潮頭也

渡江後車上作

蹬舞堂主人對記

補對

奇奇怪怪，念念生念妙

連珠滾滾，總是一腔清淚化生

磨鏡來耶怪范叔一寒至此古所謂用垂備佹將毋同是十載
江河淮泗客一身南北東西寄問車中閉置婦人乎真窮矣
村釀薄寒加肯斜日淡風添紫有輿騶拉飲從而唯唯謂彼金
張吾已過厄於陳蔡誰之恥任兒童拍手笑勞人車生耳
亦復何傷終不掩文章光價曾抵突不知屈宋何論沈謝一曲
楚聲愁絕破半生情淚如鉛灑盡腹中容得千個人如卿者
好負個西村鑄竟須在南山下結斬蛟射虎疎狂之社夢裡悲
歡槐國議世間得喪隣翁罵語前騶叱馭且從容余歸臭也

〇 拟 破陣子

江上作 彊善堂主人對說 對

千頃晴漪皺綠，四圍晚髻粘紅。蜑户蠻帆來海外，犀液龍涎聚貯月中寒潮打故宮。

異色侵人

雁叫駭然欲雨，鼉吟吞若成風。劉毅宅邊堆蔓草，郭璞墳前擁斷蓬，秋江愁殺儂。

〇 拟 齊天樂

重游水繪園有感 彊善堂主人對說

一起便有感慨

倒下不認曾游客，嗔人繞廊尋玩。紅板橋傾，綠楊樓[illegible]，譜山[illegible]

荒園穿　客人空　梁園舊陸　風吹鬢　腸斷　化作蒲　雨讀　是泪忽　情舊作

寒一段看棋柯爛算往事星星酒旗歌館深深慵重來不來也得

鬢毛搗　風前又成浩〻說此間蘇羅屋有人羈絆恨極費朱緣　王糸

慨揭樂簫得啼鵑與偏舟故國只皓月魂歸清江目斷今古

不合調

劫灰付日斜人散　吳門吳蕊仙曾客北園歸死梁溪故後段及之　詩　漣嬛勝讀庵人庵宅

水調歌頭

彊善堂主人對話　对

夜飲李端木齋中歸忽爾飛雪填詞奉柬并懷尊甫吏字公

昨夜醉君酒歸路雪飛花淋衣那更裂燭袖禿不禁遮粧偏負

樓萬瓦凝透綃宮千幕凍殺冷蝦蟆紙破苔拉雜柱朽柏槎枒

此首並有夢窗作山隹詞載集

激絕要父奥致圓佳

吾笑我寒至此獨何耶愁時恨不倩汝為我唱箏琶忽憶哦

松尊甫時字公作錢塘丞今夜斷橋晴雪吟興定然佳客睇幾番看城

上咽悲笳

右雪夜再贈季布韓帝

彊善堂主人記

海上玉龍舞犧作滿空花城中十萬朱戶頓粉飾周遮愁對一

天飛雪不見昨宵明月桂景蝕金蟾短鬢颯秋葉僵指畫柎杯

当日事須細憶詎忘耶記築毬場擫笛部手復為琵琶縱不神

仙將相但遇江山風月流落亦為佳豈意有今日側帽數京笳

对

抄

壽樓春

為白狼李節母吳孺人賦

彊善堂主人對訖

裁綃衣霓裳配羿妃清冷孀女蒼涼夜〻長歌寡鵠短歌愁凰摧短鬢為秋霜染啼痕眠芊幽篁歎海碧天青鰥孤兒老六十載共姜　築栢舘連芸窗更授經帳底畫荻簾旁機聲中攙洛誦書聲琳瑯剪玉樹成佳郎羨李心詞壇擅場俠哉女公孫當花栢舟千古香

抄

眉嫵

促頓促腦促促緒只一叉字已採盡幾多集看情人紅促確能道也

彌補寘王人對說

○○○壬子除夕

又殘更冉冉，往事壘壘。短髩被霜染，夢入屏山路，黃昏近、金荷

一盞慵點，濃陰微糝。任小樓和雨輕掩。筭今夜笑語，香往沸有

春勝雙颭。思念愁多類魘，記簾窺秀儁，柱映嬌臉。訂意分飛

後相思苦淚滴桃笙。紅浹長江天塹，況萬重敗驛處，料此際

有人只為我翠蛾斂。關河離夢正自黯然。

風流子 抄

除夕幾士大兄以新曆燭炬餉我賦此奉酬因懷亡弟半

强善堂手錄訖

雪獅兒　寄三弟綸雲於都下四弟子萬於宋中

白頭兄弟在將進酒且賦小秦王勸世上鷄蟲笑人寂寂天邊
鴒兒去我堂堂誰相寄一編書是鳳千羣鸞成凰檢處從頭時日
采己暮燒時見跋後也何忍可憐惟一雁東風催散去來不
成行廻想去冬今夜人正顛狂算年去年來楓根少驚春陰春
雨憐火無鬼知爾天涯二季一樣消魂

詞性悽艷乃乃組緩

工穩乃爾

拙　雪獅兒　强善堂主人

新正五日雨窗東史雲臣用程正伯韻

柔情
繾綣
華香
餘艷

蘭啼未醒梅粧易困愁寒簾幙曾記年時春向玉釵頭落淺斟
低謳正斜憑香肩瘦削紅篝愛任他小院獨兒吹恐 今歲雨
梳風掠更寒膠鈿盒塵封箏索欲壞上元勝裡春人早覺脂慵
粉薄此意倩東皇肆情有箋總託須把傷陰流去

荔枝香 七十六字

早春校香嚴詞竟寄孫無言於揚州

金風花
氣侵

雨後春梅初浣開篋衍試取紅杏尚書小令閑編纂幾番拍徧
新詞絕調千秋罕翻昔恐歎歎輕塵畫梁滿 書寫竟正江上楚

山晚鴨綠粼粼，笑倩雙魚寄遠，到及廣陵明月，橋頭夜簫燒早，付竹西歌管。

水龍吟

春夜聽隣閨擊鼓

兒女喁喁語正淒悲壯沉雄

玉羅窗亞紅牆，颭風來腰鼓黃昏鬧。騰騰繞繞，慢如啄玉，驟如懸瀑。紅漆槌兒，銀塗架子，簾東斜靠。落燈風幾陣，催人搵袂，郎然響，鈸應掉。漸覺點聲稀處，小樓前，雨聲隨到。擊損鼉皮，敲鬆犀釘，將愁都攪。滿耳箏琶，花奴何在，記他天寶。倩鄰女暫歇摻

縹緲入微

撾得我作漁陽摻

不費拈處

楊柳枝

人日過皖仙校書家用史雲臣使席原韻

頻伽堂主人對訖

幾陣簾風漾雪膚。正春初。小姑年小理清歈。怯邏逾。淡道勝常釵勝轉紅幡軟。籠中鸚鵡為誰呼。似婦予。

平明蘭焰一綫微。弄餘輝。含嬌和夢換春衣。傍床幃。手拈紅綫通眉語憑郎主。郎看箏雁會翻飛。便須歸。

雪淨春窗隱綠光。發茶香。手擘江橘顫釵梁。玉纖涼。放之夜傳

香艷至此，令人骨軟。

聞今歲早銀燈好，再來須盡十分狂，着縈腸。

香沁心脾

拔、東風第一枝

試燈夕同雲臣次京賦

彊齋堂主人對読

萬戶燒紅，千門照灩，春燈零亂如許。蓮釵綵燕，還諳攔街火蛾。纔吐常時，此際只做弄滿樓絲雨。暮打頭新歲，冰輪將到十分圓處。

影對着翠奩私語，袖摺着玉纖暗數。今宵且疊衫痕，後日定飄君縷，經年盼望容易近。鳳城三五，囑孟婆霧鬢風鬟，莫把夜情吹去。是晚大風

綺思艷想只以遙雋生々

拔、紅情

咏半吐紅梅

一枝凝曉，似絳惢浮〻，釭錦鱗柏〻，沼搖透猩絨，賣弄欺嗔，許誰松了。莫是羅浮人困，珊枕上、小鬟新覺，正睡暈初圓，偷倚綉奩照。料峭年猶少，更酒入潮生，春來靨笑，嬌香趣早，休賺夭桃見時惱，幾顆朱櫻綻口，甚日茜花壓帽，倩紅袂將綃裹，灑他開了。

女冠子　第二體

筆有仙氣，不獨以柔情曼[illegible]弄姿

癸丑元夕用宋蔣竹山韻

作態也

上元晴也，盈盈霽景堪畫，夾城況有，瑣笆千斛，翠潑雙奩冷輝

交射一輪圓玉，掛越顯人間天上。十分良夜，想誰家年少，此際
正逐暗塵嬉耍。六街春謎情猜打，歎浮生、故國難把前歡借。
蠟珠紅灺，總濕透、昔日傳柑雙帕。春羅愁細研，也料冩他不盡
十年前話。約東風選夢，惹人重到舊樊樓下。劉景傷懷

含蕾多畫

祝英臺近 抄

元夕後一日同雪持京飲雲臣齋頭 同雪堂主人對就

軟簾垂，孤館悄，燈畫穗還彈。單襟過元宵，便有嫩陰做。幸值俗侶
嬉春，狂朋選夜，握擋得、心情都妥。

斟紅霧，碎後多巩塵寰無

計十留我小海，傳聞種露桃千顆。與君擬當宮墻掃花洞〻付劉

幾闋霓裳偷和　縹緲玘死令人心追手摹殊不能到

滿庭芳

詠臘梅和京少韻

彊善堂夫人對訖

仙淚流銅，蜂脾釀蜜，聖檀初傳新粧。冰簷雪氣，世帶暝亂斜陽。自是羅浮別種，依稀賸、金粟餘香。王孫彈、枝頭萬顆，偏惹畫簾長。

繞廊應錯認，宛如梅子，熟後輕颺。想宮人入道，絕帔都黃。一段冷魂幽緒，扶東態、誰與敲將。春來也，紅〻付〻，讓爾冠羣芳。

寫臘梅景色如畫，至帶暝亂斜陽、一段冷魂幽緒，則畫所不及。

抄、木蘭花慢

歌筵感舊

誰家搖步障明月夜賞花天正壁帶紅綢簾衣綠綃夾路釵鈿、從前也曾聽處漸如塵似夢記難全遮莫延秋門裏不然道政坊邊銅仙有淚瀉如鉛攬鏡憐華顛詎料飄零江海重歸故國再上珠筵當年莫停歌拍怕舉頭皓魄不長圓正月兩蒲細柳滿塢橫竹么絃

有感于中情不能已便覺艷席歡場皆非是境

抄小桃紅

如皋冒天季自署着信天翁向予索詞因有此贈每句中俱暗用禽言及鳥名

鍾善堂夫人對說

得過還須過得過且（得過且過禽言）力作（音做）如何作（如何作禽言）力作說甚餅焦（婆餅焦禽言）管

他泥滑（泥滑滑禽言）且圖着火（火禽言）摘笆着任隴山秦吉了（鳥名）聰明好嚮

鷟些個姑惡（姑惡禽言）誰能那急急（歸急急莫禽言）歸休錯（音提）提提葫蘆

提葫蘆（禽言）世間那有鳳凰如我（我鳳凰不如我禽言）莫連朝行不得哥哥（行不得哥哥禽言）

信天翁（鳥名）且坐

齋諧志怪恐多任奇創

蝶戀花 抄

春閨和漱玉詞同京少作

曉起春酥阿又凍。風捲西樓，似怯紅闌動。欲倚自憐無與共。和愁況是纖腰重。　花影看看移半縫。呆覷庭陰，蹴損鞋尖鳳。莫怪雖憑惟好夢。鵲聲也把愁人弄。

香艷清新具此風調

方不爲婦人所屈

洞仙歌

過雲上人蘭若見其庭下紅梅盛開漫賦

傷春兼病酒日三竿貪睡〻起閒行巷南寺老僧烹活火礶罷龍團七碗後門外欄杆誰記　驀看花朵上額臉微烘似帶三分午前醉索笑漫沉吟莫是東鄰茜釵上火珠初施只恐教空門本無愁又誰信枝〻盡彈紅淚

閱維二禮柳七秦九俱拜下風矣

菩薩蠻

東雲臣訊牡丹消息 对　彊壽堂主人對訖

銀鈴細幕安排巧，剛剛只等花期早。聞說藥欄東，嬌香將暈紅。

連朝天欲雨，著勒春寒住。何日一枝開，儂應側帽來。　秀色　疊畔

抄　一叢花

抄　詠白丁香同遠公天石和原白韻 对　彊壽堂主人對訖

一枝低亞晚粧臺，吸露沁蘭胎。李花柳絮都難似，染梨雲、一色 巧切

新裁白粉牆邊，水明樓上，鬭竊玉、正情懷。纍纍銀粟費安排。

趁月中開曾經打就心頭結相看處脈脈疑猜記得倚重門和他小摘此事十年來

艷徑騷香

浣溪紗 抄

付

癸丑東溪雨中修禊

攜蕙堂主人對読

春水挼藍接遠汀晚山愁黛黯銀屏綠楊城外畫船停 燕剪輕陰拖水樹鷺翻嫩雨濕蘭亭半溪燈火酒微醒

似讀桃花源記景物都無人間煙火

抄 驀山溪

東溪雨中脩禊　彊齋堂主人對就

蟻國蝸廬，不醉爾公何補。脫帽放狂歌，自古說、英雄無主。攜朋命酒，船泊畫溪東，挑薺菜，焙新茶，飽看浪花舞。　小村背郭，離綠楊千縷。春事漸飄零，總付與、數聲柔櫓。今朝天氣，何必定鮮新，三月雨，一湖風，翻樣蘭亭譜。

永遇樂 抄　彊齋堂主人對就

東溪雨中脩禊

翻樣蘭亭風流雅話

錦纜籠沙紅欄妥浪一碧無際催暝鳩啼拖涼汀滑隔浦春寒
細剪裙今節偏將絲雨添滿一川空翠便教他溟濛滴瀝正應
恁時修禊年年此日酒痕花淚零亂後遊衫袂水上麗人山
陰修竹往事都休記莫停檀板且偎紅袖此會後賢應繼歸來
也明朝花下問他晴未

張祖德姑丈書

搜、喜遷鶯

〇〇九、詠滇茶

彊善堂主人對訖

胭脂繡纈正千里江南曉鶯時節絳纘酣春紅香寵午惟許茜

裙襯衬小印枕痕零亂淺暈酒潮明滅映春園裡較琪花玉茗嬌

姿更別情切想故國萬里日南渺渺音塵絕佚冷昆明塵生

洱海此恨擬訴誰說空對異鄉煙景驀記舊家根斷春去也想

蠻花猶鳥淚都成血

人作花恨

卻夜作人

恨卻々

人日鐵滇

雲

菩薩蠻 搜 彊善堂主人對訖

余常言家雲臣詞有妖氣，此作尤復不識

雲臣招看牡丹以雨未赴小詞奉柬并柬是日賞花諸子

堂前勸酒清尊急闌前看雨紅粧濕多分酒醒時嬌香和淚辭

觸花花不可索性將花躲拚做薄情人懨懨睡一春

倦尋芳 抄

竹逸堂左紫牡丹一樹戊申年曾一見之纔一二朵耳今年花放竹逸復邀同人過賞而濃香紫艷已滿画闌矣感而賦之

種香堂主人對記

画堂左側綉檻東偏朵朵輕俊欹碧姚黃總是讓他風韻紫府

家鄉原不遠，紅樓伴侶，休相混。記當時，恰一枝初顫，便曾斷認。詎料是六年一別，今日人歸，信添春暈。滿院濃香，砌就閒愁成陣。　雨後春嬌態，是朝來怕見殘粧褪。這情懷，醉醒時，細將花問。

情至語，花當解之。朵朵紫雲，非青眼漢，誰當看出。

滿江紅

○○○看牡丹感舊　時

芍藥障烟，倚晴晝，枝枝欲顫。恰又是，送春天氣，夾衣庭院。香逕露濃園綠幄，輭簾風細低歌扇。將去年情事，倚闌干，思量徧。

是真情語

花與月曾留戀朝共夕閒遊衍在睢陽古郡商丘舊縣記得濃
香籠兩袖醉餘馬上攜歸便下小樓紅袖那人迎人微倦
雲雨巫山枉斷腸那堪作天涯誇那偏遍欄
干莫憑恨春風拂檻柔

醉春風　抄

春日飲遠公海棠花下和竹逸作　彊善堂主人對艸

穠就真珠味，瀉向玻瓈內。看花花只管推辭醉，醉醉。醺淺潮生，杯濃暈重，怪郎多事。　滿院春深閉，六幅簾垂地。抱花花只管推辭睡，睡睡。嬌極難勝，困甜睡醒，笑郎無謂。

兩極安排要妙　從空落去千里　詞中開山手

風流子　抄

感舊　彊善堂主人對艸

幾摺枕屏斜。凝眸看、薊馬簇平沙。望故國樓臺，許多風物，當年

歌管何限韶華留記得和烟羅幌映水粉墻遮乍雨乍晴[illegible]
餳天氣半癡半黠鬭酒生涯　也知別來事渾嬌嬾難勝蟬翼
輕紗多管逢春不語對月長噓只芳草粘天聲聲杜宇當簾鉤
地陣陣楊花[illegible]窗敞得無聊小樓數盡栖鴉

如雕白描如何哉　重唱

沼埭使人如作朱卿客

祝英臺近

元夕後一日同雪持、京少飲雲臣齋頭

軟簾垂孤館悄燈燼穗還彈繞過元宵便有嫩陰做幸值俊侶

嬉春狂朋選夜擯當得心情較妥 斟紅糯醉後多恐塵寰無

計容留我小海傳聞種露桃千顆與君擫笛宮牆掃花洞口

幾闋霓裳偷和

竟幅有僊靈之氣真不食人間煙火者

滿庭芳

詠蠟梅和京少韻

重出刪

不必寫

仙溪流銅蜂脾釀蜜理檀初傳新粧冰簷雪紫帶暝亂斜陽自
是羅浮別種依稀賸金粟餘香王孫彈枝頭萬顆偏惹畫簾長
繞廊應錯認究如梅子熟後輕颺想宮人入道絁帔都黃一
段冷魂幽緒扶疎態誰與聲將真言笑紅紅句句讓取領羣芳

繪物入微色彩香味都備貌如梅子熟後
輕颺眼前好語尤人所說想不到

重寫

摸魚兒

清明感舊　時九青新逝　山中枝々俱作杜鵑開偏

情真語摯不可以筆墨求之但恐涵向

正輕陰做來寒食落花飛絮時候踏青隊々嬉遊侶只我傷心偏有休回首新添得一堆黃土垂楊後風吹雨溜記月榭鳴箏露橋吹笛說着也眉皺

十年事此意買絲難繡愁容酒罷微逗從今縱到岐王宅一任舞衣輕鬬君知否兩三月春衫為汝重々透啼多人瘦定來歲今朝紙錢挂處顆々長紅豆

綺羅香　抄

詠海棠　彊善堂主人對訖

褪盡梅粧飄殘杏靨春事今年恁快滿樹紅綃已把小樓遮礙
三分醉午酒嬌痕一晌嬾畫眠慵態記箇儂萬里家鄉西川遠
隔蠻江外　惜花燒盡銀燭花亦相看熟慣慣長在着水啼烟
鎮何餘寒恐耐繞深巷帶雨斜開又前街提籠爭賣惹人是幾
陣春愁撚一枝誰戴

婍妮着人

百字令

送錢礎日歸錫山同雲臣和曹顧庵韻

憐吾與汝，只年將五十，尚然棲遲。梁上功名難辨取，且自弄他文筆。備嘗弔喪送人，作郡歲歲，飢驅出傍人。大笑嵇康，嬾多蝨。同憶舊日酒徒，彫零略盡，愁殺松楸客。恰似枝頭花欲謝，祗剩十分之一。歸聽鶯聲，好攜芒屩，野服須遊膝九龍山下仙糧，何限芝朮。

押韻之巧，難脫中見思，後悔纏綿深至，如山公惆悵過酒壚時。

〇綺羅香 抄

咏落梅

滿院濛濛，半園簌簌，萬隊銀鸞齊蹀。壓帽籠鞭，無數檻邊廊下。韉夜靜、粉淚難乾，趁陰重、冰魂易化。更憐伊、漱雨梳風，樓東顏

玉粧初卸。有人剪燭偷燒，腸斷紅香侶，憶他嬌奼，拾取又盈盈

和麝題封綃帕，記當日、冷淡交情，付他年、水天閒話。空遺下、瘦

餘斜枝，向橫窗暗寫。

雅艷

〇瑞龍吟

抄、送董舜民之廬山用周美成春景原韻

彊善堂主人擬

西江路多少湓浦琵琶鞋山烟樹相傳當年月明送客青

衫濕處法　船頭寄語記得南康一郡大江門戶此中萬疊匡廬夜

深屯女緣崖笑語　君到試窺峭谿縈紆碧獅舞第一

為訊棲賢可能收故[illegible]把羅[illegible]小筆[illegible]記遊句休望楚江赤壁

吳天似夢怕事隨潮去望時又惹高人愁緒鬢髮搔千縷君且

坐峰頭指花成雨晚來拍手白雲堆纍

祝英臺近　抄

对

悲歌慷慨中有純

蘊藉如許真爲

出古人數筆

善權寺相傳為祝英臺舊宅寺後一臺云其讀書處也壁（梳粧）
間舊有谷令君一詞春日與雲臣遠公携鮮讀之共和其
韻　先梳粧處讀書處自在會稽還
音　漫叠堂主人對訖　宜查碑

傍東風彈舊事愁臉界紅箔似是年深也有繫人處可憐黃土（淺語入神）
皆付綠羅裙壞只一縷春魂掩與為他處還處化鶴歸來應（蝶）
同鶴能語廢得無聊果把斷垣觀那甚古寺鶯啼亂山花滿（士虛羽士　日鬧）
悵煞甚臺空人去

化蝶可運用惜如
結語未以風致

賀新郎

造竭山靈於筆端，變陰陽于紙上，胸中眼底，大是可憎。字字真確無倚之作

自有此境未有此詞，或云自有此境即有此詞，但未有能寫出者

磴龍湫絕頂，渴盡虛陰，雲空遠公試

則非到過者不知其字字之妙

極目真空，嶺路奇覓，巖層巒競爽，老松都合，負同荒寒，非世境皆

曉陰易濕，寒更古木冷，自聽鷲

明陟逕，火車東虎踞龍湫，經過了一枝節幾被

罡風奪覓，約至人窮山末，閒尋凡筆

峯巔小閣已甚，嵌山欹歎，嶮欲呼然，日寶

拳然如鉢，只怕石欄凭不穩，敗葉欲逾，火兒泥恰，寸塵門欲谷

貝葉谷阝和月沙汁峯山門不害

我愛湖光能入望，約他年、再與攀蘿，看夜半陽烏浴。

直可作異書讀

洞仙歌

善權洞

古色靈峭自然是鬼斧神工

字不妥下確切甚

天風忽下劈破青紅斕奇又愚公鑿裁翦看千螺鈿僅萬笏斜

垂鋪碧鮮一屋隙雲自鍵玲瓏光上下一串銀房偏借虛空

嵌層層亂洞底洞還生下有鼻鳥聲亂雲中鷄犬只一石怕春寒

情無人都走入牆陰化成雷篆 善權寺內有雷書火篆

洞下又洞方是

善權洞在工切

王臣子云重封重鎖等字面累句厭重鍵却亦新雅昌黎陳言務去是先生語也

探春令

咏窗外杏花 係叔祖殿元公舊宅

□善堂主人對訖

崇仁宅靠著和坊舊雕闌都壞階玉樓人醉今何處只一樹花還在

紅香籠帽歸鞭快更何人能識到如今和了滿城微雨

步上街頭賣咄々

杏花狠藉鳥啼風不堪回想

浣溪紗　抄对

春日同雲臣遠公買舟山游小泊視陵紀事　彊善堂主人對諾

春水平如簟一般，茶鐺棋局宴潺湲，好風吹去不須還。二月新晴鋤綠笋，半村微雨賣青山，垂楊低處隱禪關。

愚事寫得悠韻

人家俱代山

石鸞發市

風致楚楚

擬

師師令

席上同雲臣詠雛姬

紅剔翠摘郎星眸斜賣春嬌尚未忒玲瓏部已曾三分無賴笑

畫出神態逼現

雙善堂老人對

蹙花顰衫衫在怨風吹羅帶　銀箏研鱠鷓鴣快做多人情態

玉船頻到只推辭道酒病昨宵曾害按碎紅梅庭下灑駡粉郎心壞

繪出妖冶之態筆筆玲瓏柳屯田善爲曼聲然未臻此妙境

妙處直在古人之上疑天孫之巧被君奪盡

擬

玉樓春

雙善堂老人對

春夜同雲臣遂公天石諸子讌集元白池亭次雲臣原韻

絆人最愛金鱻軟障燭更憑羅袖展酒船風動蹙紅鱗歌板烟
籠啼紫燕　城頭側聽三更轉玉漏漸深還道淺明朝重揭繡
簾斜花底𨘸逾應未捲

艷甚

初 蘭陵王

詠閨人簸錢

詠事纖細の極

彊善堂主人對読

粉墻側，風遍綠窗信息，琅然響，莫是青錢簸入堦痕覓無蹤，輕圓留不得，小玉春纖低拾，喧笑處，競理輸贏，朱汗龍綃背人拭。

春慵倚窗榻，漸搓柳況思，插花追憶，人生幾度逢寒食，怕連朝風雨，滿城烟絮，韶華浪逐榆錢擲，一文便難直。

小立閒還積，算幾篋青蚨，半貫赤仄，卜多字蹟都侵蝕，且潛買歡笑，強驅愁寂，團圓嘉讖，把五銖看似歷歷。

[illegible]語巧思[illegible]

抄 長亭怨慢

春雨 彊善堂主人對読

小樓外絲絲縷縷也似樓頭箇儂情緒看攬莫縈簾惹人愁恨甚

時主夜香籠袖粧殘罷天還暮擬細紛多鴛鴦望望亦為春寒鳳嘴

日新

楊隄韻尤人不敢下筆

偏努小屏風幾疊豬見重重南浦因思江上算今夜有人羈

旅縱有日斜見春晴晴不得總還紅雨怎能勾梨花門掩雙雙

笑語 閨院深沉萬般縈想覺雨打梨花深掩門 無此腸斷

王正子云 拉淚眼不曾晴天情悰

抄 春晴和 京口用前韻 彊善堂主人對読

正帶夢流鶯碎語似訴簾間已收宿雨此日墻頭花枝定是招
行旅風光何處總在斜橋極浦看纔過收燈卻又是林邊春筍將
努
倚簾角暗許錦鱗來太遲暮連朝春困渾欲倩東風扶住
便從此炙杏烘桃怕難熨兩眉愁緒凭闌久斜陽紅斂漸沉霞
縷
對景言懷風流自賞　春筍將努愈淡愈妙

水龍吟

咏杜鵑花

强善堂主人對訖

小樓日日輕陰，花枝映得紗窗曙。恰推窗看，玉欄干外，紅香無數。櫻笋時先，鞦韆院落，襯他嬌嬈。只一枝怯雨，泫然却想，故鄉也，知何處。

自別西川萬里，擬消受、江南歌舞。詎料年年，每當開日，便成春暮。甚日重逢，錦城絲管，華陽士女。待代為蜀魄，枝頭喚道，不如歸去。

是花是鳥，是蜀帝靈光戃怳，不可捉視。

蒼涼悲壯，滿紙淋漓。

〇抄

夏初臨　九十七

本意　癸丑三月十九日　用明揭孟載韵

中酒心情，拆綿時節，曹騰剛送春歸。一舷池塘，綠陰濃翩簾衣。柳花攪亂晴暉。更画梁、玉剪交飛。販茶船重，挑筍人忙，山市成圍。　驀然却想，三十年前，銅駝恨積，金谷人稀。劃殘竹粉，舊愁寫徧闌西。惆悵移時。鎮無聊、搯損薔薇。許誰知，細柳新蒲，都付鵑啼。

驚心動魄，一字一淚，一淚一血，與凝碧池頭句同一愴痛，不忍卒讀。

○齊天樂

端午陰雨和雲臣用片玉詞韻

彊善堂主人對讀

翻雲臣句妙

紅榴淚點酥酥雨，正因此時重五。怨結湘纍，悲纏騷客，天也為人酸楚。孤城蝦虎。吾邑名蝦虎城 颺幾陣茶烟，一絲絲鬢[illegible]繡緒。況今浦[illegible]樽，嬾賞小墀午。江南江北行徧，每逢看競渡，傷今弔古。俛仰隨人，飄蓬返里，[illegible]畫[illegible]。[illegible]流年空度。記[illegible]粉釵[illegible]舊[illegible]心，處處鎮日空濛，戍樓將動鼓。

酸楚之情溢於毫端勝讀文通騷體

撲蝴蝶

詠蝶　彊善堂主人對訖　对

一生蹤跡，總在花深處。幾番消受，小院紅樓午。粘來珠幌如癡，

落上繡裙成雨。有人記、曾暗結同心，皆如今、重到依稀不認。

他門戶。滿園野菜，須令游蜂三五。惹殘流水，雖憑舞徧微風，莫至

賺人一天花絮。是郭槖駝傳，如作南華讀，何嘗

沁園春：說夢　彊善堂主人對訖

湯皆山以瑞梅告者屢矣。始則有枯梅復生之奇，繼則有

重其臺疊萼之異蕊，茲則深秋復吐艷焉，詩以紀之

一種江梅偏向君家，山奇無賴，看千年復酒，喬柯繆繆，重其臺蕊，廢冷恁空濛。人曰奇哉梅云未也，要為先生奪化工，休驚詫，請看君安坐，洗眼秋風。須臾露灑梧桐，忽逗出羅字小樣工正，朦朧一夜銀河裏，茶東數點，玉簫聲中，只恐東籬有人斜睨，菊秀梅嬌妬入宮，當筵上，倩泉明和靖，勸和同。

蜃吐樓臺，聲影空宕，凌雲造手，無處生活

六州歌頭 抄

竹逸齋頭閱馮再來所著滇攷賦此懷古

披圖長嘯，發嚮畫巖巒。日南路，直萬里，扼雄關，是昔賢繫

華月楚賓布輸，韻符萬棘，僮麗貝錢，重雜花丹，靡莫拜郎，有師

爨王羣舞，品咒史□，冗言縈繞，點蒼山。鳥道窮，崆崕攀

歎今古事，多割據，瀘水黑，甚時了。國字君笑，不當

隙。非開邊，從爭代，際安寧，維富麗，土金寶，春誇長腰三

郎去，沐鈴也，何日回鑾。祇見月，少映，戰血成斑，羅雨不殘

檃括滇攷該博無遺入後感慨別有深情

沁園春

題徐渭文鍾山梅花圖同雲臣南耕京少賦 瓊琴臺主人

十萬瓊枝矯若銀虬翩如玉鯨正困不勝烟香浮南内嬌偏怯雨影落西清夾岸亭臺接天歌板十四樓中樂太平誰爭賞有珠璫貴戚玉佩公卿如今潮打孤城只商女船頭月自明晏一夜啼烏落花有恨五陵石馬流水無聲尋去疑無看來似夢一幅生綃淚寫成攜此卷伴水天閒話江海餘生

其年寫此詞吾云整偏佳料更好風格耶

然則此詞前段更覺綺麗又云夢無憑然
不可說古江南道此詞後段更覺也楚
淒楚者較如陸生蘭綠水之曲使人幾
不自持

綺羅香

咏櫻桃

彊壽堂主人對記

小摘勻圓，低簪嬌鬟，萬顆輕紅同瀉。綠葉陰濃，正值江東初夏。茜裙濕、果似霞如，無珀盌滑盛時欲化。正小樓、樊素偷含，丹唇比似誰真假。

熟時江滸，野館曾壓他，低帽籠他細馬，此際重拈，試與論詩嬌奼。休還問、紫禁金盤，最難忘、紅窗綃帕。入手更相淚相看，鎮臙脂盈把。

寓悱思於幽倩，寄艷曲於忠誠，如讀離

騷一部左思嬌女子美麗人不堪比喻也

沁園春

渭公新葺書齋闢學仙詞以紀之

彊善堂主人點訖

給生來畝之宮，點綴林巒翳然，見雲窗粉壁，女起縈紆，京千輿

精舍館石，幕岩是笈，須重此焦，丹栽此竹，自梵文鐫，魚虛翠連，安排巧有

人蒲團棕帚茶能船艙，勇過貴其然，大士君真學仙何

神往丹爐晨諷黃庭一卷，玄關夜誦龍經三篇，五利虛無，文成怪誕

樂誤多人昔所傳，優游況來小築，極似斜川，其於真竟善用，處字不獨祇貼

題史蘧庵先生燈詠一卷後 精工

彊善堂主人點訖

筆筆字字喧豗，烈烈熛焚林，爲鮫爲蜃，有火鐵結陣，晶熒同樂，燭龍封。道古伏，焰燿鬆鬆，晷隧千年，秦宮三月，做白毫光大，總持新新續任。光獻盲兒捫籥，牧豎敲碑。從來禍首鴟犧笑，一匣劍何仞，女燈在帷既。豳人桂輪易蝕，底須搥兔，桑困善酒鴻馬，用燃烽骨，以明煎，吾聞其語言。僕序綿上龍蛇，哭子推，真休矣。向燈王禱首，埋名十丈，宴疑矣。真爛火美。

彊善堂主人對讀

鷓鴣天 抄

謝蘧庵先生惠新茗 对

彊善堂主人對讀

竹院風爐夢正長，絹封箬裹十分香。龍團搗罷雲生白，蟹眼煎

成雨沸窗　拚冷淡盡奔忙不如閒事好商量人間別有真衡
董新註茶經四五章　語香清味讀之勝飲雲合七椀

抄

蘇武慢

送孫郎買汝寧令嗣（購無三寄劉說）

胃脯擊鐘馬醫連騎間者吾聞之矣神仙無路恨相離爲只有
鬻漿可耳解人吾子健者孫郎遂作急裝而起翩然袨服鳴鞭
矯若奔泉渴驥　又何須兩賈已平南游滇僰動足下床萬里
天中上郡汝水雄關儘可持籌列肆鮑羊千箱貂褕有龍繳

毛錐之子只倡樓莫擁如花速翠要纏鬢詞也

一起兩轉緯意雙絕結二句尤見愛人以德

髯以與無言知交有年故出贈言真摯

如此

抄畫錦堂

述懷和蕭遁庵先生韻

我所思兮兮無人者長嘯離墨之陽時復讀書萬卷縱博千場

悲來直攜橫槊舞興來還取素琴長謳誰相識只有當年郭翁伯

白梁瀑布下

郎君阜赤城亘萬丈神仙窟中有雇鶴參軍食我願結廬注易

梯几焚香自騎侍雀朝蓬苑手斟丹液煉飛光況吟久此意訟

然未遂斜日徒黃

掀髯快譚又復霜寒月冷固知蓬瀛仙客非

大英雄人不能恭到

賀新郎

蘧庵先生五日有魚酒之餉醉後賦謝

蒲酒濃如乳更爲我東溟斫鱠大魚就脯攜酒石榴花下醉還選腹腴親煮耳熱也休提今古只有寒潮打故國歎龍舟寂寞無尋處風乍起嬝鮫舞

何須遠望悲荊楚暗相像廣陵舊事淚多於雨火照佛貍城下水亟相觝渾難渡記時節也隣重五兒女誰知英雄恨碎兵符戲向釵頭賭癸景絲小窓午

感慟淋漓橫絕今古恨卮酒寂寥不能澆磊磈一二

玉女度千秋 新譜曲上肆句傳言玉女下四句千秋歲後段同

壽吳母任孺人

八十稱觴，齊仰裙釵尊宿。如雲子姓，捧鈿車、歷錄春暉縈寸草，巨室森喬木。思往事、青陵臺上歌黄鵠。　歌罷燈寒，母績還催兒讀。兒已成名，孫又饒蘭玉。真妃來洞府，天姥斗靈顔貌，一百歲，湔裙常趁晴波綠。母以上巳日設帨

沁園春

題徐熏文鍾山梅花圖同雲臣次京賦

十萬瓊枹矯若銀虬翩如玉鯨正困不勝烟香浮角內嬌偏怯
雨影落西清夾屽亭臺接天歌板十四樓中樂太平誰爭賞有
珠袍貴戚玉佩公卿　如今潮打孤城只商女船頭月自明歎
一夜帰烏落花有恨五陵石馬流水無聲尋去疑無看來似夢
半幅生綃淚寫成攜此卷伴水天閒語江海餘生

○

○蝶戀花 抄

魏里錢爾斐先生向有四月蝶戀花戲序韻詞病中偶次

其韻并索蘧庵珍白竹逸雲臣諸先生和

四月荊南山更翠。山下人家，着破風光膩。南郭鶯聲喧滿市，東

鄰榆莢還縋地。問訊茶園開也未，穀雨過頭，記起旗槍事。自

是茗柯饒實理，酪奴水厄休相戲。

妙鮮

膩字貼光字可，山嵐光貼人家更妙。

又

四月荊南甚罰醉。雪色鰣魚，鮮鰡罱角絲連。湖起色，鬪新瓜翠，松粉團櫻絲

片

膳手當醒之峰生翠黃

彊齋堂主人對記

昌黎紅笋綠玫瑰紫　更有葉羨鬟絲下起一戕醺醺醉倒新柔柔斤沙鮮自

妙句虎膽龍非我事　天晴且趁游蜂戲

物色秀爛

又

彊善堂主人對說

四月荆南山雨至　瀰瀰濛濛　碧窗雙雙燕尾　水檻斗頭閒從竒簷

何等聲吹得波紋碎　小院月長惟子嗤嗤足　揮毫自笑無新意滿

冒次偪詛神兼罵鬼　先生慣以文為戲

遊戲三昧

又

彊善堂主人對說

四月荆南春去矣　點點花飛　助我彈紅淚　所幸東街連古寺木

香

丹鶯粟還往砌 汲水澆花心暗喜 小啜龍團管甚人間世更

奇横

上危巢探背鶻子 老來愛與群兒戲

急殺寫生孩心

又

四月荆南多賽會 隔浦叢祠日日 村巫醉 午後楝花風乍起 打

逼

鄉社首分鵝截肉 一飽欣然無箇事 走趁楊花飄蕩 東村裡腰

真

鼓盲詞隨處是 分棚又看梨園戲

趣俚事入筆便新

彊善堂主人對此

又

四月荆南桑柘美 泥就蠶房雪淨無塵滓 紅帖糊門多禁忌家

彊善堂主人對此

妙語入神

語語阿歸勞織紵。笑語小姑應夜起。好事今冬早把衣裳備。去繅車伴不理。小姑為惱前言戲。

寫生兒女喁喁言態意緒

摩詰染翰無此神妙

又

四月荊南天看水。濃淡溪山。染做修蛾翠。拂曉家童呼入市。筐籠攜得含桃至。一幅斜陽工到寺。新筍排檐。數偏那能記。浴佛人歸深逕裏。鄰閨兒女燈前戲。

斜陽深逕 筍畔燈前 觸景生趣

又

四月荊南風景異。乍雨還晴。晴晴雨雨都無次。欲認前村渾不似。

〻萬頃黃雲膩。一巷柴門誰夜閉。打麥聲中。隱〻猧兒吠。酒

辣餅香真足喜。竈前博塞添丁戲。極俗事寫得古雅

似謠似記離奇變化荊楚歲時記不

足多也迭語高古可與湘中記並傳

玄手瓚細寫生烟波莫狀華鶴飛想

衣中有此意殊

蝶戀花 抄

五月詞仍用戲字韻

物色瓌美

五月荆南梅雨至。好貯天泉，競滌瓷齋器。[illegible]覓龍[illegible]佳滿砌，庭前新改龍[illegible]肆。

濺沫傾珠[illegible]足喜。啜[illegible]椎[illegible]，清活火須先[illegible]。是茶聲還不是，依稀松籟爭風戲。

調笑之語，縹緲空靈

總繇筆妙

茶譜 沸如[illegible]已竟松[illegible]入耳 兩腋風生

又

五月荆南饒好味。筍脯茶油，都上蛟橋市。細切黃瓜涼欲[illegible]，[illegible]香正熟長腰米。飽飯風前，貪看剝啄誰與佳客催人起[illegible]。

青披襖裏葛衣新歲簡迎窮且學披裘衣戲
裘想見裡不
古人風槃

貢葛衣與瓶粟罄同
一高致

又

五月剪南花未已各色戎葵濃淡淡千切門道行花更麗殷
挿車石階道往南花更麗短
權書多加包取三升子
往往明年栽滿地也笑繡圃便作花城也
城又不種乞取三升子
土旁絲錢便作城比
此栽花是貧家真富貴人間富貴還文戲
南面

提醒富貴人不啻鐘
來夜半

又

五月剪南新漲至一片蒹蘆總把川光隔階外小窗風來也未陰
新漲
水郭漣漪迴十里買件簑衣走入漁翁隔日
讒寫雨二先作鏗鏘勢

雲臺爭似釣臺高

落聲逢起封侯不換茁綸戲

一幅漁釣圖滿紙濤聲

浮動

文

五月荊南荒濕翠壩腳皆生楚潤恒衣試院爭日長沉水燭薰

彊晉堂主人對

憶有京江萬里爛昔鈞盤倒捲金山寺雪

騰几坐思東事

千載猶騰几坐，思東事，片山崩壽飛，識炊，女高堪下龍戲

每事一入片山崩壽飛識帽女高堪下龍戲

業底

條覺字生鐵甲

想窮天際章法之妙

絲絲入扣

文

五月荊南佳節至角黍堆盤嫩綠窗前醉絲絲斜墨鬢釵

彊晉堂主人對

符顫龍蒲菖翠

五毒羅囊裙世蒙鬟台言人生馬虎非英事

……得海榴紅染，艾蒲根縷，作葫蘆戲。

葫蘆戲一句中費長房壺隱一段經

騎虎非難事，非大菩提無此妙語

又

五月荊南，多酒會、家家角黍，糟來蟶新。自江船膏香，酪欖醁偏，沁肺[illegible]。膏紅正透，引竅氣大，看雨絲蛛網，綴分明空裡穿珠戲。萬事蒼茫休問矣，餔餟吾生止此，聊強人意闊。

傲睨不可一世，不令饕餮人作鮮嘲想

眼前景寫來如畫，少陵所謂精能之鎔緣也

又

五月荊南，秧早蒔、黃絲飛來，溫語從天至，見說東南民力敝，秋租減來明年事。比屋歡騰還雪涕，只恐來年還似常年否我

語村農休過計官家自古言無戲

徵諷深於直諫如見立朝大業

半信半疑且愁且喜流民圖寫不到處一筆鈔出

俚俗雜莊語帶詼諧度化字字珠璣可以比石成羊擲杖為龍矣與近日填詞家殊為仙凡之別

蝶戀花 抄

六月荊南詞

彊簃堂主人對說

六月荊南林貝水浦菖成叢，[illegible]尾盡。野風吹面起。

梢首灌鶯[illegible]里，白髮老翁無個事，[illegible]也地。

手老妻牽稚子傳言，[illegible]

所謂淘生畫生村翁乘緣[illegible]也

六月荊南天以酉乘嫩如無恰，又只求[illegible]以逐山前谷日來。

糊失去青縣，鷲偏斬柵之不已，忽見中庭一縷青煙起。

禁君兒爭笑，上自合玉公司也。着文王文虛

以醉膰
說天山
從來未
有

奇想趣話

西洋天主原是兒童樣

樣宜香斑斕之戲也

二月廿八奈燕燕，晷看春過了梅天，市上無第一枝。小黃魚、稀少年老

高人風致

囊真日延空地

永來永去，失之交臂，也自隨風致

腹陷足矣，而棚之下，閒話戲

月下

如此知是高非老饕

流民圖風

土祀合為一詞

六月廿八奈開也未一月亭亭，官量

絲贖了求城市，不信可憐名，梁去隨農家行

熊長橋之上，子弟

君愛村吹之杯

鮮物滿

明月人

生津

六月廿八奈多水帘，轉木舟杉，木舟，排沈尾

一望風荷兼雨，又早出

異想奇情

罷蓮蓬何處便安排做個人兒 小兒剝蓮蓬以線縛之反衣

戲字奇書

切切切 六月……單早帆 故兒莫遣……

景共神……六月……床上……長日……無子……枕上……

手也 成記又無頭尾且拾得中青鷗子糊他一盞螢燈

六月……大熱人早起……看雲……

強善堂主人對說

一字字生 無平相……

讀乃知……世間……勝……此天公……聊學人情 筆情變化似夏雲

六月廿六日……上烏巾……看多時矣容至……一路……人

仍無匹 ……一讀即解……先生從此文格……也

阮籍猖狂郎

迦陵送餽詩作易　問我新編今有幾多曰有三百後少燒矣語

夏祝餘詞一紙君作何我偏無

張生年甚四月五月但思在內詞到神

境不減宜僚之丸

踵入壺中跳出壺外遊戲神通造化小兒從

其玩弄不止劉灝渾脫結以劍器之舞

讀盡六月詞奇且異彩予熟遊業狀如生登州城樓頭

蜃樓海市倏忽變幻皆平生擬寫平生

奇遇眉山視之可不愧矣

賀新郎

彊善堂主人[illegible]

竹逸屢苦足疾詞以訊之

足亦爲頭累。問先生、經年何事，蹣跚引疾。有足經行須萬里，須

踏龍堆馬邑。更須半、帛靴工起。郎怪日、習鞵藍巧，至美人鞵是着。

踏青堤、沿徐鞋紛紛去，怪凡女

交相尼中有鬼，苦無力。　容爲代語君知默。看人世、太行險路

縱橫几席。凡馬神駒吾自有，奚事更千哉。起一有足雖猶全，五膝月

杖

言罷先生徐捫足，且支筇、虛室初生白。聞一笑，箇何失。

傲詭靈奇，南華避席，尾瑣枚生言之齒冷。

一責一答機鋒注射演之可作一本傳奇

僕屢病足擬作嘲足詬足兩文今得髯公詞兩意已備朗讀數過病魔退避僕文可以不作矣孔璋草檄其年填詞後先輝暎真古人佳話也

賀新郎

食李戲作

奇由天開用語典切能令枯樹生花

稱述妖語出人意表而語妙婉寫恰成文章

直是李子世家

咄汝前來此問瀟灑人〃者逍遙猶龍李耳一自星冠雲氅後合值楊花盡矣又幻出李唐家世縱教猶龍貪貨介擲字仙遊虛西園氏李楊家果謂君〃女曰今慣代桃僵免容經過其冠不正視同若李一入公門更屬鑽核靈也名士風流看王戎冷遮只有井邊堪避世與蠐螬晝夕窗螬蟲食門稀矣已還愁遇於陵子

映合

奇甚

抄一叢花

含中生香艷絕飛絕

楊梅 彊舞堂老人對記

江城初泊洞庭船，果顆顆、販向圓朱櫻。素柰都相遜，家鄉住溪莫。

灤前兩崦，蒼翠半湖，昏暮靨籠重，一帆偏。買來恰趁晚涼天氣。

井丁亭東采食，冷冒春纖，濕粉君上幾點珊瑚，莫是那人

低唱畫屏簾東文然

前段寫出來路，盡可歇。後段寫出去路，竟似讀艷情詩矣。風流蘊藉，石後妍態極媚。

賦物靚秀，入後一段，覺紅潮上口醉

楊柳枝當讓其風韻。

擊梧桐 抄

彊邨叢書本時記

夏日同安丘越生過竹逸齋頭小飲次武上紀事

毒熱鎔金，火雲焦釜，當晝扃門早畢，無聊引泉聲，誰往我過君高館

科頭而臥，日日愁避暑何方，除是齋門，去嵩山峰千朵，更上小樓

幺絃彈罷冰天都破，小飲深談耳酣，氣熱不顧旁人而笑，算

今古幾賢愚，言有斯人長餓，我歸去，先生爛醉，任他伯手，君見罵

且蹋看一街新月，把小詞隨做

錄錄入北邦大觀樓珠張超夏繼

光緒叁拾叁[illegible]真[illegible]作工手安的不

悦敛[illegible]年

臨江仙 抄

詠竹夫人　張蓬瀛朱對菊

孤竹君原稱苦節，晚遺詩息江村。夜涼寫寢暫承恩。斑斑江上切

點點冷浸月中魂。青女秋來休見妒，卻身有根源化為橫笛

響邀陀但憑隙塞世吹裂小青了幾篠

十載蕭湘岸畔，省惹雨麥老。如今枕伴露華濕，閨居清影都

の此知那詞孫尤田要幾尺寫求御韓卧聲十 一生睬直

殿夢到今宵被 京家月引幾吋

許誰口霜宮來別院，執之願意同時 矣霜石另月紙外甲目

角合遺詞也高蕭濩穩

秀如生似頭把如詩風致

不得不推為詞宗匠

湘竹上簪畫爭題上截帶説夫人風情

滄遠詞家神品如新之

○水調歌頭
立秋前一日述懷柬許豈凡
將相寧有種豎子半成名鯫生切莫撼樹聽我短歌行薄俗人
奴笞罵末路婦人醇酒一笑萬緣輕夫子知我者試與說生平
所最者豕逐兔鬥長鯨君群儒齷齪足可笑我自習縱橫明發西
風削草且約博徒會獵小趁一秋晴鬢作蝟毛磔箭作餓鴟鳴

彊善堂主人對讀

水調歌頭

題趙紫芝詩卷 天王

彊善堂主人對記

脫帽即攜笛，韉洗便彈箏，千金數得樂即半也，得狂名，面勸英

雄作萬象，雪中鴻爪，一過已忘情，笑忽謝顧敘，掩柴扉

新詞句，落太縱橫，我作致師樂，向摩壘，更麾旌，與君并

州快剪，又君狼藉殘豁，不聞舉以示二子，大笑絕纓

揚落頡頏如神龍夭矯不可端倪

平生快事為解見滄之寫出來

謂搔着癢處只是抓着痛處
當書一通照存

○又沁園遍用辛稼軒體

魯庭聞至　彊齋堂主人對說

轟碎吐盡不可讀竟

有客蒼然萬里而來精嵒嵒嵒侘蹉跎少壯迅流波奔狂奴

米忄言做言是是少丬氵氵

半生磊磊阿然吠桀驁崢嶸座周旋與我寧為我陸廿載河

石石攵韋是言乃旋阝

湟全家闡龍虞兮其若之何況赫連城下虎腥多更無定河頭

毒龍窟夜少寶房馬腹中間鼻吾竟自邀逐女秦我豪豬皮

乇月計台攵豕

染甚藥兒胃每年幾許來逞恤其他奈少婦窮邊三年戍卦

糸華月巾亻君白酉忄女

壞羅裙被風吹果不覺神傷情馬淚濕浮生漸識因果乃豪氣

四糸衤衤木木衤亻忄氵氵

狂踪盡摧挫，向法鼓齋魚修梵課。更誰知劫風隨陷今年作事
大謬文殊蘆蒲沫道上路鬼揶揄近日前陣何其計左東風下
第一渡摩汐笑洛陽里霸破
感慨世情更無氣岸為
庭聞言郎柳贄不自言郎

抄、木蘭花慢　彊善堂主人對話

壽虞山張以韶四十　應王石谷之請

虞山、山拂水，風倒捲簾泉，想紅豆村莊，絳雲樓閣，翰墨流傳。
風流後來誰繼，有天都道客吳張寒水檻……日車正面
湖山
王維今日畫中禪，說兩最豪賢聖……里名通德

臺回超然行年只今四十已手摩銅狄鬢染塵任俠骨迷塲酒舍

閒卽茶竈漁船　前引牧翁中捶石谷巧法雙絕真化工筆也　筆挾春秋可名詞史

擬西園竹

題西陵陸蓋思繞屋梅花圖象

西陵高士小隱段橋東十年酒聖半世詩顛千古文雄太銅將軍　蘊藉堂主人對訖

麯道士楮先生者三君蹤跡都是屋女蜂屋嬴無數冷香籬

門陰浸其中鎮日和烟和雨點點斜斜款款亭亭朦朦朧朧杯在手和長側

帽柏階一窗風　詞能寫照可與虎頭爭技　黃山松徑寸俱作龍形蟠筆知之

一瓢軒作訊至稱數語，真如面談，弦之

水調歌頭 語尤為高達

送惲南田之錢唐并柬毛稚黃（彊善堂主人對說）

躡屩上靈隱，衝雨下吳淞。送君恰值新來，纖月白於逢。猶憶冷泉亭上，白道跳珠噴雪，飛瀑挂松杉。一別十八載，吾老漸成翁。

故人去，攜筆墨，冩空濛。不知老已將至，揮灑醉偏工。為訊鹽橋毛子，果否別來無恙，從事斷詩筒。人世作達耳，且[illegible]鬢[illegible]。

渡江雲 夫錡 岩運 台濱 元悅 稿撰

江南憶和蘧庵先生韻

筆君

龍吟躍呼望東河南岬折戟半沉沙鷄籠山下曾記得鳳城數

十萬人家貂蟬奄央鍾山翠疊鼓鳴笳更參差青溪一夜從古

驚蛇

鋪射日金　齊臺梁苑　顛墻敗鹿　絲林

言塊

說繁華甚臺城流東去殘月微風吹破小廟神蒼涼半麂

注兒

楓葉四壁龍宮幾番夜向寒潮泊空城下浪打蒹葭青濕隔

船撈許天涯愴懷風物齊慨良深可與王介甫

丁水調歌頭金陵懷古並傳

言歌曰　彊善堂主人對說

胥西陵周勿庵　勿庵精目者家言任俠滑稽多金九緣情之游背微僂

拍手唱叶歸地猶廻波世間寵達有命君之何以能一向

和唱嗣叶踊

对

錢簾下雨後一市人心客有寓獵嬰過羹病坐磨鄂君思食健菓

如冀香脩其腹口懸河眼中只愛鼠青佳籌愛毒戚頭登丈

人病僂去郎恐舍人爪是會戲語莫相可絕小黃鱗骨撫掌兌命磨

慷慨淋漓嬉笑怒罵但足令人捧腹慧舌乃爾

抄 漁家傲

抄 新秋即事 和雲臣韻 彊善堂主人對読

銅鑾鐃將餘火送 砧聲又逗秋情動 天上雙杼誰播弄 閑愁重
人間白髮憑伊種 一枕瑤妃斟綠雞鳳 驂鸞[illegible]鶴群真共 覺後
匡床無與共 真成夢 亂雲封卻華陽洞

押字新穩堅秀已入神品

晨喚青童沿砌掃 待他一葉占秋早 浣取幽墀如鏡好 秋已到
碧天萬斛銀潢倒 莫使秋光容易老 等閒黃了天涯草 靜聽
跳珠荷葉鬧 [illegible]流釣 忘機不怕群鷗惱

適讀陳菩伯新柳詞云寄語東風且慢莫青輕採幾黃匹雷難賞讀此秋光句更自招詣君名百尺樓上獨擅一席

重出不寫

八、渡江雲

江南憶同雲臣和遜庵先生韻　張壽堂美人對訪

重出

江豚翻碧浪，憑高極望，折戟半沉沙。鷄籠山下路，記得鳳城，數十萬人家。鉛蟬掩映鍾山、翠叠鼓鳴笳。更參差青溪紅板，從古說繁華。　堪嗟。齊臺梁苑，殘月微風，剩頹牆敗瓦。祇蒼涼半林楓柳，四壁龍蛇。幾番夜向寒潮泊，空城下浪打蒹葭。青溪隔船，同訴天涯。

劉賓客詠金陵，白傳云探驪得珠，至于此詞亦云

沁園春

同遠公和雲臣越生過□見贈之作

五十之年 [illegible]

[illegible]

溫厚和平讀之令人氣足

序說生平總覺有□於交

還推白香詩曰□□而□顏居

可作金蘭譜讚，然是龍伯高一流人，江文通無地着脚。

南鄉子抄

付

[illegible]

不其□於手

夏日午睡 （蘧庵堂主人對訖）

新竹新竹，卷中庭陰盡入窗。水亭宣室小，口軍無客至，常自非[illegible]

休矣休矣紗屏，蝶夢翔冥。何似槐安國大，經正年存，柯直與太守

還醒還醒，片片松濤沸枕聲。

可與北窗人參看

予生鄰如楚禮[illegible]

水調歌頭 題遂公畫洞山圖送天石上人

做得冷何以，則讀卷而作洞山圖，旁人自手大笑，畫者誰復與此[illegible]

秋菰方妍，蕉蓮泥足，金碧山巔，若究皆非真，鄉復焦來，不長病，有蘆[illegible]

不是葫

蘆生作文三百日給龍團鳳食曾仙故園與十丈紅塵裡一幅冷剝引

用　□（印）　　送原韵北上　還送送履員好廣年内来

從董邵莫作○○○○○○旦馬有些學子脱其帯鷹送月日末思川趙董里刈州飛舊有处今
南序中人○○○○○○○○雖別出戸定躬復入東、寶其曾仙爾昌強坐物態有馬變
來然英○○○○○○○公子去臣宜従高未前足行、加細何地鈎鈎如好力勿復仁
氣不可○○○○○○○階下高訊支離老吏大長安八長毵皆件行我上元候同春鳳城燈
廹視仁○○○○○○

彌善堂主人對訣

於驊騮語畫七者定非于麟畫朱門已未甞同使從夾裏

閨怨無悶抄
彌善堂主人對訣

悲壯也，此陳夫子豈長貧賤者耶

悽惋悲歌，頓盼瑤停，讀之淚下，讀之淚下

新荷葉

叶府

讀未終篇淚蘸蘸，如注不減湓口琵琶聲

抄 采蓮

对 彊善堂夫人對說

殊字妙

一水門前漾翡翠盈盈開成一片湖光翠蓋亭亭扶他幾隊紅粧誰家女伴采
蓮棹漣漪競下橫塘吹來笑語竟川霧鬢風鬟日暮歸來畫船
獨憑餘香此際冰輪天邊又送新涼仍念舊見蓮歸偏兒苦隱高閣
量今夕漸蓮子歸來生怕空房

如吟六朝小樂府倩麗多風

抄 隔浦蓮近拍

夏日村居

彊善堂主人對訖 對

空村日聲靜背，不用帚，冊聲鄉沙央水，邊蕭照旁斤

木女渟青汁不犇翁羽才水木聲沙日，日，人山

松半老，闘踩來靠，愛里青江釣，絲鳥，涼颸翁，占，鳳，歌七阝

公半，來靠，月，涂，日高人風葉人都

笑，帆投極浦，帆，櫓聲將杳，興倦，返，綸起，荷，深，恰好，窺人一點

木聲將杳，倦收綸起荷條恰好女窺人一點

月小 起結幽秀得風竹笑更覺無顧

滿江紅

壽武林徐世臣賢配邵孺人六十

彊善堂主人對訖

巧合

曾在西泠，穩下、陳蕃之榻。記當日、湖山濃淡，賓徒雜遝。夜雨

對眠靈隱寺，春帆記覓泉聲，谷響幾何時，雲水竟飄颻，衲

室有好樓機，聲池乾有子書聲，密合高唱妻，泰佗眠，惚處踏，設帆九

吞喧管籥稱觴，七郡傾壺檻。正中秋、月照浙江潮，鏡光合。

敘情真摯，用字新奇，不意壽詞有

此絕調

又

解語花

吳靜安姑丈堂中閒關蘭盆開約同人過賞時有二校書在

座同越生賦

玉堂窈窕珍簟虛無細壓真珠粉羅陰石鏡隨風皺一帶迴廊

曲欄暗中香滿翠蓋輕扶姑射精神楚腕湘潭動幽人消夏

萬朵珠承雪更花邊淺立人比古射鬟蟬低卸微臭處不

數海天冰麝長來盈把總閣住竹房茶舍清發幽并支奇冷偷

晚涼宜慧

手情折筆字字張雲

硾鳥

沁園春

題西溪釣者小像

彼君子兮，自序生平，西溪釣徒。有柴門臨水，一群鵝鴨，松關負郭，四壁圖書。註易逍遙，彈琴廓落，屈指知非十載餘。時釣者年六十有九焚香坐，俯衣暉傑閣，飽瞰晴湖。　多時興在茱桴，且一帶蒼茫縱所如。看筆床茶竈，沿流容與，漁莊蟹舍，夾浦縈紆。卬閘舷舫，或延新月，秋水長天碧似蘆。掀髯笑，笑人方夢鹿，我正觀魚。

賀新郎

彊畬堂主人對讀

贈善奕者蘇生

又

入市乘羊暇，你歸向、百花庭院。春諳卸小輿，手談殘紅徑，秋水滿眶，微鴻日影，碎劃棋難罷。爭賭宣城真太守，問何人中正如鄉者。秋善奕，爾其亞。

局中有劫憑君打，莫沉吟、樵夫柯爛，瑤池花謝。聞道外邊風漸競，一子甚時纔下。休閒煞、春前陣馬。天帝井公方對博，又從來、似奕長安也。都付與，楸枰話。

鵲橋仙

詠竹逸齋頭紫牡丹

彊畬堂主人對讀

重出

歐家碧好彭門紅好總讓伊行深綺畫欄繞放數枝花映百丈

銀牆都紫相公袍帶頭廳印綬俗艷何堪相比試將花色細

形容烟凝得暮山如此花名紫袍金印王勃滕王閣序烟光凝而暮山紫

沁園春

題其年烏絲集

史惟圓

將古人詩比似君詩惟髯絕倫更倚聲寫句鏤冰雕玉風檣陣馬牛鬼蛇神年事蹉跎交遊零落短褐羸僮逐路塵凝愁處縱才如雲錦不療飢貧　烏絲誰和陽春歎鄒董風流逝水濱恐吟盡斜陽鶯花多怨咏殘落月蟾兔還嗔我本癡頑君應潦倒擬向紅樓寄此身憑君問唱江南曲子更有何人

摸魚兒

清明感舊時九青新逝

張善堂主人對読

正輕陰做來寒食，落花飛絮時節。踏青隊隊嬉遊侶，只我傷心偏有。休回首。新添得一堆黄土垂楊後。風吹雨溜。記月榭鳴箏，露橋吹笛，説着也眉皺。　十年事，也意罥絲縈絆，雖禁愁容酒罷。微逗從今縱到岐王宅，一任舞衣輕鬭。君知否。兩三月春衫，爲汝重重透。啼多人瘦。定來歲今朝，紙錢挂處，顆顆長紅豆。

前題　史惟玄

此下不必寫

正堪憐畫橋烟柳風流明想如許綺筵長憶歌喉好淪落今歸
黃土江上路空望斷杜鵑聲裡無歸處怨春無主任無賴東風
幾番作惡零亂捲飛絮　思前事攜手長堤日暮曲終人醉南
浦梨花昨夜枝頭滿猶似掌中相覷寒食雨只落得孤墳夜掩
青松樹舞袖拋去領幾隊望歌夜臺供奉猶唱斷腸句

前題　　史鑑宗

正愁人梨花絲雨釀來春恨如醉玉鉤何處銷魂曲橫笛一聲
吹碎燈下淚都化作落紅點點風前墜不堪顦顇向斜日荒原

一坏馬鬣杜宇數聲裡　當初會楊柳曉風情味烟江縹緲無
際玉笙指冷春寒夜比意只君應記君去矣空剩得驪珠一串
梁塵内返魂無計看燕燕鶯鶯朝朝暮暮夢繞亂山翠

前題　蔣祁

記當年未曾識面如今一樣傷心點點多情淚不許眉頭
不闘空回首只比際紅稀緑暗誰携手絃索聲聯看譜就烏絲
題成黄絹處處斷腸有　三生事早抛今生恭透相思欲訴難
又怨春不待春歸去剩得春愁知否殘春候便剪闋新聲楊柳

風前後情多魂夢猶同憶花庭移簾換柱鐵馬畫簷吼

儲負慶

前題

可惜風流人去也廣陵散已終絕荒山野徑埋年少更在清明時節風雨烈渾不見當筵對酒歌喉咽雲穿石裂嘆賀老云亡龜年長逝誰譜清平闋　江南岸有約輕橈夜渡十年舊事空說眉山海外從游者一樣雲隨烟滅腸寸結還恐是海棠血洒梨花雪青枝早折但轉眼經年柳郎原上又是逢寒食

吳本嵩

前題

但人間一番寒食傷心事定添件凄凄今歲風和雨又有人隨

花片腸堪斷也燒送寶釵珠翠荒郊畔風流雲散是宛轉歌聲

翩躚舞影吹去紙鳶線　須辜負司馬從今遊覽征鞍旅舍誰

伴筆床硯匣還依舊懊恨伯勞飛燕難消遣便剪紙招魂不見

當時面江南春晚只柳絮吹時子規啼處應有夜深歎

前題　南耕　潘眉

正月六禁烟時節紛紛花落如許東君着意今年早蜀魄未催

春去春來去偏又有箇人先向春歸路繁華塵土但燕轉嘩鶯啼

雲暗柳暗鶯地上眉嫵　三年久曾伴帝城風雨新聲短笛如
許長卿若賣長門賦薄命未應春妒今何所想夜鐙沈沈那得
重歌舞柔腸誰付願薄倖才名浪遊蹤跡珍重有情處

前題　　　　徐喈鳳

近清明是花皆放摧殘一夜風惡君家歌者美如花怎奈亦隨
花落魂何託料尚在柳園桃塢閒飄泊泉臺寂寞迎玉管仙童
霓裳帝女再奏鈞天樂　尤堪惜司馬長年作客南北每同帷
幄從今更向京華去誰弄寓樓絃索春夢覺舊聽得鶯啼燕語

思量看香魂渺漠便野店孤檠虛窗短枕血淚定愁涸

前題　　　　黃錫朋

画樓前垂楊千縷東風搖漾如舊園林從何無情緒還憶當年聚首眉尖蹙徒對此春光瀲灩雖消受青衫濕透縱飛燕玉環同歸塵土說看傷心否　笙歌歇莫負溪山明秀愁多怕霑春酒相思一曲誰調就且任花開錦繡徘徊久空望斷彩雲飛去人歸後餳簫聲驟便綠滿長亭紅深小院不是歡娛候

又　　　　前人

想風流忽然、雲散烟波畫舫如舊餘香汗沃催人醉怎奈眉梢
欲皺睽分手猶記得舞衫、歌扇桃花候風斜雨驟望野草荒原
招魂無處淚落頻霑袖　應憐惜我亦幽情方逗一時舊好難
覩落紅點點飛南陌且你烏絲、佳奏君醒否君不見隙駒石火
非長久禪關參透只碧浦紅亭燈前月下還憶眼波溜

前題　任繩隗

想當然徐娘老去再來還是情種深閨變調爲男子偏向外庭
思寵花心動曾記得蹀躞歌、玉樹吳娘張孔紅絲、又控愛叔寶風流

元龍湖海風世曾同夢　誰知道才把餘桃親捧玉容一旦愁重從今省識蓮花面生怕不堪供奉試眺恐趁寒食清明金盌埋青塚陳郎休慟從古少年行回頭及早傲殺侍中輩

前題　史可程

過江來碎心寒食淚煩鵑血盈斗春衫濕遍桃花雨情種如君都有難消受旋埋卻燈前月下調簧咮鶯儔燕懶況盡稱何甚技工懷智倘慧無楊覆　花開謝比意纏綿斷鬪鶡絃那得重奏笙歌曾惱司空眼玉樹聲殘銷漏情偏逗君不見鮫珠紅印

滄城袖春愁疊奏任画字旗亭斷腸金谷總鴻埋香酎

前題　　王千臣

記黯、然、春城月夜人兒邂逅如玉半笑倡顰生嫵媚坐對銀缸

歌曲傷心觸到今日吳歈楚些、聲雜讀杜、鵑、歸促看紅露朝零

青烟夜冷、清、淚還盈掬　無端事分得愁腸一束眉尖頻遭攢

處思量那得文成術依樣描來面目須細囑休歎息千年塚上

蕭、竹香塵爭逐但碧化何時返魂難覓影、漫相摸